12 de diciembre de 2008

La belleza bruta
Francisco Font Acevedo

Para Julio Ortega:

Que tu lectura sea tan
severa como fue para mí
su escritura. Sólo así
vale la pena.

Luego, hablaremos.

Con afecto,

Font A

La belleza bruta
Francisco Font Acevedo

Editorial TAL CUAL

Editorial Tal Cual
Centro de Investigación y Política Pública
Fundación Biblioteca Rafael Hernández Colón
Calle Tetuán 206, Oficina 503
San Juan, Puerto Rico 00901
cipp@coqui.net

ISBN: 0-9815255-1-2
Primera edición, 2008
© Francisco Font Acevedo, 2008
© De esta edición Editorial Tal Cual

Portada: "Santurce", foto de Eduardo Lalo a partir
de la idea de Ivonne León

Diseño y diagramación
Juan Carlos Torres Cartagena

Impresión
Panamericana Formas e Impresos S.A. - Colombia

A Hilda, por tu complicidad desde el otro lado
A Benjamín, por la pasión por el oficio
A Gabo y a Leonaya, por amor

"Escribo por mi desesperación y mi cansancio, ya no soporto la rutina de ser yo, y si no existiese la novedad continua que es escribir, me moriría simbólicamente todos los días."

Clarice Lispector, *La hora de la estrella*

"Termina de acabar esta ciudad
este Bosque Sagrado de murallas.
La última impresión es que no existe
la brújula no encuentra sus zaguanes."

Manuel Ramos Otero, *El libro de la muerte*

I. Látex Corp.

Guantes de látex

Como de costumbre ese día llegué temprano a mi despacho. Siempre he sido madrugador y me aseguro de llegar a la compañía antes que el resto de las corbatas. Cuando llego, Pancracia, mi empleada de mantenimiento, ha preparado el café y ha desinfectado casi toda mi oficina. Ella es la única que sabe hacerlo, la única empleada que goza de toda mi confianza. Al sentarme frente al escritorio siempre encuentro la bayeta nueva, inmaculadamente blanca, el desinfectante en aerosol y el sobre con los guantes de látex. Todo dispuesto en su justo lugar, como debe ser. Antes, pues, de revisar mi agenda y de leer sobre la bolsa de valores en *The Wall Street Journal*, me calzo los guantes y desinfecto minuciosamente la superficie de mi escritorio.

Soy así, me gusta ocuparme de los pequeños detalles.

Es curioso, sin embargo, que no me acordara que ese día —un viernes— habría noche familiar. Por lo general, desde unos días antes voy anticipando la ocasión. Estaba leyendo los titulares de un periódico, pasando las páginas por matar el tiempo, cuando di con la sección de anuncios clasificados. Por alguna razón me atrajo un anuncio cuyo título leía *Se busca dueño de mascota*. Muy original, muy hábil, pensé. Una persona buscaba un amo que la amaestrara, pero no dicho así, no con esas palabras. Es lo que se podía leer entrelíneas; o, al menos, fue lo que yo leí entrelíneas. En todo caso, fue el anuncio lo que me recordó que esa noche debía consagrarla a mi familia.

La anticipación de la actividad nocturna me mantuvo de buen humor el resto del día, a pesar de los dislates en las negociaciones del gerente de nuestra oficina en México. Una teleconferencia a tiempo salvó el acuerdo con una distribuidora, no el empleo del gerente a quien despedí de inmediato. Pero aparte de este percance, como quien dice una pajita en la leche, el resto de la jornada de trabajo transcurrió con normalidad: firmé uno que otro acuerdo y presidí algunas reuniones. A las seis y media de la tarde abandoné el edificio de la compañía.

Afuera el cielo sangraba los últimos vestigios de la tarde. Como de costumbre, Pepe, mi chofer, esperaba que yo saliera para ir a buscar mi carro.

—Ya vuelvo rápido, Don Antulio —me dijo.

—No te preocupes, muchacho. Cógete la tarde libre.

No era algo inusual, Pepe sabía que un viernes al mes me gustaba conducir de vuelta a casa. Calcé unos guantes de látex (siempre guardo unos cuantos en la guantera) y me puse al volante de mi Mercedes Benz. En lugar de tomar la carretera número 52 hacia mi hogar, me desvié hacia la número 1 y seguí de largo hasta desembocar en la avenida 65 de Infantería. Pasé por el lado de varios concesionarios de vehículos japoneses y de horribles edificios de gobierno que la noche tuvo la cortesía de ocultar. No creo que haya una avenida más sucia y enferma que ésta. No hay un semáforo libre del asedio de uno o dos adictos, esos seres ruines y andrajosos que no se cansan de mendigar a cambio de ensuciar los parabrisas de los vehículos. Nada más ver un carro como el mío se agolpan contra la ventana para que les dé dinero. Soy incapaz de hacerlo. No soporto la idea de que una de esas manos sucias me toque. Ni aunque yo lleve guantes puestos.

Al llegar a la altura de un pequeño centro comercial, viré hacia la izquierda y me interné en esa zona mestiza entre Villas de Berwind y Country Club. Aquellas calles parecían haber sido arrasadas por un carnaval. Los que pululaban por allí no pueden llamarse personas; eran monigotes, esperpentos, figuras demacradas y viciosas. Un tipo que no había visto tijera y jabón en meses empujaba un carrito de compras lleno de cachivaches. Una pareja con ropas de los años setenta usaba un paraguas como mampara para compartir una misma aguja. Un trío de hijos de puta con cerveza en mano discutían a grito limpio y le hacían gestos obscenos a una prostituta reseca y en los puros huesos. Cúmulos de basura dondequiera decoraban las aceras. Aquellas calles eran la pesadilla de la ciudad.

Hacía tres meses que no venía por aquí. Las noches familiares me obligan, de continuo, a cambiar de zona. Y de carro: a veces el Mercedes Benz, a veces el Jaguar o el BMW, o alguno de mis vehículos americanos. Cuido siempre de los detalles. Conduzco sin prisa y calibro mi mirada hasta dar con el ejemplar perfecto. Aquélla allí luce desesperada, pero es muy flaca. Aquélla otra está entrada en carnes, pero tal vez es sólo una prostituta. Tiene que haber un espécimen intermedio, siempre lo hay.

17

Busco y busco conduciendo lentamente ante la mirada lerda de toda aquella fauna descalabrada. En la esquina de las calles Buzardo y Zumbador, justo frente al comercio Los Nidos de Flora, la vi. Culo grande, tetas todavía rebosantes, piernas llenas. Los ojos hundidos, la calavera ya sugerida en la mandíbula, las manos ansiosas en un cruce y descruce continuo. Era perfecta.

Detuve mi carro.

—Ven, móntate —le dije a través de la ventana del pasajero. Como ocurre con casi todas, primero dudó. Se acercó a la ventana semiabierta para examinarme. Comenzó a hablarme con ese lenguaje equívoco de las putas, un libreto harto conocido pero eficaz. Fui al grano.

—No hay policía ni departamento de policía que pueda pagar por un carro como éste. Vente conmigo y te pago trescientos dólares. Ciento cincuenta ahora y ciento cincuenta después.

Le mostré el fajo de billetes.

Enseguida partimos de allí. Conduje de prisa, ya eran las siete y media de la noche y no quería llegar demasiado tarde a casa. Llamé por celular a mi esposa, le dije que me había retrasado un poco y que fuera preparando a los muchachos.

—Rebequita está llorando de nuevo. Quiere estar con nosotros —me dijo mi mujer. Me la puso al teléfono.

Traté de explicarle a mi hija lo mejor que pude. No es fácil razonar con una nena de seis años. Transó por una visita a *Toys R' Us* en algún momento del fin de semana.

Al abrir con el control remoto los portones de mi propiedad, la mujer expresó sorpresa y admiración. Nunca había estado en un lugar como éste. Me estacioné en la cochera del ala norte y le dije que esperara. Fui al encuentro de mi esposa, quien me aseguró que Martirio, la criada, ya se había llevado a Rebequita al salón de juegos. Me cambié de ropa, me eché en el bolsillo unas cintas de plástico y volví al carro.

La mujer no se había movido del asiento. El espacio la intimidaba. Se sentía como cucaracha en baile de gallina.

—Venga, Princesa —le dije tomándola por el brazo.

Entramos al recibidor donde mi esposa, haciendo gala de su gracia social, la saludó.

—Buenas noches. Bienvenida a nuestro hogar.

Sin esperar respuesta de la invitada, la escoltó hasta el patio interior para mostrarle su jardín de hortensias. La invitada se dejaba llevar, la cara desencajada en una mueca bobalicona. Allí mi esposa le sirvió *iced tea*. Cero modales: se lo tomó de un golpe.

Yo fui a buscar a los muchachos. Diego, en su habitación, escuchaba la música de *Metallica* a todo volumen. Tuve que gritarle para que me escuchara.

—Ya llegó. Vamos.

Alba se aburría pintándose las uñas cuando Diego irrumpió en su cuarto.

—Ya llegó. Vente.

Los tres bajamos la escalera en caracol del ala izquierda. Cruzamos la galería de las habitaciones para huéspedes hasta el patio interior.

—Ella es la invitada esta noche —les dije a mis hijos, quienes enseguida se acercaron a la mujer para examinarla con esa curiosidad un poco morbosa de los adolescentes. El efecto del *iced tea* había sido inmediato: la mujer apenas podía mantenerse en pie y balbuceaba incoherencias.

—Ya es hora —anunció mi esposa.

Los cuatro acompañamos a la invitada al gimnasio. Mi esposa, contrario a mí, había anticipado todo y había preparado el espacio para la ocasión. Las máquinas de ejercicios habían sido arrinconadas y en el centro del lugar estaba la enorme tela. En el medio de la tela había una silla, encima de ésta había una caja de guantes de látex y encima de ambos objetos colgaba la cadena de un saco de boxeo. Diego, todo un caballero, se adelantó al grupo y removió la caja para ofrecerle asiento a la invitada. Ésta aceptó sin dilaciones, era obvio que estaba cansada, pues más que sentarse, se desplomó sobre la silla.

Mencioné los guantes, y enseguida mi esposa y mis hijos se pusieron sendos pares que tomaron de la caja. Yo no, yo traía los mismos que me había puesto al salir del trabajo. Mientras ellos se acomodaban el látex, yo me adelanté. Con las cintas de plástico que guardaba en mi pantalón, fijé los tobillos de la invitada a las patas delanteras de la silla, le até las muñecas y, tras levantarle los brazos, la enganché a la cadena del saco de boxeo. Estaba lista.

—Adelante —dije.

Media hora más tarde habíamos terminado. Como de costumbre, mi hija y mi esposa fueron las primeras en abandonar el gimnasio. Rebequita, inquieta, de seguro estaría llorando; habría que darle helado y leerle un cuento. Diego echó la tela y los guantes usados en el incinerador.

Después de ayudarme a guardar el bulto en el baúl del Jaguar, me preguntó si podía acompañarme. Estaba en esa edad en que se sentía todo un hombre.

—Esta vez no —le dije—. Tal vez el mes que viene.

Se busca dueño de mascota

Sólo a Marangelie se le ocurriría un anuncio así. Ella es muy buena usando las palabras con doble sentido, domina ese extraño arte de decir nada insinuándolo todo. Yo no, yo no sirvo para esas sutilezas. Soy muy franca de palabra, como me dice Padre Romualdo cada vez que me regaña. Ocurre con cierta frecuencia. Basta con que comente algo pesado en clase para que el maestro me refiera enseguida a la oficina del director espiritual. Ni siquiera a la oficina del decano de conducta, allí ya me dan por un caso perdido. Como buen detective del alma, Padre Romualdo insiste en escuchar mi versión de los hechos: No me gustan los eufemismos, eso es todo, le digo y no digo más. La palabra eufemismo es suficiente para poner a Padre Romualdo en guardia y recordarle que no está hablando con la bobita que viene a confesarse cada dos semanas ni con una de esas cabras de pelo teñido y tetas grandes. No por esto deja de sermonearme, no es para tanto. Sólo que ahora mide despacio cada una de sus palabras mientras yo me recreo imaginando su cuerpo debajo de la sotana. Una pena, me digo a mí misma, tan lindo y tenía que ser cura.

Mi fijación con Padre Romualdo comenzó tan pronto llegué a este colegio en agosto. Yo había recorrido los mejores colegios privados de la zona metropolitana, de donde siempre me botaban (pese a los ruegos de mis padres) por mi conducta licenciosa o indecorosa o algo que rimaba con osa. Mis padres, ya hartos de la situación, decidieron matricularme en este colegio de cuarta categoría. Según ellos, aquí la administración no es tan estricta con la disciplina, lo cual significa que yo podría obtener el diploma de cuarto año sin grandes dificultades. Sin grandes dificultades para ellos, claro está. El colegio es espantoso, un adefesio de cemento sin áreas verdes; las clases, elementales y aburridas a muerte; y mis compañeros, divertidos pero académicamente brutos. Si al menos pudiera leer mis libros, pero aquí nadie lee, apenas se puede con tanto ruido. Sólo la amistad de Marangelie me hace soportable tanto encierro. Ah, y las misas escolares, oh sí, nada como las misas. Puro teatro. Es algo que Padre Romualdo y yo compartimos, la fascinación por las artes dramáticas. Nunca me pierdo uno de sus monólogos, sobre todo al momento de la eucaristía. Sólo yo sé que la hostia que Padre Romualdo se lleva a la boca no contiene a Cristo sino a mí, mi parte más tierna y pura, mi ofrenda a esos labios carnosos, apetitosos. El problema es que después de asistir a rito tan erótico, me paso intranquila el resto del día, no puedo concentrarme en el libro de turno, ni en nada. Si al menos tuviera a Volky a la mano podría desatar un poco la ansiedad, pero no, Volky y yo rompimos hace poquito, imposible llamarlo. No me queda otra alternativa que esperar a llegar a casa para tocarme.

Hacernos la boba, le llamamos Marangelie y yo. Hasta eso nos contamos. Lo de hacernos la boba, no en nombre de quien nos la hacemos. Yo no podría decirle, no me entendería. Marangelie es una atea rabiosa pero yo, aunque no soy creyente, me considero una agnóstica mística. Yo sé que Dios, ese viejito de barba blanca, no existe; Dios es todo lo que desconocemos, sin excluirnos a nosotros mismos. Es una idea con la que Marangelie no comulga pero respeta. Lo que jamás entendería ni aceptaría sería mi cerebro con Padre Romualdo (con Romualdo, a secas, diría ella); le parecería indigno. Así de extremista es.

Mis extremismos son otros.

El verano pasado, antes de que a mis padres se les ocurriera matricularme en este colegio, ya me cansaban los muchachos de mi edad. Había tenido más jevos que pares de zapatos. Desde los trece. Un disparate en realidad, a esa edad ningún chamaquito sabe tratarnos, no saben bien ni dónde tocar. No saben tampoco guardar un secreto, en el colegio que fuera enseguida se corría el chisme de mis encuentros con fulano o mengano. La consecuencia era previsible: la administración se enteraba, llamaban a mis padres y por las súplicas lacrimosas de mi madre (y el bolsillo de mi padre) me dejaban completar el año. Y ya se sabe: al próximo año escolar, un nuevo colegio.

Así seguí, de nene en nene, de colegio en colegio, hasta el segundo semestre de tercer año. Fue entonces que tuve mi primer enchule con un hombre, en este caso con el maestro de química, un cuarentón con el pelo siempre despeinado y con lentes culo de botella. Tenía algo de mosca, era feísimo, pero a mí me encantaba. Aquella voz. Aquellas manos. ¿Qué no hice para llamar su atención?

De todo pero nada, no había truco para agarrarlo. Tal vez era la miopía que no le dejaba ver la oferta bajo mi falda, pensaba yo. Tal vez era muy tímido. Vivía solo, era obvio, los cuellos de sus camisas siempre estaban manchados. Una tarde cometí la imbecilidad de quedarme en su salón después de que sonara el timbre. El día siguiente me expulsaron del colegio, llanto de mami y bolsillo de papi incluidos.

En verano tomé clases para validar el grado y poder comenzar cuarto año. No fue tan terrible. Estuve mayormente con Jetta aunque de vez en cuando Lexus (un jevito del pasado, de dos colegios atrás) me llamaba y nos encontrábamos para recordar viejos tiempos y algo más, porque Lexus es así, un melancólico sin remedio, siempre queriendo amarrarme cuando lo mío era retozar con él y nada más. Jetta, en cambio, era un loquillo universitario, un libertino sin freno que le gustaba acostarse con dos o tres a la vez, de cualquier sexo. Enredarme con él fue una experiencia tremenda, toda una escuelita erótica, eso de pasar de un cuerpo masculino a otro femenino, o entrelazarme con dos o tres al mismo tiempo. Al principio me atrajo por la novedad, pero pronto me aburrí. Siempre había algo de performance, de representación teatral, con lo cual no tendría problema si no es por el hecho de que no había protagonistas. Y yo –lo admito– soy muy egocéntrica como para representar papeles de reparto.

En un *party* de Jetta fue que conocí a Marangelie. Tiene las tetas más hermosas que he visto, las conocí antes que su misma cara, en uno de aquellos revolcones colectivos. Más tarde, en un aparte (después de horas de derroche físico), ambas coincidimos en que aquellas sesiones eran más bien aburridas. Esto es porno, le dije. Carne machacada sin poesía, me dijo ella. Intercambiamos números de celulares y comenzamos a salir.

Al comienzo de clases ya éramos uña y carne.

A mí me interesa el teatro; a ella, la poesía y la performance. El arte nos une sobre cualquier otra cosa. Nos pasamos todo el tiempo buscando actividades culturales interesantes en la ciudad o maquinando nuestros propios dramas en el colegio. El de la semana pasada fue todo un éxito. Yo me encargué de hacer la promoción entre los varones. A la hora del almuerzo, nos fuimos al salón 307, actualmente en remodelación. Por un dólar que yo cobraba a cada muchacho, Marangelie les enseñaba sus hermosas tetas. La cara de los chamacos al salir era de por sí una obra de arte. Recaudamos más de veinte dólares en quince minutos, y más tarde nos fuimos a una pizzería a celebrar.

A nadie debe extrañar que entre nuestros compañeros tengamos fama de extravagantes y locas. Para nosotras es motivo de orgullo, nada nos resultaría más deprimente que pasar por dos ovejitas más del rebaño. Pero por esa misma reputación los maestros y la administración del colegio no nos pierden ni pie ni pisada. Esto nos irrita bastante y a veces llega al punto en que Marangelie y yo preferimos andar cada una por su lado. Ella entonces se va tras la pista de alguna nena confundida con su sexualidad y yo me voy a discutir teología con Padre Romualdo.

Nuestros encuentros han sido pocos pero muy excitantes. Qué rico ver a Padre Romualdo desconcertado con mis comentarios iconoclastas, con mi abierto cinismo hacia la iglesia con mayúscula. Le digo que me gusta la misa por lo teatral, por lo que tiene de ceremonia y en particular porque lo considero a él un estupendo actor. A él le parecen impropios mis comentarios, pero al mismo tiempo se siente halagado por mi admiración por él. Lo disimula, por supuesto, y eso es lo más lindo, esa lucha por negar su amor propio. Él sabe que yo sé, y para hacerse el desentendido me tira todo el rollo teológico, el catecismo de nuevo, que si la eucaristía, que si la imponderable virginidad de María, que si la maldición de Lutero, entre otros traumas católicos. Yo, ni modo, lo dejo monologar a sus anchas mientras me entretengo mirando sus manos, pero reservo mi última carta, mi última protesta contra el celibato de los sacerdotes. Se lo digo al momento en que suena el timbre para entrar a la próxima clase y lo dejo así, con las ganas de justificar lo injustificable, con los labios apretados. Esos dulces labios prohibidos.

Fui yo. No, fue Marangelie. No estoy segura, una de las dos se enteró de un grupo de teatro experimental que representaba sus obras en un edificio abandonado de Santurce. Ambas fuimos a ver una de sus piezas, *Hamburgers*, un monólogo sobre un yuppie que de día trabajaba como ejecutivo de cuentas para McDonald's y de noche se vestía de tecato (armado con un vasito de Burger King) para pedir dinero en las calles. Nos encantó la obra y el espacio escénico, un apretado apartamento en un cuarto piso. Yo me fui a conocer al actor, un tipo de unos veintiséis o veintisiete años.

—Yeishmarie, mucho gusto —me presenté.

—Volky —me dijo él.

Me encantaron sus trenzas rasta.

El día siguiente fui a ver el monólogo de nuevo, esta vez sola. Fue un lío porque yo no sé conducir, no tengo carro y sin Marangelie disponible, tuve que recurrir a mi padre. Horror de horrores, si no fuera por la piel de salamandra que heredé de él, cuestionaría su paternidad. En todo lo demás, somos como agua y aceite. Conversamos muy poco, eso es lo bueno, cada cual en su laberinto de silencio. Quedamos en que lo llamaría cuando terminara la función. Pero no ocurrió así. Al terminar el monólogo, fui a felicitar a Volky por su actuación. Esa noche había ido poquísimo público, apenas dos o tres personas, y Volky estaba medio apagado.

—Necesito tomarme una cerveza, ¿me acompañas?

Nunca bebo pero acepté tomarme una *Medalla* por no desairar al trenzado actor. El barman nos miraba con cara de policía viejo, pero no se animó a pedirme una identificación.

Volky ofreció llevarme a casa. Al llegar allí me agradeció el gesto de haberlo acompañado. Según él se trataba de una de esas noches en que se sentía como mierda, sin fe. Le dije que no se preocupara, que la noche siguiente yo iría a verlo de nuevo. Me besó en una mejilla. Me quedé con su olor.

Desde esa noche en el bar, me empeñé en ver todas las funciones de *Hamburgers* y luego seguí asistiendo a todas las representaciones de Sol de Medianoche, la compañía teatral de Volky. En casa mi madre se antojó de representar el papel de madre escandalizada, un drama decimonónico que me hacía llorar de aburrimiento. Suerte que Marangelie a cada rato me rescataba de la tortura maternal, recién había terminado con su última conquista, una fanática de Marilyn Manson, con un arete en la vulva, divina, según mi amiguita, pero loca de atar. Mi madre protestaba un poco por mi juntilla con Marangelie, pero al fin y al cabo nos dejaba salir juntas. A mi amiga y a mí nos sobra, pero a mi progenitora, en definitiva, le falta disciplina como actriz.

Tanto estuve persiguiendo a Volky durante dos meses hasta que no pudo más. Para él yo sólo era una mocosa haciendo turismo por las calles prohibidas de Santurce. Quizás era verdad, no me importa, no me importaba lo que pensara de mí, estaba loca por enredarme en sus trenzas. Cuando por fin cedió, no quiso hacerlo en un cuarto, ni siquiera en una cama, simplemente me llevó tras los bastidores del teatro-apartamento, me hizo arrodillarme y se abrió la cremallera. Abre la boca, nena, me dijo. Se estaba comportando como un bruto, sin tacto, a ver si me espantaba de una buena vez. Pero a mí me encantó. Agarré aquella portentosa prenda y no la solté hasta tragarme la última gota. Lo dejé boquiabierto.

Nos hicimos amantes. Me convertí en su juguete, hacía cualquier cosa con tal de agradarle. ¿Cómo te verías rasuradita?, me preguntaba y en el próximo encuentro le regalaba mi sexo sin un pelito. Quiero metértelo así, quiero comerte acá y enseguida yo me plegaba como arcilla a sus deseos. Complacerlo se convirtió en mi mayor devoción. En casa, de noche, sufría de insomnio y para poder dormir tenía que hacerme la boba imaginándome-lo allí, enhiesto, regalándome toda su savia. ¿Cómo volver al colegio el día siguiente? ¿Cómo volver a humillarme y rumiar en mis clases como una oveja más? La sola idea de llegar al colegio me daba claustrofobia. Y no era sólo porque estuviera confinada en un espacio pequeño, sino porque además me sentía atrapada en una farsa, espectadora y actriz al mismo tiempo de una obra pésima, medieval, en la que nadie, ni siquiera Padre Romualdo, creía. Sé que sin Marangelie no lo podría tolerar.

A veces me dan ganas de abrazarla y quedarme ahí contra su pecho. Golpearla con un beso. Hacerla gozar.

Así le digo a Volky cuando estamos juntos y se pone como loco, me pide más y más detalles mientras me ranura con pasión cualquiera de mis orificios. Es su mayor fetiche: escuchar fantasías así. Constantemente me pide que le cuente o invente una cuando estamos en la cama. Yo lo complazco, pero me aburre un poco. Nunca me ha gustado el teatro narrativo, el que usa y abusa de un narrador. Prefiero un teatro más enérgico, de mucho movimiento escénico y de parlamentos justos; un teatro, cuando posible, callejero, más espontáneo, en contacto directo con la gente. Era lógico, por lo mismo, que en algún momento se me ocurriera tener sexo en lugares públicos.

A Volky nunca le gustó mucho la idea y siempre titubeaba. Yo no, para mí el sexo es como el teatro y no veo por qué haya que limitarlo a un recinto cerrado. Las veces que lo hicimos en público nunca le pregunté a Volky, simplemente me subía la falda y le pedía que me lo metiera. Él cumplía, pero era eso, cumplir, no era algo que lo arrebatara como a mí. El peligro de que nos atrapara la policía o la certeza de que alguien nos estuviera viendo me hacía venirme rapidito. Como si estuviéramos participando de una guerrilla. Eso mismo: hacíamos sexo de guerrilla.

Volky no vivía del teatro. Trabajaba de día en una galería de arte en Hato Rey. Le encantaban las artes plásticas, decía que de ellas extraía muchas ideas para sus dramas. Me contaba de ciertas pinturas como si se trataran de películas, con un entusiasmo contagioso. Nombres como Luis Hernández Cruz, Aixa Requena, Oscar Mestey y Cristal Medina eran comunes en las conversaciones de Volky. Yo de ellos no sabía nada, pero estaba ansiosa por conocer sus obras.

Volky aprovechó la inauguración de una exposición colectiva en Ballajá para introducirme a la plástica puertorriqueña. La actividad fue un viernes, a las siete de la noche. Luego de las palabras del curador y de un crítico de arte cuyo nombre no recuerdo, Volky, copa de vino en mano, comenzó a explicarme cada cuadro. No soy experta en la materia, jamás presumiría de lo que no soy, pero por alguna razón mi interpretación de los cuadros rara vez coincidía con la de Volky. Él, por ejemplo, interpretaba la figura central del cuadro *El Mago* de Rafael Trelles como si se tratara de un pintor-alquimista; yo, en cambio, veía al mago como la encarnación de la fe del hombre arrodillado, pequeñito, al lado derecho del lienzo. Eran detalles que él apenas observaba. Yo no le cuestionaba nada y me dejaba llevar. Así anduvimos de pieza en pieza, él habla que te habla y yo, callada, escuchándolo. Un cuadro, sin embargo, rompió esta falsa armonía. El lienzo, de formato enorme, estaba compuesto de trazos amoratados sobre un fondo amarillento. Llevaba por título *Cardenal #5*, de Cristal Medina. Volky creyó que se trataba de un *statement* anticlerical, un ataque a la alta jerarquía católica. Pero no era así y esta vez se lo dije. La palabra cardenal del título no se refería a un consejero del Papa, sino a la mancha amoratada sobre la piel producto de un golpe. El cuadro era bello, sugería un erotismo salvaje y desgarrador. El placer más extremo. Según seguía mirando el cuadro, una cspccic de vértigo se fue apoderando de mí. Cuando mis rodillas cedieron un poco, Volky, alarmado, me preguntó qué me pasaba. Es el cuadro, sácame de aquí, le dije agarrándome de su antebrazo. Caminamos de prisa hasta el carro, estacionado cerca del Callejón del Hospital, y una vez adentro, me subí la falda y empccé a frotarmc. Estaba como loca, tan excitada me había dejado el cuadro de la pintora. Me vine volando y enseguida le exigí a Volky quc se lo sacara para montármele encima. No quería, nos van a coger, me dijo, no seas tan loca, pero yo no cedí, le dije dos o tres vulgaridades, se lo saqué yo misma y me le senté encima. Dos o tres personas nos pasaron por el lado, pero a mí no me importó. Tan pronto acabamos, nos largamos del lugar.

Yo no estaba satisfecha, Volky tampoco, así que nos fuimos al apartamento-teatro de Santurce. Esa noche nadie ensayaba y menos a esa hora, eran cerca de las nueve ya. Fue allí, en la intimidad de aquel espacio escénico, que volví a experimentar el vértigo. Yo estaba en cuatro y Volky me clavaba a galope tendido cuando de pronto me cacheteó una nalga. Aquello me recordó la obra de Cristal Medina. Las imágenes de *Cardenal #5* empezaron a superponerse a la escenografía incompleta, a retazos, del lugar. Fue entonces que le pedí que me golpeara, que siguiera cacheteando mis nalgas sin piedad. Volky lo hizo pero sin ímpetu, sin autoridad.

Más y más duro quería yo.

Más y más menguado se volvía él. Lo que iba quedando de él: un hombre perdido, un adolescente nervioso, un niño asustado.

Dejamos todo interruptus.

Por primera vez sentí pena por Volky, lo que nunca debe sentirse por un amante. Adonde yo iba, ya no podía ir él. El rompimiento fue así, en silencio, una clausura sin palabras. Simplemente dejé de buscarlo y él jamás procuró por mí.

Pero el deseo siguió ahí, autónomo, sin destinatario, pero ahí: siempre recio, a veces insoportable.

De alguna manera tenía que librarme del influjo del cuadro de Cristal Medina. A la semana volví a la exposición en Ballajá, esta vez acompañada de Marangelie. Ella observó con detenimiento el cuadro y entendió. Sentí otra vez vértigo y enseguida salimos de allí. Ya en la autopista le pedí que me llevara a su casa o que se quedara en la mía, pero ella me conoce muy bien y me dijo que no. Me aceptaba como amiga, no como mascota: a otra perra con ese hueso, me dijo.

Mascota, perra, dueño: las palabras claves del anuncio clasificado que pondría fin a mi ansiedad. Así me lo aseguró Marangelie el día siguiente. Si yo quería, ella misma podría redactar el texto. Acepté: nadie como ella para decir nada insinuándolo todo.

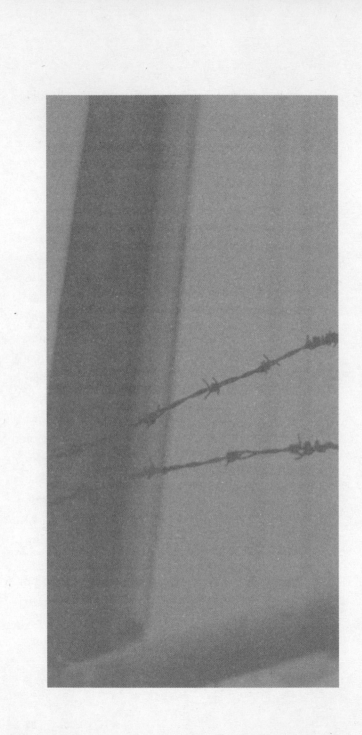

La mirada de cristal

Me gustaba mirar a los hombres de frente, sin dejar mucho a la imaginación. No era una mujer hermosa, si acaso un poco atractiva, pero puedo decir sin presunción que era capaz de conquistar y llevarme a la cama al hombre que me diera la gana. No hay afrodisíaco más irresistible para un hombre que la mirada sin tapujos de una mujer en celo. Era un recurso infalible. Las otras mujeres, sobre todo las más bellas que yo, me tildaban de puta por mi éxito con el sexo opuesto. Pura envidia. Todo estaba en mi mirada.

Una vez leí que las mujeres somos menos visuales que los hombres en el sexo y que nuestra excitación mayor proviene de lo que percibimos a través de otros sentidos como el tacto y el olfato. No es cierto. A mí nada me excitaba más que ver a un hombre desnudo y en el sexo, cuando era posible, espiar en un espejo cada detalle del acoplamiento. Si el hombre entre mis piernas era hermoso, después de saciarme examinaba y comentaba su cuerpo palmo a palmo. Era un examen lento y riguroso que provocaba reacciones extremas. Algunos amantes se ponían tensos y se quejaban porque mi mirada, según ellos, era fría y clínica. Otros, los menos, se excitaban al punto de provocarles una erección. No era mi interés irritarlos ni excitarlos. Sólo observaba con detenimiento sus cuerpos para memorizarlos y más tarde traducirlos en colores. De esa forma combinaba mis dos pasiones principales: los hombres y la pintura.

Hasta hace poco fui una pintora realista abstracta. Realista en el contenido, en el hecho de que nunca fui capaz de inventar algo al margen de lo que percibo; abstracta en la forma, en la técnica y el uso de un vocabulario iconográfico de líneas, círculos, triángulos y paralelogramos de todo tipo. Nadie, por cierto, entendía mis cuadros. Los críticos menos que los demás, a pesar de sus palabras de elogio a mi obra. Para éstos mis cuadros dramatizaban conceptos tan oscuros como la deconstrucción de metarelatos o las contradicciones del sujeto postcolonial y no sé cuántas cosas más que yo ni entiendo, cuando el tema de toda mi obra siempre fue la belleza del cuerpo masculino. Mis cuadros siempre fueron fragmentarios, abstracciones de una nariz griega o de unas nalgas firmes, de un muslo en tensión o de un sexo fláccido. Nunca, sin embargo, había logrado representar un cuerpo masculino completo. La razón de esta limitación era sencilla: nunca había visto a un hombre de belleza perfecta.

La meta de una artista verdadera debe ser transgredir los límites. De un tiempo acá me había dado cuenta que mi pintura se había vuelto repetitiva y fácil. Para no caer en la mediocridad debía abandonar la fragmentación, tan característica de mi obra, e intentar –aunque jamás lo lograra– plasmar en un cuadro la belleza de todo un cuerpo masculino. Juré ser fiel a mis ojos. El cuerpo que pintaría debía ser perfectamente bello.

Lograr esta meta artística cambió por completo

mi conducta erótica. Comencé a subordinar mi deseo a un modelo estético ideal. A veces me sentía atraída a un hombre, pero al observar un detalle infeliz, por más insignificante que fuera (un pie media talla más grande, unos dedos muy velludos, un lóbulo de oreja muy grueso) interrumpía el cortejo antes de llegar a la cama. Ya mis ojos habían descartado al hombre como modelo para mi obra maestra. Abrirle las piernas, por tanto, hubiera sido una pérdida de tiempo.

Más que por placer, ahora me acostaba con los hombres por amor al arte. Los buscaba con una vehemencia de cazadora maldita. En este afán empecé a seducir hombres dondequiera que mi mirada descubría a una beldad masculina. No sólo frecuentaba los pubs habituales para la gente treintona como yo, sino que me aventuraba a visitar las discotecas, los bares universitarios y otros lugares frecuentados por hombres mucho más jóvenes. La voluptuosidad que siempre me había inspirado el sexo opuesto seguía ahí como una llama azul entre mis piernas, pero, poco a poco, según pasaba el tiempo sin dar con el hombre perfecto, un sentimiento parecido al rencor comenzó a apoderarse de mí. Cuántas veces seduje a un hombre bello, vestido impecablemente, que al desnudarse revelaba un defecto o una insuficiencia irreparable. Al descubrir estas imperfecciones sentía una decepción estrepitosa que me volvía cruel. Si notaba la imperfección apenas se quitaba la ropa, me volvía un bloque de hielo en la cama sólo para hacer trizas el ego del hombre. Si observaba el defecto durante el examen palmo a palmo de su cuerpo, hacía comentarios mordaces sobre la vulgaridad de los callos de sus pies o de lo apocado de su miembro tras el sexo o alguna otra cosa que lo mortificara.

Lo peor era que entretenida en la búsqueda de la belleza ideal, había dejado de pintar por completo hacía más de un año. Si ya había vislumbrado mi obra maestra, cómo iba a volver a pintar aquellos viejos cuadros de belleza fracturada. Imposible. No podía volver atrás. Antes que convertirme en una pintora cangrejo, en una pintora que recicla su obra, prefería quedarme en blanco, en la blancura tosca de la tela del cuadro.

Durante todo este tiempo sin pintar había grabado en mi memoria suficientes cuerpos masculinos como para pintar veinte o treinta cuadros. Me había acostado con tantos hombres que al evocarlos en mi memoria sus cuerpos se recombinaban en *collages* delirantes. Así, por ejemplo, si recordaba a Fritz, un gringo blanco de Chicago, descubría en él el torso amplio de Santos, un mulato de Ponce, los pies sin callos de Carlos, un estudiante de ballet, y el pene circunciso de Dennis, un pelirrojo. Era como si mi memoria calcara los hábitos de mi mirada, malacostumbrada a seccionar los cuerpos.

Mi memoria recobró su integridad cuando conocí a Miguel Ángel, la belleza perfecta del cuerpo de Miguel Ángel. Cuando pienso en él siempre me visualizo a mí misma con las piernas bien abiertas viéndolo entrar y salir con una furia bestial. No puedo recordar los orgasmos de aquella embestida sin humedecerme. Después del acoplamiento yacía en la cama embrutecida de tanto placer. Cuando recobré la lucidez, empecé como siempre a examinar el cuerpo del hombre que tenía al lado.

Recorrí su anatomía palmo a palmo, seccionándola con la mirada como quien mira un objeto bajo una lupa. La admiración inicial en la cabeza se convirtió en asombro al llegar al torso y terminó en éxtasis al tocar los pies del adonis. Nada sobraba y nada faltaba en cada una de sus partes. Era perfecto.

Demasiado perfecto.

Cuando quise ver a Miguel Ángel de cuerpo entero mi mirada no pudo sostener la totalidad de aquella anatomía espléndida. Sólo por un breve instante, por una fracción de segundo mis ojos lograron reunir todas las partes de aquel monumento masculino. Pero enseguida se hizo trizas como un objeto de cristal que cae al piso. Primero se partió en tres: cabeza, tronco y piernas. Luego éstos siguieron fragmentándose. El cabello se hizo peluca flotante y las orejas, ahora sueltas, parecían satélites girando alrededor de la cabeza. Del tronco las tetillas mariposeaban alrededor de los brazos sin dueño. Abajo las piernas abandonaron el vértice que las unía y los genitales, pequeños, se agitaban de un lado a otro como la cresta herida de un gallo. Me estrujé los ojos para ver si lograba reenfocar y reunir mejor aquel cuerpo roto, pero mi mirada, al contrario, siguió seccionándolo. Observé, en sucesión, cómo las manos huían de los brazos, los dedos se desprendían de las manos y las uñas eran arrancadas de los dedos. Así en una concatenación de mayor a menor todo el bello cuerpo de Miguel Ángel fue destrozado por mi mirada. Antes de que los trozos fueran a su vez divididos en huesos, piel y tejidos, cerré los ojos.

—¿Qué ocurre, Cristal? —me preguntó Miguel Ángel.

—Nada, nada, vete, vete ya —le dije despidiéndolo con brusquedad, como a tantos otros.

Cuando escuché la puerta de mi apartamento cerrarse con fuerza, abrí los ojos.

Enseguida todos los objetos a mi alrededor comenzaron a deshacerse. Alfombra, electrodomésticos, cortinas, muebles, puertas y ventanas se seccionaban como pinturas cubistas en movimiento. No soporté el vértigo visual. Volví a cerrar los ojos.

La belleza bruta

Lo confieso sin vergüenza: amo a las mujeres feas. Pero si además tienen cierta edad –pasados los treinta y cinco años– entonces mi aprecio se convierte en una callada devoción. Y no es porque yo sea feo, pues desgraciadamente padezco del mal de la belleza bruta, esa belleza hueca de *stripper* profesional. Es un estigma que me acompaña en todo momento y que se renueva con cada mirada. La gente me ve y enseguida me confunde con un modelo de revista. Algo muy similar ocurre con las mujeres bellas. La gente ve una mujer hermosa y enseguida asocia su belleza física con la nobleza de corazón y la dignidad de carácter. Nada más lejos de la realidad. No he conocido una mujer bella (y he salido con muchas) que no sea presumida o terriblemente insegura, aburrida. La mujer fea, en cambio, es más interesante. Además de su modesta belleza física (siempre tiene algún atributo especial), es simpática, inteligente y practica una sensualidad sin artificios. Atributos raros, preciosos e irresistibles para mí.

Antes de descubrir la sutil belleza de las feas, yo era uno de tantos estudiantes universitarios en plena transición existencial. Era un ciudadano a medias, de esos que disfrutan de los privilegios de la adultez pero sin asumir toda la responsabilidad económica que ésta implica. Me gustaba jugar a ser grande, pero sin que esto me quitara cierto grado de irresponsabilidad adolescente. Yo era de Rincón, la capital del *surfing* y de Cocoliso, el Gigante, de donde me había ido apenas me gradué de escuela superior. Me hospedaba en Santa Rita desde hacía tres años y hacía un mes que buscaba un empleo a tiempo parcial, un trabajito que me diera algunos verdes sin tener que matarme demasiado. Eran tiempos de austeridad y lo único disponible para universitarios como yo eran empleos en las cadenas de comida chatarra. Nada que ver: yo para burro de carga no sirvo.

De día Río Piedras es una ciudad abandonada al sol, de edificaciones con pintura cuarteada y quincalleros desesperados por ganarse un peso; de noche, es territorio de putas, tiradores de droga, vagabundos y estudiantes desorbitados por el alcohol o la yerba. Un jueves me gasté los últimos verdes que tenía en cerveza y en una cajetilla de cigarrillos en El Boricua, un bar donde se bebe barato y después de las nueve de la noche algún trovador de pelo largo canta con una guitarra. A las nueve, puntual, llegó un cantante cuyo repertorio —viejísimas canciones de protesta— siempre me hacía bostezar, así que me largué del sitio. No quise volver a mi hospedaje, de seguro mis compañeros de cuarto estarían allí y no tenía ánimos de escuchar sus historias de carros y mujeres. Me fui a caminar por las calles de Río Piedras.

Nadie camina por caminar por esta ciudad desplazada por el fetiche de los carros y los centros comerciales. Pero hay un anacrónico en mí que no acepta ciertas realidades, se obstina en ir contra la corriente y camina por la Ponce de León hasta llegar a la calle Arzuaga, vira a la izquierda, bordea la Plaza de la Convalecencia, se interna en la calle Braumbaugh, cruza el corazón mismo del Paseo de Diego y sigue calle abajo, un corto recorrido en realidad, por aceras con peste a orines y sombras más ominosas que en un cuadro de Chirico. Ando sin miedo, inmune al crimen. No tengo un peso en los bolsillos, no tengo trabajo, pero me siento feliz.

Era entonces estudiante de periodismo y a cada rato, mientras caminaba, se me ocurrían ideas para crónicas y artículos investigativos. Aquella noche, al cruzar el Paseo de Diego, pensé en escribir sobre las criaturas noctámbulas que deambulan por aquel sector. No más asomar la idea en mi mente, vi a lo lejos las siluetas de personas fumando al final de la calle Braumbaugh, allí donde comienza el puente de la Gándara que comunica con el campus de la Universidad. Según me fui acercando aquellas siluetas asumían posturas cada vez más rígidas. En un momento me parecieron estatuas; lo único que delataba un pulso humano era el humo de cigarrillo que se desgajaba de la oscuridad hacia arriba. Tuve el impulso de darme media vuelta y volver sobre mis pasos, pero recordé el artículo que podría escribir y seguí caminando con el miedo agarrotado en mi espalda. Pronto pude distinguir que las siluetas con humo eran hombres alineados contra la verja de una escuela aledaña al puente. Cuando estuve a pocos metros de ellos, un rumor voluptuoso se hizo entre los hombres y éstos comenzaron a frotarse el pecho, la bragueta, a mostrar los bíceps o el filete medio erecto, murmurando acrobacias sexuales de satisfacción garantizada. En un acceso de idiotez me detuve cerca del primer hombre alineado y me recosté contra la verja con la intención de hacerme pasar por periodista para entrevistarlo. Al instante todos dejaron de ofrecer sus mercancías. Ahora me miraban con recelo y alcancé a ver en la mirada del primer hombre un asomo de indignación. Las palabras se me atoraron en la garganta y lo que tuvo intención de ser una pregunta no pasó de ser un murmullo ininteligible. El primer hombre cortó por lo sano:

—El que llega último le toca la cola —dijo señalando hacia el resto de los hombres alineados.

Sin replicar me posicioné último en la fila de hombres. Al instante éstos dejaron de prestarme atención y retomaron posiciones pétreas. "¿Tienes un *garette*?", me preguntó el que estaba a mi lado. Le di uno y encendí otro para mí. Tal vez había fumado un cuarto de cigarrillo cuando vi a dos hombres que caminaban hacia nosotros. No andaban juntos, mediaban unos seis metros entre uno y otro. Cuando se hizo obvio lo que estaban buscando, todos los hombres alineados empezaron a frotar y exhibir sus mejores partes. Yo no, yo estaba muy nervioso como para improvisar ademanes de *stripper*. El primero de los tipos parecía ser un cliente asiduo, enseguida comenzó a palpar los cuerpos dándole particular énfasis al filete de cada cual. No llegó a mí; el cuarto de los hombres alineados probó ser de su gusto, un mulato fibroso con un filete enorme. Se fueron sigilosamente hacia el puente de la Gándara. El segundo tipo enganchó al primero de los hombres alineados y se fueron hacia el puente también. Ni un minuto más tarde un carro viró hacia nuestra calle y enseguida apagó los focos. De él bajó una mujer madura, debía tener unos cuarenta y cinco años, rubia platinada, bien vestida pero sin ostentación. Recorrió la fila de hombres sin tocar a nadie pero catándonos uno a uno con la mirada; al llegar a mí se detuvo, escrutó mi cara, luego mis manos. Sonrió satisfecha.

—Vámonos —dijo.

Dos horas más tarde me devolvió a la calle Braumbaugh con suficiente dinero como para comer por dos semanas.

Una semana después, a eso de las diez de la noche, volví al puente de la Gándara. Era viernes, noche de joda en la ciudad. Recostados contra la verja de la escuela había siete hombres alineados ya y, conforme al código, me posicioné último. Encendí un cigarrillo y esperé. A la media hora llegaron tres locas en busca de un bugarrón que las partiera en dos. Nos calzaron a todos antes de decidirse por uno vestido con botas tejanas. No quisieron a nadie más, un machazo para tres. Botas saldría de oro, con una sola salida ganaría el equivalente a tres, tal vez más, pues las locas se lo llevaron de allí, no quisieron un polvo de pie en el puente de la Gándara. La noche transcurrió algo lenta, pero al fin y al cabo todos cobramos al menos un polvo. Para mí, necesitado sólo de un empleo parcial, fue suficiente. Me tocó un profesor universitario, la Paciente del Puente le llamaban, porque su fetiche era que uno se pusiera una máscara de sala de operaciones y le practicara un examen rectal con tres dedos. Pagó bien.

El negocio en el puente de la Gándara era un poco impredecible. Yo era como quien dice un obrero ocasional, había otros que trabajaban todos los días y se hacían de buenos verdes. Poco a poco los fui conociendo. Botas y Saoco (el mulato del filete enorme) eran los más populares. Luego le seguían en orden de popularidad Calígula (especialista en perversiones con cueros y látigos), Kiss (cuya lengua competía con el tamaño de su filete), Tito Orquesta (quien se acompañaba de un estuche lleno de juguetes sexuales), Manteca (más tirador de droga que bugarrón) y Giancarlo (un surfer rubio). A veces cuando iba al puente me encontraba con uno o dos que como yo sólo trabajaban de vez en cuando. Nunca fuimos los más solicitados, pero en una buena noche había clientes para todos.

Era casi inevitable que mis estudios se afectaran adversamente por este singular empleo. Siempre que no me venciera el sueño procuraba asistir a clase, aunque rara vez lograba concentrarme en la lección. A decir verdad, lo único que de alguna manera me vinculaba a mis estudios, era la idea de escribir una serie de crónicas de la vida nocturna de Río Piedras, en específico lo que yo estaba viviendo en el puente de la Gándara. Pero sabía que era un proyecto que debía posponer por ahora; no se puede describir bien un torbellino cuando se está en el ojo de la tormenta.

No demoré en darme cuenta de que mi primera experiencia en el puente había sido una noche de suerte. Yo recién llegado y me tocaba una mujer, era como para no creerlo. La verdad es que la mayoría de los clientes eran hombres casados o locas con dinero para botar. Ocasionalmente, sí, se asomaba por allí alguna mujer y entonces todos nos esmerábamos en atraerla; si hay que hacerlo por dinero, decíamos, mejor que fuera comiéndonos un bizcocho que ensuciando un condón. Por esto, siempre que tenía la suerte de enganchar a una mujer, me esmeraba en complacerla con la esperanza de que se convirtiera en clienta exclusiva mía. Si no lo lograba, siempre era posible que otras –referidas por la clienta satisfecha– buscaran a uno. Con ese método poco a poco logré crear un sistema de citas con mujeres, un manojo nada más, lo suficiente para satisfacer mis necesidades y no tener que ir con tanta frecuencia al puente de la Gándara.

Mi primera clienta fija fue Marcela. Siempre me llevaba a un motel de Caguas para que la hurgara por todos los resquicios de su cuerpo. Estaba infelizmente casada con un ejecutivo que padecía de eyaculación precoz; me pagaba extra por cada orgasmo que le provocaba. La segunda fue Nadia, una flaca en sus cuarenta, que le encantaba que le almibarara los senos y eyaculara en sus manos para frotarse con ellas hasta venirse. La tercera fue Cándida, la gerente de banco, cuyo nombre no iba para nada con el desparpajo con que me pedía que le comiera el otro rotito. Por algún motivo, después de la sesión, gustaba de llevarme al lavamanos para limpiarme como si fuera un niño. Por referencia de Cándida llegó a mí Leticia, una romántica trasnochada en sus cincuenta que insistía en llevarme a comer a un restaurante con velas antes de ponerme una mano en su pecho y pedirme que la poseyera. Su cursilería no tenía límites. Todas pagaban bien y todas eran feas. Salvo Cándida que me usaba como si fuera un consolador, las demás me veían como un excelente amante. Mi cuerpo las atraía y yo me esmeraba en hacerlas sentir bellas. Ellas se complacían y yo me deleitaba en complacerlas. No podía imaginar un obrero más feliz que yo.

Hasta que llegó ella, S. S de silente, sibila, sibilante: todas las entradas de la s en el diccionario que sugieran siseo y susurro. Sinuosidad. S no era un nombre, era una actitud, un estilo: la mujer del silencio. Así llegó a mí, envuelta en una densa niebla de misterio, una mujer de armas tomar y ademán decidido. Parecía una institutriz inglesa o una alta ejecutiva amargada. Su cara era adusta y severa, de líneas duras, sin asomo de suavidad; su cuerpo era de ondulaciones delicadas. Era jueves, siete y media de la noche, y me encontraba en la calle Arzuaga esperando a una de mis clientas cuando se detuvo frente a mí una Ford Explorer azul. Del interior salió una voz aflautada que me dijo que me montara. Me acerqué a la ventana para decirle que ya esperaba a alguien, pero no me dejó terminar: "Marcela no viene hoy, móntate".

Desde el principio supe que S era una mujer diferente. Nunca me había topado con una mujer, con una persona de cualquier sexo en realidad, que fuera tan celosa del silencio. A todas mis clientas les encanta soltar la lengua conmigo, es parte de mis servicios prestarles atención, escuchar sus fantasías, sus frustraciones con los maridos, con el trabajo, con la familia o los vecinos, e intercalar preguntas que simulen interés. Siempre viví convencido de que a las mujeres se les seduce por los oídos, y de pronto, de la nada, llegó S a romperme los esquemas. No exagero. Ni una palabra me dijo en el trayecto al hotel La

Playita de Isla Verde, ni en el cuarto 208, ni al quitarnos la ropa, ni al vestirnos, ni al devolverme a la calle Arzuaga y darme un manojo de papelitos, muchos más de lo que usualmente cobro por estos trabajos. Tampoco soportaba que yo le hablara, ni en los momentos de mayor fragor sexual, sólo que gimiera o gruñera, pero que no profiriera una palabra, pues enseguida me latigaba con un cállate despiadado. Ella misma era ejemplo de su ley, pues sólo al momento de venirse dejaba escapar un grito de bestia herida al tiempo que me golpeaba el pecho. Pero palabra en lengua conocida: ninguna.

Justo después de que S me devolviera a Río Piedras, me hice de la idea de que era una excéntrica, allá cada loca con su tema, me dije como me decía cada vez que tenía una clienta nueva: ellas pagan y yo cumplo. Pero fue un pensamiento vano y lo supe enseguida. Había sentido con S una palpitación más profunda, una urgencia impostergable, algo intangible y maldito que por alguna razón había que condenar al silencio. Su grito de bestia herida me había conmovido, lo había sentido como un vidrio que se rompe o como una herida supurante, nada parecido a las palabras soeces o los gritos melodramáticos de mis otras clientas. Me fui a El Boricua a beber unas cervezas y fumar un poco. Coqueteé con una chica que me encontré en el lugar, la invité a una cerveza y al irse me escribió su número de teléfono en una servilleta. Me sentí raro, como si no hubiera hecho ese ritual en años. Cuando me marchaba del bar boté la servilleta junto con la última lata de cerveza.

Soñé con S y me levanté a las tres de la madrugada

con una sensación de asfixia. Mis dos compañeros de cuarto roncaban su acostumbrada borrachera de los jueves. Uno de los dos había vomitado, el cuarto hedía a demonio. Me vestí a toda prisa y salí del hospedaje a errar como un fantasma por las calles dormidas de Santa Rita. Así, con esa sensación de estar un poco fuera de mí, pasé los días como un sonámbulo por mis clases, cumplí sin entusiasmo con una cita que había pautado para el lunes, y dormí a pata suelta. Nada que hacer. S seguía ahí, en el centro de mi mente, con su sordo reclamo, siempre golpeándome el pecho mientras emitía su grito de placer lastimero. No quería otra cosa que auxiliarla.

El jueves siguiente, como era de esperarse, tampoco vino Marcela y en su lugar apareció la Ford Explorer de S. De nuevo el silencio amarró nuestros cuerpos en el cuarto 208 de La Playita. Pero en este segundo encuentro, la urgencia de S se redobló, sus uñas me arañaron el pecho, su grito fue más estridente. Al final la abracé y ella se dejó estar contra mi pecho. La paz del momento me animó a decirle alguna tontería, pero no más proferir la primera frase, S se incorporó iracunda y me dijo que no quería escuchar una palabra más.

—Nos vamos —me dijo terminantemente.

Yo estaba desconcertado. Quería auxiliarla, estar ahí para ella pues era obvio que S me necesitaba, pero su tiranía de silencio era demasiado para mí. Le dije que se buscara a otro.

—Estoy pagando por tu silencio. Entiéndeme. Necesito tu silencio.

No dijo nada más. Sus ojos, mezcla de ansiedad y recatado orgullo, me hablaron en un idioma que no conozco. No entendí, pero acepté sus condiciones. Volvimos a la cama hasta que dos horas más tarde, tras gritos y gritos de tumultuoso placer, S dio por terminada la sesión. En el camino de vuelta a Río Piedras imperó el silencio, pero al dejarme en la calle Arzuaga, además del manojo de papelitos, me regaló una media sonrisa. Esa noche llegué al hospedaje con dos *six-packs* de cerveza que bebimos mis compañeros de cuarto y yo. Ellos contaron sus historias de carros y mujeres, y yo me limité a incitarlos a seguir mintiendo.

Era el efecto de S en mí. Un deseo vehemente de dar y dar.

Dar, siempre me gustó dar placer a mis clientas, era parte de mi trabajo, claro que sí, pero era porque reservaba el mejor gozo para mí: el de usar sus cuerpos como espejos donde mirar mi magnificencia. Sin embargo, ahora que S me reclamaba en su silencioso torbellino, veía las cosas de otro modo. Me daba cuenta que la fantasía era compartida: yo era el protagonista de las ficciones eróticas de mis clientas y ellas eran las protagonistas de las mías. De igual forma, la magnificencia era de ellas también. Marcela, por ejemplo, era tierra fértil para la pasión, barro en mis manos, un homenaje al amor sin artificios. Nadia, en cambio, era de un amor gastronómico, calibrado y exacto a sus urgencias, como un chef celoso de sus mejores recetas. Cándida, por su parte, era de pasión extrema y voluntad expedicionaria, una mujer brillante y decidida dentro y fuera de la cama. Y Leticia, amante de los detalles y cultivadora del romance, era la simpatía y la generosidad encarnadas.

Todas eran interesantes. Todas eran feas. Todas eran bellas.

No podía imaginar un obrero más afortunado que yo.

Mi tercera cita con S rebasó los límites. Me arañó el pecho hasta sacarme sangre, sus gritos de placer terminaron en llanto y luego de abrazarse a mí, se durmió. Su siesta sobre mi pecho fue la entrega total. Cuando me devolvió a la calle Arzuaga, se despidió con una sonrisa. Ni una palabra. No hacía falta.

El jueves próximo, a la hora de siempre, esperaba a S en la calle Arzuaga. La anticipación me tenía nervioso, fumaba un cigarrillo tras otro, espera que te espera. Así estuve cinco, diez, veinte minutos después de la hora acordada. Todavía esperé hasta que pasó media hora. Y luego, cabizbajo, media hora más. S no me recogería esa noche. Pude haber ido al puente de la Gándara, nunca están de más unos verdes extras, pero preferí irme a dormir a mi hospedaje.

La semana siguiente transcurrió sin grandes sobresaltos. Los exámenes finales estaban a la vuelta de la esquina, era más que inminente que me colgaría y no me importaba demasiado. Cumplí lo mejor que pude con Nadia y Cándida, las más consecuentes de mis clientas, aunque ellas notaron cierto desapego de mi parte; era difícil concentrarme en otra cosa que no fuera S. El jueves fui puntual a nuestro desencuentro. A la hora acordada de siempre esperé en la calle Arzuaga a que no apareciera la Ford Explorer azul. S no me decepcionó. Hora y media más tarde, me fui al puente de la Gándara. A los cinco minutos de haber llegado allí, se detuvo un Fiat destartalado, del cual se bajó una mujer pequeña, de pelo corto, vestida con un overol manchado de pintura y unos zapatos negros, masculinos, tal vez ortopédicos. Se notaba que no era una clienta habitual. Lucía un poco perdida, pero se esforzaba por disimularlo. No fue tímida y, como hacen tantos otros, quiso escrutarnos antes de decidirse por uno. Éramos cuatro hombres alineados, pero en cuanto me vio se olvidó del resto y se acercó a mí.

—Pareces perfecto —me dijo mirándome de arriba abajo—. Pero tengo que examinarte de cerca para comprobarlo.

Su rostro era de facciones desproporcionadas, pero su mirada era enigmática y cautivadora.

—Me llamo Cristal, soy pintora —me dijo en cuanto arrancamos en su Fiat.

Cristal era la antítesis de S. S era espigada, de pelo largo y alborotado y de manos delicadas, hechas para acariciar. Cristal era más bien pequeña, más entrada en carnes, de pelo corto teñido de rubio y de manos masculinas, toscas y curtidas por los materiales de su arte. S era celosa del silencio; Cristal no podía quedarse callada y le gustaba conversar. Para mí fue refrescante poder dialogar así, con llaneza y sin trabas, hablar y hablar sin medida. Por sus comentarios se notaba que Cristal era una observadora meticulosa: sus ojos estaban entrenados para mirar los detalles que por lo general pasan inadvertidos.

Vivía en un estudio en la calle Norzagaray del viejo San Juan. El lugar era un lío de ropa desperdigada dondequiera, de telas a medio pintar, de pinceles y tubos de pintura en cada esquina. La cocina era una mancha de trastos sin lavar y la puerta abierta del bañito permitía ver la ropa interior tendida. No había espacio cerrado en el estudio, todo estaba abierto y expuesto sin pudor. Sólo la cama de plataforma destacaba del resto. Tenía un colchón ancho, probablemente ortopédico. El cubrecama era de satín blanco y le daba al lecho un aspecto de lugar sagrado.

—Clávame, nene lindo —me dijo Cristal al tiempo que se tendía sobre la cama.

En breve tiempo nuestros cuerpos arrugaron y empaparon las sábanas de sudor. Cristal no escatimaba en palabras, en darme órdenes, en encomiarme cada gesto, cada sensación que le provocaba. Tenía los orgasmos en ristra y cada uno venía precedido de palabras soeces. Aquella vulgaridad desenfrenada me volvió loco y salvaje, no quería parar de penetrarla. Al acabar quedé exhausto y me tendí en la cama para recobrar fuerzas.

—Quédate así. No te muevas —me ordenó Cristal.

Yo obedecí con gusto. Ella entonces me examinó de la cabeza a los pies, comentando cada parte de mi cuerpo como si se tratara de una obra de arte. Me pareció un poco cómico, pero no me atreví a soltar la risa. Hablaba con una solemnidad que no admitía interrupciones. Otra excéntrica más, pensé. Cuando casi llegaba a mis pies, pausó un momento para decirme:

—Tu nombre debería ser Miguel Ángel.

Fue la última gentileza que tuvo conmigo.

Al levantarse de la cama, me miró y su rostro de facciones desproporcionadas dibujó poco a poco las líneas de una mueca de asombro. Me inquietó la fijación de su mirada. Pensé que tal vez estaba loca. De pronto, cerró los ojos y se tiró sobre la cama. Yo, instintivamente, me puse de pie.

—¿Qué ocurre, Cristal?

—Nada, nada, vete, vete ya —me dijo con voz imperiosa.

—Pero…

—¡Coge el dinero que está sobre la mesa y lárgate ya!

Me vestí a toda prisa, tomé el dinero y salí del estudio. A esas horas de la noche ya no había guaguas para volver a Río Piedras. Caminé errante por las calles adoquinadas del sector. Al llegar a la plaza Dársena, frente a la bahía, me dije que los desencuentros con S y Cristal había sido demasiado para una misma noche. Tal vez era tiempo de comenzar a escribir mis crónicas nocturnas.

Tal vez no.

El Ciclón Enmascarado

La primera vez que lo vimos nos quedamos boquiabiertos. Venía bajando por uno de los caminos de tierra que surcan el Cerro de los Pobres y desde la calle Nueva por donde pasábamos parecía un mulo, uno de esos tipos que uno trata de evitar en los callejones. Había llegado al pueblo el día antes y Pito, su nuevo vecino, nos había advertido de su figura descomunal. Claro, cuando nos lo dijo no le hicimos caso porque Pito es así, se cree que por ser dos años mayor que nosotros puede cogernos de lo que no somos. Pero no, no era uno de los cuentos chinos de Pito, y cuando llegó a la acera comprobamos que era cierto. El muchacho recién llegado al pueblo era gigante.

Nos impresionó, por supuesto, su estatura; calculamos que debía llevarse por un pie y medio a José L., hasta entonces el más alto de la clase. Pero no sólo era más alto que el resto, era también mucho más grande y robusto. Junto a él, los demás varones parecíamos unos alfeñiques. Lo único que tenía menos que nosotros era cabello, apenas unas lanitas que cubrían mal su cabezota. Por eso lo bautizamos como Cocoliso, un apodo que todos en la escuela y luego en el resto del pueblo comenzarían a repetir sin excepción.

En la escuela nos enteramos de su verdadero nombre –Eliezer– cuando Mrs. Caro lo presentó en el salón. Sólo los maestros lo llamaban así; para nosotros el gigante era y siempre sería Cocoliso. No recuerdo que ningún otro estudiante haya causado mayor conmoción en todos nuestros años escolares, incluso más que Cinthia a quien habíamos sorprendido con Guelo, el conserje, en uno de los baños. Los niños de grados primarios aclamaban a Cocoliso como si fuera un superhéroe de dibujos animados. Le aplaudían cuando pasaba cerca de ellos, le llevaban bolas de baloncesto para que las autografiara, se le enredaban en los tobillos para que los levantara uno a uno como hacían algunas machinas de las fiestas patronales o chocaban contra él para tratar de hacerlo caer y convertirlo en un Gulliver de recreo. Amable como un familiar lejano, Cocoliso, de pasada, se ocupaba de ellos. Más difícil se le hacía manejarnos a nosotros, sus compañeros de secundaria. La mayoría lo acogió con la curiosidad que genera un espectáculo de circo. Los varones tratábamos de integrarlo a nuestro corillo de amigos para darnos prestigio; a la hora de jugar baloncesto todos los equipos querían pedirlo; y en los baños lo retábamos a ver quién orinaba más lejos. Las muchachas lo entrevistaban, le hacían preguntas sobre su pasado amoroso, lo convidaban a jugar brisca y tute mientras, secretamente, curioseaban sobre las dimensiones de su anatomía sin ropa. Maestros, conserjes y empleadas del comedor lo trataban con cortesía campechana y sólo de vez en cuando le preguntaban de chiste si hacía frío allá arriba. Una minoría, en cambio, lo rechazó de plano como si la inmensidad del cuerpo de Cocoliso fuera una ofensa personal hacia ellos. Evitaban el contacto físico, incluso el contacto visual, con el muchacho como si se tratara de un leproso, y lo embromaban diciendo que era un engendro extraterrestre o producto de un accidente nuclear. Pero el resto sabíamos que detrás de ese humor negro lo que había era envidia.

En el casco urbano del pueblo, la gente lo saludaba como si se tratara de una personalidad pública y muchos comerciantes le obsequiaban artículos con la sola intención de poder observarlo de cerca. Para contrarrestar los efectos devastadores de su calvicie precoz, el Club de Damas Cívicas lo invitó a una de sus reuniones para agasajarlo con un bello aunque inservible sombrero de mago. Ni lento ni perezoso, el alcalde organizó una comitiva y en solemne acto público donó a Cocoliso un certificado vitalicio para ir al taller de Herminio, el mejor sastre del pueblo, quien se encargaría de confeccionarle o hacerle las modificaciones a su ropa. Por su parte, el cura aprovechó la primera visita del muchacho a la Iglesia para santiguarlo tres veces y disipar así el rumor entre algunos compueblanos de que no era criatura de Dios. A la salida de la misa, una decena de padres se turnaron para retratarlo junto a sus chiquillos. Ante todo este reperpero publicitario, muchos no dudaron en afirmar que la llegada de Cocoliso era lo más importante que había ocurrido en el pueblo desde que Santa Rosa de Lima, la Virgen del altar de la Iglesia, comenzara a llorar cinco años antes.

Todo esto ocurrió en febrero, recuerdo, porque las hojas de los almendros estaban entre rojas y anaranjadas. El pueblo estaba hecho unas pascuas con Cocoliso; no había rincón de la municipalidad donde no se comentara algo sobre nuestro gigante, dicho así, con orgullo, como si se tratara de un patrimonio nacional. Este romance del pueblo con Cocoliso duró unos cuantos meses, pero ya en agosto, con la llegada del calor y la peste de los mangos podridos, el entusiasmo desmedido que había suscitado la llegada del gigante había mermado y éste, poco a poco, se convirtió en un compueblano más, tan conocido y familiar como el resto de nosotros. Sin embargo, al final del mismo mes, durante las fiestas patronales del pueblo, Cocoliso conocería el reverso de la fama. En una de las noches de fiesta, se vio en la plaza del pueblo a un tal Felipe Birriel, de Carolina, cuya estatura superaba por un palmo la de Cocoliso. El rumor no se hizo esperar y al final de la noche todo el pueblo se había enterado de la desgracia. Nuestro gigante había sido superado por otro.

A la mañana siguiente no se comentaba otra cosa en la calle. El bochorno como un marullo inesperado nos empapó el ánimo y ya por la tarde mucha gente, apesadumbrada e iracunda, comenzaba a lamentar el día que Cocoliso y su familia habían llegado al pueblo. Sin que nadie se pusiera de acuerdo, casi todos comenzaron a castigar al muchacho con la peor de las armas: la indiferencia. Dondequiera que llegaba Cocoliso la gente no se molestaba en saludarlo y hacía como que no estaba. En la escuela, menos mal, el cambio de actitud no fue tan drástico. Los muchachos lo buscábamos como de costumbre para que jugara baloncesto, pero los más pequeños, sin disimulo, lloraron cuando lo vieron. Para ellos su héroe había fracasado.

Desde entonces Cocoliso se volvió más y más retraído. Fuera de la escuela, cuando los muchachos merodeábamos por las calles alrededor de la plaza de recreo o en los caminos de tierra del Cerro de los Pobres, yo lo veía a veces caminando por ahí como alma en pena o sentado leyendo en los escalones de la trastienda de algún comercio. En varias ocasiones me entraron deseos de hablarle, pero el temor a lo que dijeran los demás muchachos del corillo me detenía. Un martes en que yo andaba solo, lo vi leyendo frente al Parque de los Bomberos, y aproveché para acercarme y conversar con él. Hablamos principalmente de libros, una pasión que ambos compartíamos. Luego, cuando ya casi me iba, me preguntó sobre mis planes después de la escuela superior. No estoy seguro, le dije, tal vez me dedique al periodismo. ¿Y tú? Yo voy a ser actor, me dijo seguro de sí mismo. Cuando ya me alejaba de aquel lugar pensé que nuestro gigante tal vez se estaba volviendo loco. ¿Un actor con ese cuerpo de mastodonte y esa calvicie? No podía imaginármelo.

Los próximos dos años transcurrieron sin interesarme demasiado en Cocoliso. Fueron tiempos de transición para mí, de cambiar las revistas pornográficas por el sexo en parajes solitarios. Los muchachos del corillo todavía nos veíamos y salíamos a vacilar algunas noches, pero cada cual, por lo general, estaba en lo suyo. En ese tiempo me consta que Cocoliso no había flaqueado en su empeño de convertirse en actor. Había hecho audiciones para el papel de Cristo en una obra de la Iglesia, pero por supuesto jamás se ha visto un Cristo con el cuerpo de Goliat, así que el cura, como consolación, le permitió que hiciera de uno de los guardias de Herodes. Igual suerte había tenido en la escuela, donde jamás se le permitió interpretar un papel protagónico y tuvo que conformarse con hacer de árbol, mayordomo y otros papeles de poca monta.

A un semestre de graduarnos de escuela superior, a la directiva de la clase se le ocurrió la idea de recaudar fondos mediante la presentación de una cartelera de lucha libre en la cancha bajo techo del pueblo. La idea nos pareció un poco ridícula a muchos que hacía tiempo ya no nos embelesábamos viendo la lucha libre por televisión, pero no dudamos ni por un segundo que sería un éxito total. En el pueblo jamás se había presentado una cartelera de lucha libre, y sabíamos que la novedad atraería a la gente. Por si esto no fuera suficiente, al final de la cartelera el cuadrilátero se abriría al público para que cualquiera que quisiera retara en una pelea al legendario Ciclón Montes; aquél que durara más de dos minutos sobre el cuadrilátero recibiría un premio en efectivo.

Un sábado de abril, a las siete y media de la noche, se presentó por primera vez lucha libre en el pueblo. La demanda excedió nuestras expectativas; más de un centenar de personas se quedó sin poder entrar a la cancha bajo techo. Para los muchachos del corillo fue como volver a un tiempo olvidado de la niñez. Disfrutamos a grito limpio, como fanáticos a muerte, de las traiciones de Chickie Starr, de la infamia con tenedor de Abdullah The Butcher, así como de la frente ensangrentada pero victoriosa de Carlitos Colón y del puño vendado del Invader. Por encima del cuadrilátero volaron sillas plegables, cuartones de madera, un bate de aluminio y una sombrilla con empuñadura de metal; al árbitro lo golpearon y dejaron inconsciente en la lona no menos de cinco veces; de las trusas de los del bando rudo salieron tenedores, polvo de cebolla, manoplas y otras perversas artimañas, en tanto que de los técnicos vimos una exhibición impecable de lazos vaqueros, rompecuellos, suplidoras, abrazos de oso y la madre de todas las llaves: la figura del cuatro. Al final de la última pelea en cartelera, todos delirábamos de contentos con el espectáculo.

Tanta era la excitación que reinaba en el lugar que habíamos olvidado el bono de la cartelera: el reto de los dos minutos con Ciclón Montes. Éste subió al cuadrilátero y, antes de que fuera anunciado por el micrófono, empezó a retar al público con gestos de gorila y golpes en el pecho. Muchos en las gradas lo insultábamos por pasar el rato, pero nadie ni loco se aventuraba a meterse en el cuadrilátero con él; de alguien hacerlo, además de la paliza que recibiría, cargaría quién sabe por cuánto tiempo con el bochorno de ser un chiste para la gente del pueblo. Se hizo el anuncio oficial y transcurrieron par de minutos: nada, nadie. De pronto Cocoliso, nuestro gigante venido a menos, gritó que aceptaba el reto de Ciclón. Todo el público enmudeció al instante y miró hacia el lugar de donde había salido la voz. En vez del gigante marchito de siempre, vimos a un enérgico y monumental luchador enmascarado. Vestía una trusa negra, zapatillas oscuras y una capa azul marino en la cual se podía leer en letras plateadas *El Ciclón Enmascarado*. Al quitarse la capa todos nos sorprendimos de la buena condición física del gigante. Ciclón Montes se veía un poco desconcertado y no era para menos. Jamás habría imaginado que se enfrentaría contra una montaña de muchacho que, para colmo, se hacía llamar con su mismo nombre de luchador.

Todo era expectación cuando sonó la campana y comenzó la pelea. El Ciclón Montes aprovechando su mayor agilidad burló el amarre inicial y trató de hacerle un torniquete al brazo derecho del Ciclón Enmascarado. Enseguida se notó la superioridad técnica de Ciclón Montes, pero, contrario a lo esperado, ésta no fue suficiente para detener la fuerza arrolladora de su retador. Pasaron más de cinco minutos y los dos luchadores seguían enfrascados en la pelea. El Ciclón Montes daba indicios de cansancio mientras que el Ciclón Enmascarado ganaba precisión en sus ataques. Pasmados estábamos todos cuando nos dimos cuenta de que el nuestro llevaba la mejor parte de la pelea y, contra todo pronóstico, parecía inminente su victoria. De pronto, alguien del público comenzó a vitorear *¡Co-co-li-so! ¡Co-co-li-so!* y en nada toda la cancha bajo techo se unió en un coro unánime. Golpeado y tendido en la lona estaba Ciclón Montes cuando el Ciclón Enmascarado se trepó en la tercera cuerda y se detuvo unos segundos a escuchar los gritos del público pidiéndole que acabara con su contrincante. Por fin, luego de una pausa prolongada, se tiró de la tercera cuerda... justo cuando Ciclón Montes se hizo a un lado. Todos hicimos una mueca de dolor al escuchar el impacto de aquella gigantesca humanidad contra la lona. De ahí en adelante todo fue de mal en peor para el nuestro y al cabo de nueve minutos y cuarenta segundos de pelea, Ciclón Montes lo planchó a la cuenta de *¡uno, dos y tres!*

El público, decepcionado y molesto por la derrota, empezó a abandonar la cancha bajo techo musitando maldiciones contra el gigante y toda su parentela. No pude resistir la tentación y fui adonde Cocoliso; le pregunté por qué. Por toda respuesta, éste se quitó la máscara de luchador y, a la usanza de los actores teatrales, se inclinó para recibir un aplauso.

Cesáreo Mala Muerte

El Viejo decía que yo la había matado, pero no era verdad. Yo no tengo la culpa de haber nacido de trece libras con cuatro onzas. Si hubiera sabido lo que me esperaba en la vida, no me hubiera importado morir en el parto por cesárea junto con mi madre. Pero no fue así, las cosas nunca ocurren como uno quisiera. Al menos mi madre tuvo mejor suerte. A ella el Viejo la enterró entre lágrimas y flores, mientras que a mí me nombró Cesáreo por haber jodido el parto, literalmente. Para colmo de males, crecí con un hermano, tres años mayor que yo, con quien no tenía ninguna afinidad. Era enclenque y zángano, un sumiso de nación. Hacía los quehaceres de la casa sin protestar y el Viejo nunca lo tocó. Conmigo fue todo lo contrario, por alguna razón siempre me tuvo roña. Bastaba con que yo hiciera la más mínima tontería (o que el Viejo creyera que yo la había hecho) para que éste me golpeara con lo primero que tuviera a mano. Era una costumbre suya, una de sus malas mañas. Cuando crecí lo supe: a falta de mi madre, me pegaba a mí.

Pero todo tiene su final y a los quince años me harté. El Viejo no se dio cuenta de que los años pasan y en uno de sus arranques de malhumor quiso golpearme con un palo de escoba. Ya yo no estaba para aguantarle mierda, así que lo amenacé con un bate de béisbol. El Viejo no me hizo caso, me golpeó con el palo en la espalda, y entonces yo le rompí la boca con todos sus dientes de un batazo... es increíble la sangre que mana de una boca hecha cantos. Al Viejo se lo llevaron a Centro Médico. En cuanto salió de la sala de emergencias, se querelló con la policía. Ese mismo día me encerraron en un reformatorio.

Si algo le tengo que agradecer a mi padre fue que sin querer me había entrenado para resistir golpes, una destreza necesaria para mi futura carrera profesional. Seis años encerrado en un reformatorio es mucho tiempo, pasan muchas cosas, ves demasiado. Para sobrevivir tienes que volverte duro, si no, te joden hasta rajarte el culo y el alma. Lo importante era mantenerse uno ocupado y eso hice. Durante el tiempo que estuve allí me dediqué a ejercitarme y a los veintiuno mi cuerpo tenía la forma de un hombre-montaña: seis pies con cuatro pulgadas de recia musculatura. Era fanático de la lucha libre, siempre lo fui desde niño y, por mi experiencia dentro del reformatorio, sabía que podía ganarle a cualquiera. Me convencí que en cuanto saliera de aquel antro de violencia, me convertiría en luchador profesional.

La yerba mala, aunque tarde, sí muere. Cuando salí del reformatorio, al Viejo ya se lo había tragado la tierra. Un ataque al corazón. Me imagino la indigestión que habrá causado a los gusanos. Con mi hermano no podía contar. Es cierto que en las primeras semanas me hospedó en su estudio (un chiquero a dos cuadras de la Plaza de la Convalecencia de Río Piedras), pero fue tajante en que debía irme en cuanto encontrara un trabajo. No había cambiado gran cosa en seis años. Había seguido su destino de gusano, y ahora trabajaba de bibliotecario en una escuela. Le encantaba leer y mataba las noches escribiendo. Nunca le conocí mujer en las semanas que conviví con él. A lo mejor con el tiempo se haya metido a maricón, pero no estoy seguro. Un maricón tiene que atreverse a sacrificar el culo, y mi hermano es incapaz de cualquier forma de heroísmo. Es como si quisiera ser invisible. No sé por qué.

Trabajé un año de gondolero en un supermercado de Hato Rey. Era un trabajo miserable como tantos otros, pero me daba para sobrevivir. Vivía solo. En ese tiempo tuve pocas mujeres, ninguna duraba más de dos citas conmigo. No las culpo. Yo tenía y tengo un problema severo de halitosis.

Comencé a frecuentar un gimnasio en Canteras donde sabía que practicaban algunos luchadores profesionales. Traté de impresionarlos y terminé con una muñeca rota. Tienes cuerpo, me dijo uno de los luchadores, pero te falta técnica. Sigue practicando. Luego de que me quitaran el yeso, seguí yendo al gimnasio a diario. Allí me pulí y aprendí todos los trucos del oficio.

Decidí hacerme luchador rudo. Los rudos son más excitantes y gozan de toda la atención de la fanaticada aunque sea para recibir sus insultos. Siempre he creído que los del bando técnico son unos aburridos con fama de justicieros. Me dejé el pelo largo como un neandertal y adopté el nombre de Mala Muerte. *Tropical Sport Promotion*, la principal productora de lucha libre del país, no me dio la oportunidad, así que me incorporé a *Pakokike Wrestling Group*, una compañía de poca monta, con luchadores de tercera y cuarta categoría. Hacíamos carteleras cada dos semanas por los barrios rurales de Carolina, Trujillo Alto, Gurabo y Juncos. Llegamos a hacer giras a otros pueblos de la isla, pero muy pocas veces; la paga era tan poca que no valía la pena. Los fanáticos de esos lugares prefieren las carteleras de *Tropical* aunque tengan que pagar por la entrada.

La lucha de *Pakokike* se hacía en un cuadrilátero al aire libre, casi siempre ante un público formado por borrachos y curiosos sin nada mejor que hacer. Eran unos verdaderos hijos de puta. Si quedaban complacidos con el espectáculo, tiraban frituras y latas de cerveza al cuadrilátero. Si no les gustaba lo que veían, entonces te tiraban con botellas. No había pelea mía en que no me enfrascara en una guerra de insultos con dos o tres de aquellos cabrones. Era divertido.

En seis años de carrera como luchador mi récord ha sido casi impecable. He perdido más de cien peleas. Perder una pelea es diez veces más difícil que ganarla. Hay que ser más convincente; si no, el público te abuchea y no quiere volver a verte el pelo. Un buen perdedor, un perdedor digno, tiene que dar la talla, amenazar convincentemente con ganar el combate, hacer trucos ilegales para ganarse el odio del público, y en el momento propicio dejarse vencer sin que se note. Un mal golpe, una caída inesperada y se fastidia el resultado de la pelea.

Existe un código de honor entre los luchadores. No se debe lastimar de más, ni incapacitar al contrincante. Casi todos tienen familias que mantener y nadie quiere quitarle las habichuelas a otro colega. Los accidentes ocurren, claro está, y se perdonan. Pero cuando se sospecha que el ataque ha sido vicioso y deliberado, el luchador se convierte en persona non grata. En todos estos años de carrera, gané sólo cinco peleas. Las cinco veces fueron errores de cálculo que mandaron a mis contrincantes al hospital. A Tony Finger y a Real Kill les rompí sendas costillas; a Calypso Man le fracturé la tibia; a Ciclón Montes le desgarré la oreja derecha; y al Perro de Canteras, la última víctima de mis torpezas, le disloqué un hombro con tal fuerza que ya no podrá volver a la lucha. Tienes mucho cuerpo, pero pobre técnica, me dijo el promotor de *Pakokike* al despedirme.

No podré volver a la lucha en buen tiempo, pero me consuela saber que mi hermano está peor que yo. Se pasa metido en un pub bebiendo a morir y todavía vive solo en el mismo chiquero de Río Piedras. No sé cómo se las arregla sin mujer. A mí las putas me permiten hacerles de todo menos besarlas. No las culpo. En cuanto ahorre suficiente dinero, voy a operarme las amígdalas.

Melancolía de un escritor obtuso

Mejor admitirlo desde el principio. Mi ficción nunca ha sido memorable y con el tiempo se ha vuelto peor: pura redundancia o lisa estupidez. Nunca he producido una idea original y me paso las noches borroneando cuentos y novelas que no pasan de ser eso, precarios borrones. Soy, pues, un escritor mediocre, aunque la categoría no me haga cabal justicia. Escritor, no: escribidor. Soy un escribidor mediocre que ha mentido, miente y mentirá una historia. La ficción consiste en decir verdades mintiendo. Bella sentencia que, por cierto, no inventé yo.

He aquí un fragmento de mi más reciente borrón:

Francisco procura vivir en el mayor anonimato posible, enclaustrado en su propio mundo, ajeno a los periódicos y a sus vecinos. Es el modo de vida estándar de la ciudad: vivir menos pero más seguro. Duerme en un estudio de soltero en la calle L, esquina #17, de una urbanización cualquiera. Cuando no duerme está en su trabajo como supervisor de obras de una compañía de construcción y, en su tiempo libre, de juerga en los pubs. Es divorciado, no tiene hijos. Fuma socialmente, bebe todo tipo de alcohol y le encantan los crustáceos. De las mujeres prefiere las piernas, son su fetiche. No quiere ni tiene compromisos con nadie ni con nada. Es su forma de sentirse libre.

Así vive durante años.

Durante varias líneas fluye el relato con un ritmo preciso y eficaz, periodístico si se quiere, hasta que de pronto caigo de cara contra la página en blanco. ¿Y ahora qué?, me pregunto. Ni idea de cómo continuar. Me siento entonces abrumado e idiota, como si sufriera de dislexia aguda. Incapaz de escribir una palabra adicional, leo y releo maniáticamente lo escrito hasta que soy presa de mil y una suspicacias. Tacho y añado palabras, cambio el orden de las oraciones, el orden de los sintagmas de cada oración hasta que lo escrito deviene jerigonza china que no hay lector que le meta el ojo. Cuando ya estoy abatido por el cansancio y la incompetencia verbal, abandono los papeles garabateados y me sumo en un sueño depresivo. El problema no es la depresión, sino el optimismo que inevitablemente le sigue a la mañana siguiente, esa necia confianza en que hoy es un nuevo día, borrón y cuenta nueva, y con renovado brío me dispongo a insuflarle vida al papel estrujado de la víspera. En vano: malgasto horas frente a la página como un esquizofrénico que balancea su cuerpo en un solo pie. Así continúo durante varios días hasta que por fin reconozco la derrota: otra vez la página en blanco ha erigido su muro infranqueable añadiendo un borrón más a mi colección. Entonces renuncio a la escritura por un tiempo y me entrego a la bebida como un despechado de amor.

En una de esas noches de despecho conocí a Francisco. Era viernes, noche de joda citadina, de entrega a la lujuria alcohólica luego de días de trabajo y estrés. Me encontraba en un pub de una avenida apiñada de comercios, sentado solo —como siempre— en uno de los extremos de la barra. Desde ahí acostumbro observar todo cuanto pasa en el local y me recreo inventando nombres e historias a todas las personas que van y vienen, sin excluirme a mí mismo. Me gusta llamarme Nono o K.K., según las oscilaciones de mi humor, y casi siempre soy bien atendido por un barman que me trata como un mueble viejo, como uno de esos objetos que la costumbre hace invisibles. La noche comenzaba a empozarse en la madrugada; ya me había bebido medio litro de ron y me aburría de inventar tanta historia insulsa a un grupo de hombres que se reían a carcajadas. De pronto, uno del grupo se tapó las orejas y gritó un improperio. Me di cuenta enseguida que algo andaba mal, pero los compañeros de farra del hombre creyeron que era una broma de borracho. Éste retiró sus manos de las orejas y le preguntó a los del grupo si habían escuchado el ruido. Enseguida volvió a taparse las orejas haciendo una mueca de dolor.

Sus compañeros de farra, dándose cuenta de que no estaba bromeando, trataron de averiguar qué le ocurría.

—El ruido, animales, el ruido —les dijo con brusquedad, sin quitarse las manos de las orejas. Sin esperar una reacción, salió del pub.

Pagué la cuenta y fui tras de él. Muy tarde: al salir afuera no quedaba rastro del tipo. No importa, me dije. Había presenciado una escena literaria, razón suficiente para que se me espantara la bruma del alcohol y me apresurara a llegar a mi estudio. Una vez allí me senté frente al papel en blanco y comencé a reescribir sobre Francisco, ahora un hombre atormentado por el eco de sus propias palabras. Tenía al menos un feto de relato, una promesa de ficción.

Trece páginas duró la promesa. La coherencia no

parece ser una de mis cualidades como escritor y este infortunado rasgo terminó por transparentarse en mi relato de Francisco. Tarde me di cuenta de que el personaje, que al principio vivía atormentado por el eco de sus propias palabras, se había convertido, trece páginas más tarde, en un hombre que descubre que ha perdido su sombra y con ella su tridimensionalidad. Por varios días barajé innumerables soluciones literarias sin hallar una alternativa satisfactoria. El relato estaba bizco, en dos direcciones mutuamente excluyentes. Incapaz de mutilar a un Francisco por salvar al otro, dejé que la melancolía alcohólica me condujera hasta mi pub habitual, donde me acodé en mi acostumbrada esquina de la barra. Al par de tragos ya me aburría de inventar nombres e historias a algunos imbéciles con corbata, cuando mi mirada se detuvo en un mosaico que adornaba una pared del local. El mosaico, hecho de trozos de espejo, formaba las letras del nombre de la ciudad. Gente, objetos, luces, humo: todo lo que cruzaba frente a la ciudad así deletreada se refractaba y perdía unidad. Alelado por este espejismo, me quedé indiferente al ver a Francisco, al hombre que había inspirado el personaje Francisco, entrar por la puerta del pub. Estaba solo, tranquilo, sin el nerviosismo ni el aura de protagonista atormentado de la primera vez que lo vi. Parecía, más bien, un hombre anodino y vulgar. Se sentó al extremo opuesto de donde yo me encontraba. Sentí deseos de orinar y cuando caminaba hacia los urinales busqué mi reflejo en la ciudad deletreada de espejos. Cuando volví a la barra mi taburete estaba ocupado por K.K.

K.K. trabajaba de día como catalogador de libros en una biblioteca escolar, pero devoraba sus noches escribiendo relatos siniestros. Su excesiva timidez se manifestaba como una hosquedad casi animal, por lo cual la gente evitaba su trato. Las noches en que no escribía, frecuentaba esta barra donde se sentía cómodo pues hasta el barman lo trataba como un mueble viejo, como uno de esos objetos que la costumbre hace invisibles. Tenía un solo amigo: yo. Nuestros encuentros, ocasionales, siempre se daban sin premeditación en este mismo lugar.

—¿Cómo estás, Nono? —me saludó efusivo.

—Jodido, hermano, jodido —le contesté con honestidad.

Le conté los avatares del relato que había intentado escribir sobre el personaje Francisco, sin omitir el detalle de que había sido inspirado en el hombre que bebía solo al otro lado de la barra. Le expliqué entonces la desgarradora disyuntiva en que me hallaba: mutilar a uno de los Franciscos o golpearme una vez más contra el muro de la página en blanco.

Entendí a Nono. Lo conocía hacía suficiente tiempo para darme cuenta de su afición al drama, incluso al melodrama. Su vida (trabajo diurno en una biblioteca escolar y soliloquios nocturnos en un estudio) rara vez le ofrecía las experiencias para saciar ese trillado gusto, pero compensaba apalabrando mundos agitados de emoción. Era un poco obtuso como escritor por lo cual casi nunca terminaba sus relatos. Para dilatar la noche de palabras y alcohol, le propuse a Nono que entre los dos terminaramos de contar, siquiera oral y esquemáticamente, las historias de Francisco.

***

Resulta que Francisco descubre que es un hombre divisible. Una noche, en un pub de una avenida apiñada de comercios, un ruido ensordecedor le taladra los oídos. Poco después cae en cuenta de que son ecos. Trata de comunicarse pero resulta en vano: está atrapado en una burbuja impenetrable para los demás. Desquiciado, luego de varias vicisitudes nocturnas en la ciudad, termina exhausto en su estudio de soltero y enseguida se duerme. Al despertar, descubre que los ecos se han disipado, es decir, ya no escucha ecos al hablar. Más tarde, descubre que si bien ya no escucha los ecos al hablar, tampoco puede escuchar a nadie. El vendedor en el semáforo, los conductores en el tapón y los obreros de la construcción donde trabaja son todos mimos para los ojos y oídos de Francisco. No está sordo, como presume primero. La realidad es más atroz: todos en la ciudad, salvo él, están atrapados en burbujas impenetrables. Francisco, hombre dividido de los demás, queda irremediablemente separado de sus conciudadanos.

Resulta que Francisco descubre que es un hombre divisible una tarde mientras camina en una calle del distrito financiero de la ciudad. Tratando de distraerse de la sensación de que alguien le aguijonea la nuca con la mirada, busca su reflejo en la vitrina de un comercio y descubre un espejismo. Ve su imagen pero no su sombra. Más tarde descubre que ha perdido también tridimensionalidad. Cuando busca su imagen en el espejo retrovisor del carro, apenas logra ver una ráfaga gris que enseguida se disipa. En ningún momento, sin embargo, ha dejado de sentir la mirada en la nuca. Su persistencia le aterra y comienza a huir de ella. Pero no hay manera de que escape de su destino de hombre divisible y según discurren los párrafos, Francisco, siempre huyendo de la mirada que lo persigue, comienza a difuminarse. Cuando pierde su sombra, Francisco queda reducido a Fran; al descubrir que su imagen es niebla, es apenas la letra F; cuando la mirada, el ojo voraz del lector, lo alcanza, no es más que el punto que concluye el relato.

***

La noche comenzaba a empozarse en la madrugada, cuando Nono y K.K. terminaron de contar mis historias. Cada cual se empinó un último trago de ron y después de que les pagara la cuenta, nos despedimos con un abrazo. Mientras salía del pub, miré un momento hacia la barra. Con un trago en la mano, Francisco, el hombre que había inspirado mi personaje Francisco, seguía allí.

II. El Nido del Amor

a. C. y d. C.

1

Hay un río de sangre tierna debajo de la ciudad. Todos los ciudadanos lo saben. Aquéllos que trabajan y duermen por reloj lo saben por las noticias, y lo previenen a toda costa: aseguran sus carros y enrejan sus propiedades, circunvalan las barriadas y los caseríos venidos a menos, y evitan los tecatos que piden dinero en los semáforos. Los demás, las criaturas de la noche, lo saben porque viven ungidos por esa sangre como víctimas o victimarios. Es imposible vivir tranquilo, el miedo cunde dondequiera: cualquiera es vulnerable de morir asesinado. Así lo confirman el mínimo de diez asesinatos que ceba a diario el río de sangre de la ciudad. La violencia nuestra de cada día: un símbolo cohesivo, una seña de identidad urbana.

Tal vez. Pero para Cisco la violencia es menos abstracta. Nada tiene que ver con las sutilezas literarias del párrafo anterior. Cisco nació y se crió en las calles duras de Cuchillas, un barrio pobre, apeñuscado de casas de madera y cemento crudo. Su padre, Calixto, era pastor evangélico y su madre, Yeya, una de las hermanas de la feligresía. La iglesia nunca fue muy grande; Calixto era pésimo administrador de la ofrenda y sus líos de falda lo desacreditaban. No obstante, gracias a su magistral oratoria, el pastor siempre conservó un núcleo de seguidores incondicionales, constituido predominantemente por mujeres. Preñó a Yeya y se casó con ella, forzado por la pistola del suegro. Yeya parió a Antonio Francisco y antes de terminar la cuarentena quedó preñada de nuevo, esta vez de gemelos. Ninguno sobrevivió el parto: los bebés se ahorcaron con el cordón umbilical y la madre murió de un paro cardiaco. El padre, viudo, no volvió a casarse, y cedió la custodia de Antonio Francisco a sus abuelos maternos. Siguió su obra de evangelizar faldas durante siete años más, multiplicando la especie a diestra y siniestra, hasta que un buen día el marido cuernudo de una de las hermanas de la iglesia se lo encontró en un colmado y le cobró la afrenta con un tiro que le desfiguró la cara y lo dejó irreconocible. En cuanto se escuchó el disparo, una muchedumbre de curiosos corrió al colmado para averiguar lo que había pasado. Entre el gentío se encontraba Antonio Francisco.

Era apenas un niño de ocho años y aquel cadáver era su primer encuentro con la muerte. Le parecía un sueño. Aquel cuerpo espigado –vestido con pantalón de poliéster y guayabera embarrados de sangre– pertenecía a su padre. Aquella cara destrozada, apestosa a sebo quemado, era su padre. No tenía relación alguna con Calixto, aunque de vez en cuando lo veía por las calles del barrio. Sabía que era su padre, su padre sabía que él era su hijo, pero nunca se buscaron, siempre se trataron como dos extraños. Tal vez por eso ahora no lloraba; apenas pestañeaba, inmóvil. En seguida una vecina, preocupada por la impresión que pudiera causarle el cadáver de Calixto, lo escoltó fuera del lugar. Pero ya era muy tarde. La cara más escalofriante de la muerte lo había fascinado.

Huérfano, Antonio Francisco se crió en la calle. Tony, como le llamaban entonces, comía y dormía en casa de sus abuelos, pero el resto del tiempo, fuera de la escuela, se la pasaba entre amigos y conocidos en la brega callejera hasta tarde en la noche. Para buscarse sus chavitos barría y trapeaba el cafetín de don Moncho, o lavaba y brillaba los carros de Torino y el Gordo Soto, los dos bichotes que controlaban el tráfico de drogas en Cuchillas. Eran tiempos de relativa paz, no había disputas entre ambos negociantes, ni intromisiones de otros traficantes de territorios aledaños. Algunos días, en especial los sábados, Tony caminaba con sus inseparables amigos Chu, Nene y Vitín hasta la Parada 18 en Santurce, todavía entonces un centro importante de actividad comercial, donde importunaban a los viandantes pidiéndoles una peseta o robaban chicles a los quincalleros. En otras ocasiones, iban a una de las playas de Ocean Park, entonces una comunidad no amurallada constituida por casonas, hoteles, algunos hospedajes playeros y varios condominios nuevos, hogar de la pequeña burguesía. Allí observaban a los turistas gringos, embelesados con la belleza isleña; allí tuvieron sus primeros encuentros eróticos y escenificaron sus primeras riñas territoriales.

¿Qué miras, cabrón?, gritaban unas pandillas a otras y ahí no más se enredaban a los puños. Esas peleas cimentaron una relación de solidaridad y complicidad irrompibles entre Tony y sus amigos. Se hicieron hombres dando y cogiendo palizas, y en Cuchillas, con los años, ganaron fama de jodedores. Los cuatro eran arrojados, feroces en el cuerpo a cuerpo, pero conocían sus límites: sabían cuándo recular y cuándo agredir. Cada cual cultivaba una idiosincrasia peculiar. Nene, apodado irónicamente así desde chamaquito por la desproporción entre su descomunal físico y su edad, era el verdugo mudo, el que hacía comer tierra a cualquiera sin decir una palabra. Chu era el bromista del grupo, el relacionista público, tenía la habilidad de engatusar con palabras y de contagiar simpatía; podía conversar hasta con sordomudos. Vitín era el bonitillo del clan, un seductor empedernido, siempre vestido a la moda; era un gato astuto y truculento que aplicaba el principio del todo se vale lo mismo en la cama que en sus riñas callejeras. Era la mano derecha de Tony, la cabeza del clan, cuya inteligencia y falta de emotividad le confirieron mediante un consenso tácito el liderazgo del grupo. Era implacable con sus enemigos, miraba sin pestañear; tenía sangre fría: rara vez gritaba y con una sonrisa en los labios era capaz de cometer cualquier crimen, por más brutal que fuera, sin inmutarse. Este dominio de sí mismo le daba un aura ominosa que provocaba escalofríos entre sus enemigos. Le llamaban La Sombra.

El barrio Cuchillas y la amistad de toda la vida unía a los cuatro amigos; un pacto de sangre los hermanó hasta la muerte. Todavía tenían problemas de acné la tarde que fueron sorprendidos por una pandilla de Villa Palmeras en una playa desierta de Ocean Park. Era territorio neutral, de libre acceso, ni los bravos del caserío Lloréns Torres (los más cercanos a la playa) ni nadie lo reclamaba. A los seis villapalmeros de la pandilla les roncaban los cojones estas sutilezas; tan pronto vieron a Tony, Nene, Vitín y Chu fumando en la arena, quisieron encenderlos. Estacionaron el Datsun en que andaban y salieron al encuentro de los cuchilleros con los bolsillos llenos. Vitín fue el primero en verlos.

—Damas, tenemos compañía —dijo.

—Manos en los bolsillos, todos. Nene: espera que cante —instruyó Tony. Nene asintió con la cabeza.

El líder de los villapalmeros, un mulato chato con guille de Al Pacino, se hizo encender un cigarrillo por uno de sus seguidores antes de hablar.

—¿De dónde son ustedes? —preguntó con una mueca sacada de una película de acción.

Con toda premeditación, Tony calló y lo miró fija y largamente a los ojos como si quisiera hipnotizarlo. El chato hizo amago de decir algo, pero Tony lo atajó con toda seriedad:

—Te contesto cuando me enseñes tu placa de policía.

—¿Qué tú dices, pendejo?

—Que te picaría en cantitos si no estuviera allí aquel uniforme —contestó Tony, señalando con una sonrisa a la acera. En efecto, un guardia los estaba observando.

—Se salvaron de ésta, pero si los cojo por ahí les tumbo la cabeza —sentenció el chato dándoles la espalda.

Los villapalmeros se detuvieron a hablar con el guardia. El chato líder le comunicó par de cosas señalando una y otra vez hacia los cuatro cuchilleros.

—Insecto —dijo Vitín—. Nos está quemando con el uniforme.

Los villapalmeros siguieron su camino hacia el Datsun estacionado, pero el guardia se encaminó hacia los cuatro amigos. No hubo mucho tiempo para pensar; Tony tenía pasto encima y el policía de seguro los iba a registrar. Con una sonrisa campechana, Tony aguardó a que el uniforme estuviera cerca. Cuando lo tuvo a su alcance, lo apuñaló en el pecho. Chu, Nene y Vitín, aunque consternados por un momento, reaccionaron rápido e inmovilizaron al uniforme en la arena.

—Cójanle el revólver —ordenó Tony—. Este cerdo no se va a mover más.

Enseguida le dibujó con la navaja una sonrisa en el cuello.

En el camino de vuelta a Cuchillas, los cuatro amigos apenas hablaron. El pacto ya estaba hecho: eran hermanos en la sangre. El asesinato del policía, del *cerdo azul* como más tarde dirían en el barrio, no sólo selló la hermandad de los cuatro, sino que les confirió una nueva identidad. De haber sido hasta ese día un cuarteto de vándalos adolescentes, se habían convertido a navajazo limpio en una pandilla de criminales. No tachemos el clisé: se habían graduado de la escuela de la calle. Y con honores. Asesinar a un policía se consideraba una proeza que otorgaba instantánea fama y respeto en el bajo mundo.

Como era de esperarse, el rumor sobre el asesinato y sus autores se regó como pólvora por el barrio. En la prensa televisiva y en la primera plana de los diarios sensacionalistas también se difundió la noticia sobre el asesinato pero sin la menor pista de la identidad del asesino. El policía asesinado fue enterrado con honores. La prensa televisiva hizo su agosto cubriendo el entierro en directo.

Las tomas *close-up* de los ataques de llanto de la viuda y los hijos del héroe ("muerto en el cumplimiento honrado del deber", según la prensa) conmovieron a la ciudadanía frente al televisor. Comprometido frente a las cámaras, el Superintendente de la Policía prometió hacer una investigación exhaustiva del asesinato; recalcó que no descansaría hasta dar con el homicida. Nunca, por otro lado, pudo determinarse con precisión el móvil del crimen. A los investigadores del caso les llamó la atención que lo único que le faltara al policía asesinado fuera su revólver; su cartera con dinero en efectivo, su cadena de oro y su reloj estaban intactos. Dos días después, la Uniformada realizó una serie de redadas en Lloréns Torres en las que confiscaron armas ilegales. La operación, denominada *Desarme criminal*, fue todo un éxito publicitario. La Uniformada nunca pudo dar con el arma del policía muerto, menos aún con el asesino de éste, pero la operación tuvo el efecto de distraer la atención pública y devolverle la confianza, siquiera de forma parcial, a la ciudadanía.

2

Despiertan del paraíso temprano, cuando el frío del alba cala los huesos o los primeros rayos de sol dan de lleno en sus caras. Yacen lo mismo bajo un puente, arrimados a la escalera de un edificio público, en los bancos de un parque o frente a un solar abandonado. Primero no es más que un sacudón, un estremecimiento momentáneo, la sospecha de que ya pronto termina el viaje y el intento desesperado de sumirse en la inconsciencia. Luego sienten picor, dolor de estómago, la hueca pesadez de la cabeza. Poco a poco van entrando los sonidos, los gritos y el mundo de afuera. Comienzan a desperezarse bajo un cúmulo de periódicos, de cajas de cartón o de telas mugrientas. Abren los ojos. Ya entonces es imposible volver atrás, a la ensoñación vertiginosa de la noche anterior. No queda más que encarar la misma mierda de siempre, la misma puta ciudad.

Les llaman de todo: tecatos, yerberos, coqueros, mariguaneros, *bones*, peseteros y adictos. Son la escoria de la ciudad, esa pesadilla extrema de la miseria física y moral, esa degradación humana que nos avergüenza y nos hace sentir tan afortunados.

Hay tecatos en todos los semáforos de la ciudad. Todos mendigan dinero: unos ensucian el parabrisas del carro a cambio de unas monedas, otros escriben su miseria en un pedazo de cartón, la mayoría sólo extiende un vaso sanitario donde acumula el ay bendito citadino. Si algún tecato se acerca con el cuento de *dame algo pa comer* y quien conduce el carro es un comerciante, éste lo manda al carajo y le lanza insultos lacrimógenos. Si es una ejecutiva de un bufete, ésta simula andar despistada y, si es posible, adelanta el carro unos metros para no encararlo. Si es un estudiante universitario, según las oscilaciones de su humor, le dice que no tiene nada o le da unas monedas que le sobran en los bolsillos. Si es Cisco, sin embargo, éste no dice nada. El tecato, al darse cuenta de quien es, recula espantado como si se tratara del diablo.

Ya quisiera que se tratara del diablo, pero es peor:

Cisco es su dios.

Alpha y omega de sus días, Cisco hace que corra vida en sus venas, le suple la gracia divina para llegar al paraíso o lo castiga con fuego consumidor, según amerite cada caso. Y, como un Cristo arrebatado de parábolas, sus ojos le dicen: en verdad os digo que así como del polvo salisteis al polvo regresareis, pues soy el dios de los puntos, la sal de tus llagas y el pus de tu mundo. Formas todas poéticas y heréticas de decir que la suerte del tecato de Él y sólo de Él depende.

Abundaban las leyendas sobre la severidad de Cisco. A un tecato que le manchó el parabrisas de su carro, en lugar de una moneda le dio un tiro en la mano. Otro que se tropezó con el vehículo y le rayó la pintura jamás volvió a pedir en el semáforo: no volvió a caminar. Otro que se atrevió a mentarle la madre no vivió para contarlo. Eran sólo leyendas, claro está, historias con mucho de cuento, pero con algo de verdad que ningún tecato quería descubrir. Al igual que los buenos ciudadanos, los tecatos, ciudad-anos también, vivían los encantos del temor.

Vivían y morían como cualquier perro sarnoso y callejero. Eran conocidos de todos en el barrio, el caserío o la avenida; daban pena y asco. A veces se arrastraban, se rascaban las llagas y se humillaban por un poco de comida o de dinero para la cura. Eran serviles. No ladraban, en eso se diferenciaban de sus homólogos caninos. Además, la dentadura irregular y mugrosa de los tecatos era muy inferior a la espléndida dentadura de los cuadrúpedos sarnosos. Estas pequeñas diferencias no impedían que un buen día, hermanados por la desgracia, perro y tecato amanecieran muertos, atropellados por un carro o asesinados. La mugre también descansa en paz.

Cisco desconfiaba de los tecatos. Eran tierra para él: seres indignos, amorales, capaces de hacer cualquier cosa por obtener la cura. Eran clientes, claro está, pero indisciplinados e inescrupulosos. Había que mantenerlos a raya. Fuera del barrio Cuchillas era difícil imponerles respeto, pero dentro de éste era otra la historia. El barrio era tierra santa, santificada por el dios Cisco y sus santos acólitos: san Vitín, san Nene y san Chu. No siempre fue así, desde luego. Hubo un tiempo de confusión, de guerras, de muertes indiscriminadas, de crimen rampante. Un tiempo apocalíptico. Cómo fue que Cuchillas se avino a las bondades de la paz actual se resume en un cambio de nombre: de Tony a Cisco.

Veamos.

3

Tras el asesinato del policía en Ocean Park, Tony, Vitín, Nene y Chu fueron catapultados al pináculo de la fama, gracias a la publicidad gratuita de la prensa. Ésta no perdía ocasión para editorializar sobre el salvaje y brutal asesinato, obra de un desalmado criminal y signo de estos tiempos de violencia apocalíptica. En su afán de informar responsable e íntegramente, la prensa de la ciudad convocó paneles de sociólogos para discutir la noticia; auscultó la opinión de los científicos de la conducta; difundió las impresiones de cuanto político quiso salir en televisión; y, por último, aunque no por ello menos importante, recabó la arcana y erudita opinión de astrólogos, budistas, católicos, espiritistas, mormones, musulmanes, protestantes, santeros, testigos de Jehová y demás hierofantes del sincretismo espiritual de la isla. Las opiniones fueron repetitivas: la familia la ciudad el país está está está en crisis en crisis en crisis…

Bla-bla-bla.

Para la pandilla de cuchilleros las repercusiones de la noticia fueron puramente territoriales.

—¡A ver quién viene ahora a joder al barrio! —dijo Chu, fanfarrón, en el bar de Severino.

Era el sentir común de los amigos, menos de Tony. Pese al júbilo, las cervezas y el billar, éste sentía que el asunto no estaba resuelto aún.

—No hemos terminado todavía —dijo.

—¿Ahora qué, Tony? —preguntó Vitín.

—Hay que mandar una caja a Villa Palmeras.

Según Tony, los chotas son gusanos y como tal merecen estar seis pies bajo tierra. Para que nadie en el bajo mundo dudara en tomarlos en serio, era justo y necesario matar al villapalmero que los había quemado con el difunto uniforme.

—Déjame arrancarle la cabeza al enano —pidió Nene.

—Ahí está la clave, Nene. Tenemos que despedirlo igual que al otro. Es nuestra firma —dijo Tony.

Chu, el relacionista público, contactó a Chino, un primo suyo residente de Villa Palmeras. Chino le dio los pormenores: el enano con guille de Al Pacino se llamaba Chegüi; su padre era un ex policía; la escuela superior Ismael Rivera, al mediodía, era el lugar donde encontrar su Datsun 210 marrón.

La operación fue sencilla. El Gordo Soto, uno de los bichotes de Cuchillas, les prestó uno de sus carros, un Camaro blanco con tablilla robada. Se estacionaron poco antes del mediodía en las inmediaciones de la escuela. Poco después llegó Chegüi solo en el Datsun 210. Se estacionó frente al portón principal de la escuela y enseguida una estudiante pintarrajeada y culona salió a su encuentro.

—Ahora —ordenó Tony, y enseguida Vitín, perfumado y planchado, caminó hasta el Datsun 210 y se asomó por la ventanilla del pasajero.

—No te conformes con tan poco —le dijo a la estudiante—. Mira esto —añadió agarrándose su abultada entrepierna.

Chegüi se cegó. Agarró un tubo que guardaba recostado al lado de su asiento y se dispuso a salir del carro para romperle la cabeza a Vitín.

—Quieto pendejo —le dijo Chu apuntándole con el revólver del difunto policía—. Sal del carro, puta —le dijo a la estudiante—, vete a hacer las asignaciones.

En el Datsun 210 se acomodaron Vitín al volante, y Chegüi y Chu en el asiento trasero. Condujeron hasta Ocean Park y se estacionaron justo al lado de un Camaro blanco. Los tres se bajaron del Datsun. Del Camaro se bajaron Nene y Tony.

—Hola Chegüi —dijo este último. Nene enseguida maniató al chato.

—¿Qué-qué-qué tú quieres? —gagueó asustado.

–Un favor, nada más –contestó Tony–. Que le mandes mis saludos a tu amigo el policía.

Y sin más, con una sonrisa en la cara, Tony le trazó otra en el cuello.

Devolvieron el Camaro al Gordo Soto.

–Compra mañana *El Vocero* –le dijo Chu.

La mañana siguiente el Gordo Soto leyó en *El Vocero* la noticia del asesinato de José Luis Ramírez, alias Chegüi, hijo de un policía retirado. El sargento de la policía, adscrito al Cuartel de Isla Verde, vinculó esta muerte con la anterior del policía en la misma zona. Se especulaba que podía tratarse de un asesino en serie. Este último detalle hizo que el Gordo Soto se riera a carcajadas. Luego llamó a Kike, su mano derecha.

–Consigue a Tony y a los tres güevones que andan con él –le ordenó.

Kike era un hombre alto y macizo, austero. Se rapaba la cabeza como un monje tibetano en una época de afros cortos y *wet looks*; no reía. Tenía tres pasiones: fornicar, pelear y comer. Era fiel al Gordo Soto, que se ocupaba de proveerle de continuo mujeres, contrincantes y comida. Era feliz con ese estilo de vida militar.

Encontró a Tony y su séquito en la barra de Severino.

–Vamos. El Gordo quiere verlos –anunció Kike.

–Leyó el periódico, ¿verdad? –le preguntó Chu, entusiasta.

–Vamos –repuso sin más. Era hombre de pocas, poquísimas palabras.

Tony miró al emisario del Gordo Soto, el emisario lo

miró a él. Sostuvieron la mirada durante unos segundos, una eternidad. La antipatía era mutua.

—Vamos —contestó Tony, la voz un bloque de hielo.

El Gordo Soto los esperaba en su casa ubicada en un segundo piso.

—Entren, entren, sin miedo, aquí el único que muerde es Kike.

La casa estaba inmaculada y, aunque la decoración no era la mejor para el trópico, era vistosa. La tela de pana estaba en todas partes.

El motivo de la reunión era simple. El Gordo Soto exigía que los cuatro amigos le devolvieran el favor de haberles prestado el Camaro blanco para el *trabajito* de Ocean Park. El diminutivo les cayó mal a los muchachos. El tono paternalista era como un purgante de brea para Tony, pero no reveló nada en su cara. Después de todo quien les hablaba era el Gordo Soto, prominente bichote de Cuchillas que los había visto crecer. No había manera de zafarse del compromiso.

El trabajo consistía en ir donde un tirador, Miche, y hacerle pagar el dinero que le adeudaba al Gordo. Juego de niños: le cerraron el paso cerca de la escuela intermedia, le preguntaron por el dinero del Gordo, dijo que no tenía nada; entonces lo condujeron hasta un camino vecinal, Nene le hizo comer tierra par de veces y enseguida Miche hizo aparecer el dinero.

Se lo llevaron enseguida al Gordo.

—Cuéntenme —dijo. Quería conocer los detalles. Chu, lenguaraz como siempre, le contó los pormenores de la operación.

—Hay que celebrar —comentó el Gordo. Telefoneó par de veces y dio instrucciones a Kike al oído.

Al ritmo de la música de la Fania comieron, bebieron y si no bailaron fue porque no había mujeres en la casa. Cuando la fiesta estaba en todo su apogeo, llegaron las putas, escoltadas por Kike. Éste, con un desenfado que dejó de una pieza a los cuatro muchachos, se sacó el miembro medio erecto y se lo ofreció a una de las mujeres que se arrodilló para besarlo. Asimismo, el resto de las putas fue tras los muchachos. El Gordo Soto observaba con un gesto de aprobación el desparramamiento sexual, la gimnasia de gemidos, el entrechoque de coños, culos y vergas, los mecanismos polimorfos del deseo. Aquella orgía era obra suya, su manera de prodigar placer y comprometer la lealtad de Tony, Nene, Vitín y Chu. Así había hecho con Kike y con cada uno de sus colaboradores; así hacía ahora con los muchachos. No había nada nuevo bajo el Sol.

4

Tony, Vitín, Nene y Chu se integraron al clan del Gordo Soto. Durante años trabajaron para él como soldados de fila: cobraban dinero adeudado, le proveían seguridad en ciertas actividades y distribuían drogas a los tiradores más pequeños. El Gordo, desconfiado por naturaleza, seguía de cerca todos sus movimientos mediante la vigilancia solapada de su hombre de confianza. Era una precaución inútil porque los muchachos nunca actuaban de modo indebido y, porque de éstos haber querido transgredir los límites, habrían burlado con facilidad a Kike que, además de ser calvo, de vigilante y detective no tenía un pelo. Según fueron pasando los años en paz y prosperidad, el gusano de la ambición comenzó a roer poco a poco el cerebro del Gordo. Éste llegó a especular que con el respaldo de los muchachos podría adueñarse de los puntos de Torino, el otro bichote de Cuchillas, y así convertirse en el único traficante de toda la droga del barrio. Pero *Los Insecticidas* –nombre adoptado por los cuatro amigos– tenían otro plan.

Lo primero que hicieron fue dividirse en dos bandos. Nene y Tony se mantuvieron fieles al Gordo Soto, mientras que Vitín y Chu comenzaron a aliarse en secreto con Torino.

Vitín y Chu advirtieron a Torino sobre los planes del Gordo de adueñarse del negocio de cocaína, cuya distribución en Cuchillas era exclusiva de aquél. Torino dudaba: le costaba creer que el Gordo echara a perder tanto tiempo de paz así porque sí. Sin una prueba fehaciente, no se convencería. Para vencer su incredulidad, un jueves Vitín y Chu le soplaron que Kike, la mano derecha del Gordo, movería cocaína el día siguiente en la calle Capó. Torino decidió enviar a par de sus hombres para corroborar si era cierto. El día siguiente, por la mañana, Nene y Tony adulteraron y reempacaron cocaína que habían comprado por medio de varios tecatos la noche anterior. Más tarde, a la una y veinticinco de la tarde, cuando Nene y Tony cargaban unas cajas por uno de los callejones que desemboca en la Capó, Kike, que los seguía de cerca, vio cuando de una de las cajas cayó un paquete en el pavimento. Esperó que Nene y Tony desaparecieran para ir a recogerlo. Mordió la carnada. En la calle Capó dos hombres de Torino lo interceptaron y lo escoltaron hasta donde el jefe. Por más que Kike trató de explicar el origen de la cocaína, Torino ya no tuvo dudas de lo que Vitín y Chu le habían participado: el Gordo estaba saboteando su negocio. Para que no quedara duda de que no iba a quedarse con los brazos cruzados, mató a Kike y tiró el cuerpo en un callejón del barrio.

El Gordo Soto supo enseguida quien había matado a su mano derecha: el cadáver tenía la firma de Torino, un balazo en uno de los ojos. Tony y Nene aprovecharon la coyuntura para ofrecer su apoyo incondicional al jefe, quien los convirtió en su escolta oficial, mientras que Vitín y Chu se unieron públicamente al bando contrario. Ni lento ni perezoso, el Gordo Soto determinó tomar represalia por la muerte de Kike. El día siguiente mandó rociar con ametralladoras uno de los puntos más importantes de Torino en la esquina de la farmacia Buen Domingo. Desde entonces las matanzas entre ambos bandos se sucedieron con una rapidez pasmosa. Culpables e inocentes morían por igual; cuatro o cinco víctimas diarias cebaban el río de sangre de la ciudad. Fue un tiempo de desasosiego para todos los residentes de Cuchillas. Éstos descubrieron de golpe que ya no vivían en una comunidad, sino en un campo de batalla donde hasta ir a comprar una libra de pan podía costarles la vida. Al cabo de unas semanas, cuando la guerra hubo debilitado las fuerzas de ambos bandos, Los Insecticidas volvieron a unirse.

Fue sencillo. Puesto que el Gordo Soto estaba a merced de su escolta oficial, Tony y Nene, en connivencia con Vitín y Chu, tramaron su muerte. Un miércoles (luego de una prolija planificación para hacer coincidir los personajes en un restaurante chino del barrio), en un aparente descuido de su escolta, dos de los hombres de Torino sorprendieron al Gordo masticando un *egg roll* y le privaron de hacer la digestión con un balazo en el ojo derecho. Al escucharse la detonación, Tony, que estaba en el baño, salió corriendo y mató a uno de los gatilleros en el restaurante. Nene, que compraba cigarrillos en un cafetín aledaño, remató al otro en la calle. Muerto el Gordo Soto, Tony y Nene heredaron el negocio de heroína y marihuana en el barrio.

Ya de Tony a Cisco queda poco, apenas un cadáver. Como si se tratara de vengar la muerte del Gordo Soto, Tony trazó como primer objetivo matar a Torino. Gracias a las confidencias obtenidas de Vitín y Chu, Tony y Nene no tuvieron problemas para desaparecer a los gatilleros del narcotraficante. A Torino mismo lo desaparecieron... en partes. Para que no hubiera duda de quien era el bichote único e indiscutido en Cuchillas, para que no lo confundieran jamás con nadie, Tony ensayó una nueva firma en Torino. De noche Los Insecticidas lo secuestraron, lo llevaron a un paraje desierto fuera del barrio, donde le cercenaron la mano derecha antes de rematarlo con un tiro en la frente. Abandonaron el cadáver en la placita Rigau; luego empacaron la mano derecha y la dejaron frente a la puerta del bar de Severino, el lugar más frecuentado por los hombres del barrio. La mañana siguiente algunos residentes que iban a comprar pan para el desayuno descubrieron a los perros mordisqueando el muñón del cadáver; media hora más tarde un borracho trasnochado descubrió con espanto el envoltorio frente al bar. El mensaje llegó claro: había un nuevo reinado, un nuevo régimen, un nuevo bichote, un nuevo profeta, un nuevo dios de la droga y el crimen.

Un nuevo nombre también.

Como parte de ese espíritu de renovación, Tony exigió que desde ese momento en adelante lo llamaran Cisco. Era la manera simbólica de tomar total control de su destino. Su crianza en casa de sus abuelos, el asesinato de su padre, la pobreza y hasta su apodo, entre tantos otros aspectos de su vida, eran imposiciones que nada tenían que ver con su voluntad. En vista de su reciente consagración divina, Tony, a la manera de ciertas órdenes religiosas, adoptó un nuevo nombre. Para el resto de los Insecticidas se trataba apenas de otra extravagancia de Tony, digo, de Cisco, sin mayor significación. Después de todo, un mero nombre nuevo no era suficiente para interrumpir la continuidad de la memoria del barrio, según la cual Cisco era sólo Tony, el muchacho que se había atrevido a matar a un policía.

Los Insecticidas reorganizaron el tráfico de drogas en el barrio. Tony, digo, Cisco compraba a los distribuidores mayores. Vitín y Chu zonificaban la venta a consignación, de manera que cada tirador estuviera surtido de todo tipo de drogas y así se redujeran al mínimo las peleas y las muertes por el control de los puntos. Nene estaba encargado de la seguridad de toda la operación, patrullaba los puntos y dirimía cuando surgía algún disturbio en el negocio. Cualquiera que infringiera una orden de Los Insecticidas se arriesgaba a que Nene lo mandara en una caja al cementerio.

Como era de esperarse, primero hubo pequeñas facciones que se opusieron al nuevo orden del barrio, grupos que antaño negociaban con el Gordo Soto o con Torino. Tony, digo, Cisco encabezó la operación de exterminio contra estos insectos de la vieja guardia. A todos les cercenó una parte del cuerpo, fuera una mano, un pie, un brazo, una oreja, la nariz o la lengua antes de que otro de Los Insecticidas rematara a la víctima con un tiro en la frente. En poco tiempo todos en el barrio se avinieron a la voluntad comercial de Los Insecticidas.

Pero esta sumisión no fue suficiente para Cisco. Para que el negocio aumentara era preciso atraer más compradores procedentes de urbanizaciones adyacentes al barrio. Había que garantizar la seguridad de éstos y eliminar cualquier actividad delictiva que los ahuyentara. Era incómodo para los residentes y escandaloso para los visitantes de Cuchillas ver a tecatos andrajosos fumar, inhalar o puyarse sin el menor recato dondequiera a cualquier hora del día. Cisco, por tanto, decidió con el apoyo del resto de Los Insecticidas, limpiar la mugre de las calles. Designaron dos casas abandonadas como hospitalillos para que los tecatos consumieran su droga y les prohibieron cometer cualquier delito en el barrio. Tecato que osara robar a alguien amanecía muerto en la placita Rigau con un pie o una mano menos. Asimismo prohibieron pedir dinero en las calles; el que lo hiciera terminaría en el hospital con las muñecas rotas.

Fue así como Cuchillas se entregó a los encantos de la pax insecticida del dios Cisco y sus santos acólitos: san Vitín, san Nene y san Chu. Desde entonces la memoria de la comunidad jamás fue igual. Después de la muerte de Cisco, la gente de Cuchillas hablaría de los tiempos a. C. y d. C., esto es, antes de Cisco y después de Cisco.

Amén.

5

Sharo era su nombre de oficio, lo había sido siempre, desde el mismo primer día que comenzara a hacer las calles de la ciudad a los dieciséis años. Era entonces una muchacha petite, de senos pequeños, cuyos tacos de tres y cuatro pulgadas no alargaban su figura ni le daban apariencia de mujer fatal, como era su intención, sino que fijaba en los demás una impresión circense, mezcla de arlequín y saltimbanqui. Mirada de frente podría confundirse con un varón, a pesar del exceso de maquillaje (pues no eran pocos los travestidos pintarrajeados que hacían las mismas calles) y Sharo, además, tenía el pelo recortado hasta la nuca, un *look* andrógino poco apreciado por los ciudadanos que solían comprar los favores de las prostitutas. De perfil se esfumaban las dudas sobre su identidad sexual. Sus nalgas, aupadas y de una redondez frutal, delataban una mulatez escamoteada por su piel blanca. "No hay maricón con un culo así": fueron las palabras vulgares pero atinadas de un abogado sodomita que dejó de comprar carne de hombre luego de conocer los encantos de Sharo. No era su trasero lo que la distinguía de las demás trabajadoras del oficio, con perdón sea dicho a las palabras laudatorias del jurisconsulto. Era su rostro, la desamparada expresión de su rostro. Ajena a las trilladas morisquetas de lujuria, su cara de ojos tristes atraía con igual intensidad a los hombres más toscos y a los más melancólicos en el arte de amar.

Nadie conocía su verdadero nombre, ni siquiera Samuel "Barco Viejo" Morales, su chulo. Para todas las mujeres de la vida y demás criaturas de la noche, ella era Sharo, apodada a veces como la Cha-Cha, una puta triste más que al cerrarse la noche siempre dormía sola, no por falta de clientes que añoraran la compañía de su tibio cuerpo, sino porque ella nunca había querido dormir con alguien. "Trafico mi cuerpo, no mis sueños", había dicho alguna vez a uno de sus asiduos clientes. Ni el dinero extra ni la rabia —y los golpes— de Barco Viejo lograron quebrar esta convicción.

La convicción se convirtió en temeridad la primera vez que Cisco solicitó sus servicios. Como tantos otros, había quedado cautivado por la tristeza de sus ojos. A primera vista hubo entre ambos un oscuro reconocimiento, una extraña complicidad con la soledad del otro, de modo que Sharo supo enseguida que Cisco deseaba una caricia en el pelo y Cisco estaba seguro que Sharo anhelaba un abrazo, aunque ninguno de los dos se atrevió a romper las formas sociales y cada cual fingió su respectivo papel de prostituta y cliente. Acordada y satisfecha la tarifa con Barco Viejo, Cisco ordenó a su chofer que condujera

hasta el motel El Nido del Amor. En la privacidad de
la habitación (cuya puerta era custodiada por el chofer),
Cisco y Sharo fueron hombre y mujer sin distinciones ni
prejuicios. Cada cual desvistió al otro, sin prisa, apreciando
el asomo paulatino de la desnudez. Ella hizo ademán
de derivar hacia la cama, pero él la retuvo y la llevó con
él a la ducha, no por escrúpulos higiénicos, sino para que
ambos se enjuagaran los afeites del cuerpo y la desnudez fuera completa. Así fue. Después de ducharse ella
descubrió las cicatrices en los brazos de él, su pelo rizo y
revuelto de amante travieso, al tiempo que él conoció el
grosor real de los labios de ella y el secreto encantador de
una escoliosis incipiente. Descubrieron el amor con algo
de estrépito entre encuentros y desencuentros, pero con la
parsimonia y el tacto que la madurez erótica concede. El
saldo de la experiencia rebasó las expectativas de ambos.
Cisco vislumbró por primera vez la diferencia entre echar
un polvo y hacer el amor, mientras que Sharo no tuvo
que fingir placer porque la ternura de él la había colmado
a plenitud. Ella quiso lavarse enseguida, una costumbre
suya del oficio, pero él hizo no con la cabeza y la retuvo en
sus brazos. Ella le acarició el cabello. La ternura les estaba
tendiendo una trampa, lo intuían, pero no encontraban la
manera de zafarse del encantamiento.

Hicieron el amor dos veces más.

—Quédate conmigo esta noche —dijo él.

—No puedo.

Cisco pensó que lo decía en broma, nadie que apre-
ciara su vida o al menos la integridad de su cuerpo osaría
contravenir los deseos y caprichos de su Santidad Antonio

Francisco "Cisco" Colón, Señor Feudal del barrio Cuchillas y otros sectores limítrofes, investido de los poderes
omnímodos de las drogas y las armas, y cuyo evangelio
implacable tenía a su haber decenas de asesinatos y miles
de conversos a la *pax* insecticida.

—Conmigo todo es posible —afirmó imperturbable.

—Menos dormir conmigo. Soy de todos y de nadie en
particular.

—Pago lo que sea para que duermas conmigo. Por
dinero una puta hace cualquier cosa.

—No soy esa clase de puta —terminó de decir al tiempo
que se lavaba sus partes íntimas. Luego se vistió a toda
prisa y dijo:

—Vámonos.

Pero Cisco seguía desnudo sin la menor intención de
marcharse del motel. Se había limitado a observarla con
una mezcla de incredulidad y coraje. "Una puta es una
puta, todas son iguales", pensó con poca convicción.

—No vamos para ninguna parte —sentenció Cisco. Se
levantó de la cama y la agarró por el brazo con brusquedad.

—No eres Dios, Cisco. Puedes golpearme o matarme
si quieres, pero eso no te hará ni más ni menos de lo que
ya eres.

Pudo haberla matado en ese instante, pero antes quiso mirarla a los ojos y hurgarla por dentro. Ella sostuvo su
mirada con una franqueza lisa, sin altanerías ni reproches.
Nadie que conociera a Cisco se hubiera atrevido a mirarlo
así, menos aún hablarle con tanto desenfado. Al cabo de
medio minuto de parpadeos mutuos, Cisco capituló con

una sonrisa sin dientes.

—Eres diferente, Sharo. Definitivamente, eres diferente.

La dejó en la Parada 15 de Santurce, donde la había recogido horas antes. Al momento de bajarse del carro, Cisco le introdujo un billete en el escote del pecho.

—Guarda esa propina para ti.

No era la primera vez que Cisco pagaba una propina generosa a una prostituta, pero nunca antes lo había hecho con tanto convencimiento. Era un asiduo cliente de las prostitutas de la ciudad, hacía años que lo era, desde que afianzara el poder y el control de Los Insecticidas en Cuchillas. En aquel tiempo las mujeres se le ofrecían a cambio de algún favor o simplemente para halagar y estar de buenas con el que más mea, el bichote, padre-hijo-y-espíritu-santo de la droga y el crimen del barrio. Fornicó con mujeres de todos los colores y sabores, pero nunca aceptó vírgenes en su casa. Éstas, sin embargo, a cada rato tocaban a su puerta. Cisco ya estaba harto de la situación el día que Rita, una adolescente recrecida de apenas trece años, se le ofreció con los ojos aguados reprimiendo el deseo de llorar. Cisco no hizo más que preguntar quién la había enviado a él para que la muchachita se desbordara en un llanto convulsivo. Explicó como mejor pudo que su padre la había obligado a presentarse allí como putita debutante.

—Me dijo que no me olvidara de pedirle los chavos cuando terminara de hacer *eso* —explicó Rita entre sollozos.

Cisco averiguó también que el padre de Rita destinaría el dinero para comprar un televisor a colores y un vídeo. Cisco, cómo no, mandó a Chu que comprara ambos enseres y los hiciera llegar a casa de Rita ese mismo día. A Nene y a Vitín les pidió que llevaran al padre de Rita de emergencia al hospital.

—¿Qué le pasó, Cisco? —preguntó Vitín.

—Se cortó con un machete tres dedos de la mano derecha.

Dicho y hecho. Nene y Vitín condujeron al padre de Rita a un solar baldío a las afueras de Cuchillas y allí le cercenaron tres dedos que tiraron a los perros realengos. Lo dejaron casi desangrado en un hospital para indigentes. El hombre sobrevivió para contarlo y sirvió de escarmiento para los demás en el barrio. Ninguna mujer, virgen o no, volvió a tocar a la puerta del jefe.

El incidente dejó un sabor amargo en Cisco, quien fue consciente como nunca antes de la soledad inmensurable de su poder. Todos en el barrio lo lisonjeaban para granjearse su favor; sintió que detrás de todo gesto y de toda palabra se ocultaban segundas intenciones. Era por naturaleza receloso, pero desde el incidente con Rita supo con certidumbre que jamás podría confiar en nadie fuera del círculo de poder constituido por los santos acólitos: san Vitín, san Nene y san Chu. Amar a una mujer y ser amado por ésta era una utopía proscrita hasta en los sueños. El viejo bolero mentía: la duda [no] es algo que dice amor. "Todas las mujeres son iguales", pensaba Cisco con más aflicción que convencimiento. Prefirió desde entonces acostarse con prostitutas porque, aunque persistiera el simulacro en la cama, al menos se trataba de una relación comercial de antemano codificada hasta en los más mínimos detalles. Además, se decía Cisco a sí mismo, "cuando el engaño se conoce y es consentido deja de ser mentira".

Se acostaba con prostitutas en hoteles de mala muerte o en moteles de paso con la intención única de desahogar su apetito sexual. Nunca las llevaba a su casa en el barrio pues no quería que su hogar fuera confundido con un tugurio decadente. Antes que nada Cisco era negociante y esa mentalidad permeaba muchas de sus costumbres y manías. De ahí que nunca se acostara dos días seguidos con la misma prostituta para evitar posibles vínculos afectivos. No era que Cisco temiera enamorarse de una de las prostitutas ni que una de éstas fuera a enamorarse de él, no era para tanto. Lo que Cisco quería evitar era la pena, la desoladora pena que le inspiraban las mujeres de la vida. Era un sentimiento que le incomodaba porque ablandaba al criminal de sangre fría que sabía ser. Pero no podía evitarlo. Por más que se insultara a sí mismo, por más que intentara denigrar a las prostitutas de tal o cual forma, siempre le conmovía la tristeza oculta bajo la mueca de lujuria de todas y cada una de ellas. Por esta razón, al acostarse con una, Cisco siempre la acariciaba con esmero, como quien restaña heridas, antes de procurar su satisfacción propia.

Con Sharo todo fue diferente. En ningún momento ésta hizo muecas de lujuria, ni ocultó su tristeza, ni lisonjeó a Cisco. Tampoco tuvo reparos para recibir y dar placer, ni para decirle a Cisco las verdades en la cara. Era una prostituta de franqueza brutal, tan diferente a todas las mujeres, prostitutas o no, con quienes él se había acostado. Tan pronto dejó a Sharo en la esquina donde la había recogido horas antes, Cisco tuvo el presentimiento de que el destino o el azar que lo había conducido hasta ella acababa de amarrar un nudo entre ambos. Esa noche Cisco apenas pudo dormir y Sharo, con el permiso de Barco Viejo, no recibió más clientes y se fue temprano a descansar.

6

La noche siguiente, Cisco tuvo deseos de buscar a Sharo pero se contuvo. No quería ceder a sus emociones y determinó recoger a cualquiera otra prostituta con tal de convencerse a sí mismo de que todo seguía igual que antes y que, en consonancia con sus convicciones, no se acostaría con la misma dos días seguidos. Ordenó a su chofer que se detuviera en el Callejón de las Mariposas en la avenida 65 de Infantería. En la confusión de prostitutas y *dragas* que ya abarrotaban la esquina, Cisco avistó y llamó a Francine, una prostituta criada en un campo perdido en el centro de la isla y cuyas metáforas sexuales se referían al mundo rural. "Móndame el matojo", le había dicho a Cisco la primera vez que le abrió las piernas. Era una frase como cualquiera otra que utilizan las prostitutas para calentar y apurar al cliente, pero que tuvo el efecto de enternecer a Cisco. Francine, que hasta ese momento había seguido al pie de la letra el libreto melodramático de puta estridente y comecandela, fue sorprendida por las caricias morosas de Cisco que poco a poco la hicieron tensarse hasta alcanzar un orgasmo silencioso que culminó en un abrazo. Cisco le pagó la honestidad con una propina cuantiosa.

El recuerdo de ese primer encuentro con Francine fue lo que motivó que la buscara de nuevo esa noche. Sin embargo, ahora que estaban juntos en el carro, se le hacía difícil creer que la Francine de su memoria fuera la misma parodia de colegiala (vestida con un uniforme a cuadros y un grueso libro en el regazo) que iba sentada al lado suyo. Francine era la otra, la de su memoria; ésta era a lo sumo una actriz porno, pensó. En el camino hacia el motel más cercano, Cisco no pudo reprimir en su mente la imagen de Sharo más triste que nunca bajo la luz sucia y amarillenta de un poste de la Parada 15. Francine, locuaz y campestre como de costumbre, trataba de animar a Cisco toqueteándolo y pidiéndole yuca y malanga. Otro estúpido libreto, pensó Cisco, apagado, y de inmediato volvió su mente a Sharo que ahora se estaba montando en el carro de un cliente. Era un hombre grosero que no creía en preámbulos; enseguida se abrió la bragueta y sujetó con una mano de uñas sucias la nuca de Sharo. Ella obedeció sin resistencia, pero aún así él no quiso soltarla. Al contrario, con la mano en la nuca manipulaba a su antojo la cabeza de ella como si fuera una muñeca, de arriba abajo y viceversa, al tiempo que le decía una sarta de obscenidades. Por medio minuto Cisco quedó suspendido en una indolencia total mientras se recuperaba de la escena imaginada. "Mejor así", se dijo a sí mismo como si con esas palabras desvaneciera para siempre su recuerdo de Sharo. Con la cabeza de nuevo en su cuerpo, Cisco miró a la puta colegiala y sonrió.

—Tienes una asignación —le dijo abriéndose la bragueta.

No volvió a ver a Sharo hasta dos semanas después. Hubiera querido verla mucho antes, no hubo un día en que no pensara en ella (a contrapelo de su deseo de olvidarla), pero un asunto apremiante consumió todo su tiempo y energía.

En los cinco años de dominio absoluto en Cuchillas y otras áreas limítrofes, Cisco y el resto de Los Insecticidas habían logrado ascender en la estructura piramidal del mercado de las drogas. Ya no se limitaban a administrar y capitalizar en los puntos como al principio de la *pax* insecticida. Ahora eran también uno de los distribuidores más importantes de la ciudad. Tenían dinero para vivir como ricos en una urbanización amurallada, pero Cisco nunca había querido mudarse de Cuchillas por la simple razón de que en ningún lugar en la ciudad se sentiría tan seguro como allí. Con el fin de diversificar y ampliar el alcance de sus negocios, Los Insecticidas recién habían comenzado a exportar droga por medio de mulas. Era una operación sencilla que cualquiera que no padeciera de problemas gastrointestinales podía ejecutar sin riesgo alguno de ser descubierto por Inmigración. Hasta la fecha Cisco sólo se había servido de dos mulas, ambas mujeres. Barbie era una de ellas.

Barbie era el nombre de oficio de Palmira Velázquez, ex prostituta de la avenida Ponce de León con quien Cisco se había acostado en innumerables ocasiones. La cama había creado entre ellos una fraternidad deportiva: saciaban el deseo sin amor pero con esmero y se requedaban en las sábanas conversando sobre las preocupaciones cotidianas de cada cual. Era lo más cerca que ambos habían estado de una relación conyugal. La confianza cimentada por años hizo que una noche, después del sexo, Cisco tuviera la idea de reclutarla como mula. Le explicó en detalle en qué consistía el trabajo y ofreció pagarle una suma generosa por cada viaje.

—Para cubrir posibles angustias anales —le dijo en broma.

—No te preocupes, papi. Eso lo tengo curao de espanto —repuso Barbie con malicia.

El nombre de Barbie quedó en el pasado. Después del primer viaje de ida y vuelta al extranjero, Palmira Velázquez dejó de hacer las calles y se mudó a Cuchillas para estar cerca de Cisco y de paso tratar suerte con un negocio propio: abrir un bar con un par de muchachas para entretener a los clientes. Viajó como mula dos veces más y aunque pudo amasar suficiente dinero para establecer el bar, nunca logró inaugurarlo. Una noche cualquiera, a las nueve y media, la encontraron con las vísceras por fuera en la cabaña B-10 del motel El Nido del Amor.

Media hora después de descubrirse el cadáver, Chu obtuvo los detalles de la noticia a través de uno de sus informantes de la policía. Una hora más tarde, Los Insecticidas estaban reunidos en la casa de Cisco urdiendo teorías y posibles planes de acción en respuesta a la afrenta perpetrada contra ellos. No cabía duda de que el responsable de la carnicería en el motel estaba desafiando la autoridad y los mejores intereses del clan, lo cual ya era motivo de alarma. Sin embargo, lo que más preocupaba a Cisco era el hecho de que alguien fuera de Los Insecticidas supiera que Palmira Velázquez trabajaba de mula para sus negocios: el tajo en el vientre lo decía todo. En la mente de Cisco la filtración de información tenía una de dos explicaciones: o uno de Los Insecticidas estaba traicionando al clan, razón improbable y sólo posible en un cálculo infinitesimal; o, lo que parecía más plausible, los estaban persiguiendo y velando de cerca.

Durante los días subsiguientes al asesinato de Palmira, Cisco casi no durmió y las pocas horas en que lograra conciliar el sueño tuvo pesadillas en las cuales era perseguido por un decapitado en una avenida desierta tarde en la noche. La incertidumbre de no conocer la identidad del trasgresor de la *pax* insecticida lo mantenía en un estado de perpetuo desasosiego. "No hay peor enemigo que un fantasma", pensaba Cisco una y otra vez. Por fortuna, gracias a un encadenamiento de informantes, Chu recibió la confidencia de que el autor intelectual del asesinato había sido Hipólito "Muñón" Villanueva. Cuando Cisco supo que se trataba de Muñón suspiró aliviado: al menos el fantasma ya tenía rostro definido.

Hipólito era residente de la barriada La Perla donde controlaba todo el tráfico de drogas y armas, y cuyo monopolio se extendía por toda la zona colonial de la ciudad hasta las escalinatas del Capitolio. Sus conexiones comerciales con la Casa de las Leyes lo protegían de la policía; su cementerio de cadáveres flotantes, mutilados por los tiburones, en el mar frente a La Perla, era el escarmiento infalible contra sus enemigos. Había sido aprendiz de carnicero hasta que una rebanadora de carne le destazó cuatro dedos de su mano derecha. Trató suerte como boxeador, pero nadie lo tomó en serio, a pesar de su buena pegada. Un entrenador le dijo que el boxeo era un deporte de puños, no de muñones; de ahí el apodo. Obtuvo el control del narcotráfico en La Perla como lo hacen todos: una trillada historia de ambición, traición y sangre. De todo esto y mucho más se enteró Cisco cuyo contraataque metódico demoraría un mes en concretarse. "Poco a poco y sin apuros", se decía Cisco: la prisa arruina el sexo y malogra el crimen. Y en ambas actividades él era perfeccionista.

Un mes más tarde, tras observar durante dos semanas los desplazamientos de Ramiro "Pito" Santiago, miembro del clan de Muñón, Los Insecticidas lo secuestraron saliendo de la casa de una corteja en Villa Palmeras. De allí lo llevaron amarrado y amordazado hasta la cabaña B-10 del motel El Nido del Amor, donde Cisco mismo se dio el privilegio de cercenarle ambas orejas antes de que Vitín lo mandara al otro mundo con un tiro en la frente. Nene entonces le colocó una oreja dentro de la boca y Chu le pagó a un vagabundo para que dejara en la entrada de La Perla un paquete con la otra oreja dentro. No más amaneció, dos hombres despertaron al vagabundo a patadas. Éste, que dormía sobre cartones en el Callejón de las Moscas, despertó pensando que se encontraba en medio de una plantación de arroz vietnamita. Suspiró aliviado al ver las caras de los sicarios. Éstos, entonces, le preguntaron sobre la identidad del individuo que había mandado el paquete y, tras satisfacer como mejor pudo el interrogatorio, los dos hombres, sin mediar palabra, lo tirotearon y lanzaron al mar. Muñón confirmó lo obvio: La Sombra y su clan habían matado a Pito.

7

Una noche, una semana antes del asesinato de Pito Santiago, Cisco buscó a Sharo en las calles de Santurce y no la encontró. Por alguna razón había pensado que siempre que precisara de ella habría de encontrarla desocupada bajo la luz sucia de un poste de la Parada 15, como si él fuera su único cliente. Esa noche, sin embargo, la realidad del oficio de Sharo rompió en pedazos esa fantasía.

—Está con otro —fue todo cuanto dijo Barco Viejo cuando Cisco fue a pedirle cuentas sobre Sharo.

Cisco tosió. No por alergia ni catarro, sino por celos. Era la manera de somatizar su angustia. No quiso irse y, en medio de un acceso de tos, pagó por adelantado a Barco Viejo y esperó por ella. No había transcurrido media hora cuando la vio bajarse de un Mercedes Benz negro, propiedad del presidente de una empresa de celulares o de planes médicos, da igual. Sharo vestía un traje negro que hacía que su piel luciera más pálida y sus ojos más tristes. Parecía la criatura más desvalida de la ciudad. Esta impresión disipó por completo la tos de Cisco.

—Vámonos. Te estaba esperando —le dijo a Sharo desde el carro.

En el motel hacían el amor en silencio con avidez de

primerizos. Nada parecía saciarlos y se devoraban como caníbales. Dejaron de ser dos personas para convertirse en dos cuerpos, en dos animales salvajes luchando con sus sexos para matarse mutuamente. Pero la muerte era esquiva y el afán por asirla dejaba destrozos en ambos. Los ataques cesaron cuando un grito de Sharo dejó claro que el dolor había rebasado el placer. La dentadura de Cisco estaba impresa en su espalda.

—¿Qué te pasa? ¡Mira cómo me marcaste! —recriminó Sharo.

Cisco le pidió perdón. A continuación tragó gordo y tosió con fuerza antes de confesar:

—Fue que te vi bajar del Mercedes Benz. No me digas nada, lo sé.

Sharo buscó sus ojos en silencio. Leyó en ellos el desamparo y se conmovió.

—Te perdono pero jamás vuelvas a hacerlo —le dijo al tiempo que se arrimaba al cuerpo de Cisco. Acto seguido comenzó a encaracolarle los rizos.

Él la abrazó.

Esa noche no volvieron a hacer el amor. La ternura había vencido el deseo.

Durante los tres días que tomó borrar la marca de los dientes de la espalda de Sharo, Cisco fue su único cliente. Acordaron que a partir de entonces se verían en días alternados. Fue una providencia bien razonada cuya intención era darse espacio y no precipitar las cosas. Las *cosas* eran sus sentimientos; el *espacio*, la separación de ambos cuerpos; la *providencia*, una mentira insostenible. Lo admitieron al cabo de la primera semana del arreglo: tenían que verse todos los días.

No dormían juntos. Sharo no quería, era uno de los últimos bastiones de su independencia. Y Cisco tampoco. La inminente guerra contra Muñón podría exponer a Sharo a situaciones peligrosas. Lo sabía Cisco y lo supo Sharo con toda crudeza la noche en que Los Insecticidas mataron a Ramiro "Pito" Santiago en El Nido del Amor. Esa noche Cisco no llevó a Sharo a *hacer el nido* como de costumbre, sino que alquiló un cuarto en el motel Riverside a las afueras de la ciudad. Sharo se extrañó del cambio pero no dijo nada. Malició la razón cuando por casualidad notó unas manchas en los zapatos de su amado. Sharo detuvo en seco el juego erótico para inquirir sobre éstas. Cisco le explicó:

—Es la sangre de un insecto que maté hoy.

Por más que Sharo supiera que Cisco era un criminal de oficio y que entre sus menesteres estuviera matar, las manchas de sangre y la confesión del amado la estremecieron. Las manos que tanto placer y ternura le prodigaban eran, al mismo tiempo, manos asesinas. Disociar ambas facetas era normal para Cisco, pero para Sharo, desacostumbrada a tales extremos de la experiencia, no. En su mente ahora se superponían sin ton ni son las imágenes de Cisco el amante y las de Cisco el asesino. Nunca como ahora había sentido la estrecha identificación del placer con la muerte. Un escalofrío en la espalda fue sólo la antesala; pronto todo su cuerpo se entumeció.

Cisco no tuvo que tocarla para darse cuenta. Vio a Sharo ovillarse como un feto.

Fue él quien comenzó a discutir. La discusión, primero elíptica, luego a lengua suelta, fue en esencia decirse las fronteras que ambos debían respetar para poder seguir amándose. Las fronteras: Sharo era una prostituta y Cisco era un asesino, punto. Lo demás fue decirse mutuamente, como ante un espejo, que

ninguno   ninguno

trataría   trataría

de cambiar   de cambiar

al otro   al otro

jamás.

Una palabra imposible pero necesaria para reestablecer el equilibro y recobrar la paz.

8

Ni la paz de su amor por Sharo ni la guerra contra Muñón detuvieron los proyectos empresariales de Cisco. Al contrario: los asesinatos de Palmira Velázquez y de Pito Santiago en El Nido del Amor le inspiraron la idea de comprar el motel, aun cuando el negocio estaba casi en bancarrota. Era un detalle que tenía sin cuidado a Cisco, pues el comercio sexual del motel sería una pantalla para su verdadero uso: servir de almacén para la droga que distribuiría en la ciudad y para la que exportaría al exterior.

Pero no más Los Insecticidas comenzaron a transportar droga al motel, Chu murió en un tiroteo con la policía. La tragedia ocupó las primeras planas de los periódicos del país por la inverosimilitud de los hechos que más parecían sacados de un libreto de Hollywood que de la realidad. Sucede que Jesús Ruiz, alias Chu, conducía un Chevrolet por la avenida Muñoz Rivera un miércoles a las dos de la tarde cuando una patrulla de policía le ordenó que se detuviera. En lugar de detenerse, Jesús Ruiz emprendió la fuga, pero a la altura de la avenida Universidad la patrulla le cerró el paso y los policías, parapetados detrás de las puertas abiertas del vehículo oficial, abrieron fuego con ametralladoras. Jesús Ruiz respondió disparando con un revólver, pero fue en vano. Los policías lo acribillaron tan pronto salió del Chevrolet. Contrario al protocolo de rigor, los policías no esperaron a que llegara el fiscal ni los agentes de refuerzo y enseguida se montaron en la patrulla y se largaron de la escena del crimen como si allí no hubiera pasado nada. Diez minutos más tarde llegó otra patrulla de la policía y enseguida los agentes acordonaron el área de la avenida donde yacía el occiso al lado del Chevrolet. Dentro de éste encontraron unas cien libras de cocaína. Pero la sorpresa mayor fue cuando la prensa inquirió sobre los policías que habían ultimado a Jesús Ruiz y el sargento de la Uniformada, encargado de la investigación, explicó que no eran verdaderos policías y que la patrulla y los uniformes que llevaban puestos pertenecían a los agentes Marqués y González, quienes habían sido encontrados asesinados y en calzoncillos en un baño del parque Muñoz Rivera.

Poco después Vitín, Nene y Cisco se enteraron de lo ocurrido y no dudaron ni por un segundo que la tramoya hollywoodense había sido obra de Muñón. Vitín desgarró de un zarpazo los botones de la camisa de hilo que llevaba puesta; Nene se lastimó los nudillos al golpear contra una pared de la casa del jefe; ambos lloraron de rabia. Cisco, impasible, sin soltar una lágrima dijo:

—La guerra ahora es a muerte. Por Chu.

Esa noche Cisco solicitó los servicios de Sharo más temprano que de costumbre. Sharo sabía que algo ocurría, notaba el ánimo fúnebre en la mirada de Cisco. Esperó llegar al motel para preguntarle.

—Mataron a Chu —contestó Cisco, de pie en medio del cuarto. Su cara se descompuso en una mueca que quería ser de llanto pero no llegaba a serlo.

Sharo lo abrazó, le dijo está bien, le dijo ven, mi amor, déjate ir e hizo que se acostara en la cama. Cisco se dejó hacer sintiendo un erizo inquieto dentro del pecho. Llora, mi amor, llora, dijo Sharo adivinando los arañazos en el pecho del amado. Sólo con esta mujer Cisco sería capaz de confesar un llanto, pero en aquel momento por más que intentara exprimirse una lágrima, nada salvo un gruñido de animal malherido salió de su interior. Igual Sharo lo acunó en su pecho hasta que Cisco, gruñido a gruñido, dejó de sentir los arañazos del erizo y se abandonó al sueño.

En esta ocasión la represalia de Los Insecticidas no se hizo esperar. A Ñeco, un veterano de Vietnam, asociado con el clan de Muñón y gatillero a sueldo, le cortaron dos dedos de los pies antes de que confesara quienes habían matado a Chu; acto seguido, le pegaron el tiro de misericordia que lo salvó de su agonía. Dos días más tarde los asesinos de Chu fueron lanzados en bolsas de basura frente al Capitolio con las bocas atiborradas de sus genitales. Insatisfechos, Los Insecticidas emprendieron ataques de guerrilla rociando con ametralladoras los puntos de Muñón en el sector colonial. Muñón comprendió entonces que ya no había marcha atrás. Era una guerra a muerte: Cisco o él, la ciudad era muy pequeña para albergar a los dos.

9

Durante meses los clanes de Cisco y Muñón se atacaron mutuamente. Las matanzas se sucedían con una rapidez insólita; de cinco a diez muertos cebaban a diario el río de sangre de la ciudad. Ante esta situación, la Administración Central diseñó una estrategia que si bien no aminoraría el trasiego de drogas ni la encarnizada guerra por el control de los puntos, creaba la falsa imagen de un gobierno comprometido con la seguridad ciudadana. La policía y la guardia nacional sitiaron algunas barriadas y residenciales públicos, donde instalaron controles de acceso las veinticuatro horas del día. La intervención del estado provocó que la guerra entre Muñón y Cisco entrara en una fase más sofisticada, de ataques selectivos pero contundentes. No se trataba ya de matar a todos los adversarios posibles, sino de asesinar a las figuras claves de la organización de cada clan. Como en el juego de ajedrez, no gana quien elimina más piezas del adversario, sino el que mata al rey.

En esta etapa Muñón probó ser mejor estratega que Cisco al concentrar sus esfuerzos en eliminar a los santos acólitos de su némesis. Cinco meses después de matar a san Chu, hizo lo propio con san Nene. Éste se detuvo a echar gasolina y jamás logró arrancar su carro de nuevo. Dicen que la colilla encendida de un cigarrillo provocó un incendio que lo redujo a huesos chamuscados. Tres meses más tarde, san Vitín murió desangrado por un tiro en los testículos en su casa de Cuchillas. Los vecinos que escucharon la detonación coinciden en que vieron a una pelirroja (mujer o marica, no estaban seguros) salir de la casa de la víctima. El cerco se cerraba en torno a Cisco que se sabía acorralado, a punto de jaque mate, a pesar de lo cual no se rendiría, menos aún ante un insecto como Muñón. No. Si iba a morir resistiría hasta el final encarando la muerte.

Los asesinatos de sus amigos y hermanos de toda la vida, sumió a Cisco en una quietud apantanada, sólo de vez en cuando interrumpida por esporádicos ataques de cólera. En uno de estos ataques, despidió a su chofer de muchos años porque no quería que él ni nadie fuera testigo de sus momentos de aflicción. Poco a poco su negocio de distribución de drogas cedía terreno. Con la muerte de Vitín, Cisco había quedado como el último de Los Insecticidas y con muy poca autoridad para evitar que sus aliados tradicionales tramaran nuevas alianzas con el clan de Muñón. En algunos casos los nuevos vínculos comerciales no respondieron a la voluntad de los antiguos aliados de Cisco, sino a la coacción ejercida por Muñón. Era inevitable. Sin la asistencia de Chu, Nene y Vitín, Cisco no daba abasto para sostener la *pax* insecticida.

Colapsaba. Su antigua gloria colapsaba. Su poder sobre adversarios y aliados colapsaba. Su negocio de narcotráfico colapsaba. Todo colapsaba o estaba a punto de colapsar en su vida. Salvo su amor por Sharo. Sharo era la tregua a sus desgracias, su única experiencia estética, lo más puro de una existencia minada de cadáveres. Renunciar a ella hubiera sido el curso de acción más noble, pero Cisco se sabía incapaz de prescindir de su amada. No quiso, sin embargo, ocultarle el infortunio que pondría fin a su breve historia juntos:

–Van a matarme, Sharo –le dijo dos noches después del asesinato de Vitín.

Sharo no era una mujer de lágrima fácil. La vida de prostituta no le había dado otra alternativa que la de encallecer sus emociones para sobrellevar mejor el comercio de su cuerpo. Ella misma siempre se había visualizado como una criatura de la noche desterrada del reino del amor, ese rosado paraíso de telenovela. De esta visión nacía la tristeza suya de todos los días con todas sus noches y, por extensión, todos los hombres que se enredaban entre sus piernas. Pero ahora, a once meses de haber conocido el amor de Cisco, todas sus convicciones y la miseria emocional de tantos años eran letra muerta. Se daba cuenta de que el amor no se encontraba en un burdo estereotipo de telenovela, sino en los brazos asesinos de Cisco.

Cisco quiso reconfortarla, pero ella hizo no con la cabeza y añadió entre sollozos:

–Déjame llorar, lo necesito.

Fue un llanto catártico que puso en perspectiva la fortuna y la miseria de amar a Cisco. En el balance final no se arrepentía de haber conocido la ternura con él, aun cuando la muerte pronto tronchara la relación de ambos y ella volviera a sus noches largas de puta solitaria. Determinó, asimismo, compartir el mayor tiempo posible con su amado antes de que el destino lo convirtiera en cadáver. Por esto, cuando Cisco comenzó la ceremonia de vestirse para llevarla a su estudio (el de ella) en la Parada 18, Sharo le arrebató la camisa de las manos.

—Me quedo —dijo.

—No, Sharo, puede ser peligroso.

—No me importa —sentenció ella callando cualquier reparo de Cisco.

Durmieron juntos por primera vez. La mañana siguiente Sharo ya no era Sharo. Cisco no notó el cambio hasta que la llamó por su nombre de oficio y ésta le aclaró. El nombre, el verdadero nombre de Sharo se hizo voz entre ambos.

Las inclemencias del día no se hicieron esperar. Después de dejar a Sharo en su apartamento, Cisco fue a su casa en Cuchillas y la encontró vandalizada. Preguntó a los vecinos si habían visto a los escaladores, pero nadie se atrevió a cantar. El miedo a los hombres de Muñón era mayor que el temor a Cisco. Éste concluyó que la noche con Sharo lo había salvado de una muerte segura. Abandonó su casa y determinó no volver más a Cuchillas. Sin la *pax* insecticida, el barrio se había convertido en territorio de nadie.

El motel era su último refugio. En la noche apenas podía dormir esperando el asalto definitivo de Muñón en cualquier momento. Dos semanas más dormiría con Sharo antes de volver a escuchar noticias sobre el asedio de Muñón. Éste no tenía prisa y parecía deleitarse en ir menguando la resistencia de Cisco poco a poco. Para adelantar este objetivo, Muñón conminó a Barco Viejo a que impidiera el contacto de Sharo con su némesis. No debía preocuparse por las posibles represalias de Cisco, pues él, Muñón, le garantizaría de ahora en adelante la protección de su vida y de sus intereses comerciales. Cuento, puro cuento. Barco Viejo lo sabía pero no estaba en posición de negarse a la solicitud de Muñón ante el peligro de convertirse en cena para tiburón en el mar frente a La Perla. Esa misma noche, cuando Cisco fue a recoger a Sharo no la encontró en la Parada 15 como siempre. Buscó a Barco Viejo para pedirle cuentas sobre su amada pero tampoco lo halló por ningún lado. En vano fue al apartamento de la Parada 18. Recorrió una y otra vez las avenidas, calles y callejones de tráfico sexual en la ciudad. Nada. Como si se los hubiera tragado el asfalto.

Llegó al motel de madrugada, derrotado por el cansancio. Gran parte del día siguiente lo pasó oscilando entre la zozobra y la desesperación. Perdió la cuenta de las veces que buscó a Sharo en el estudio de la Parada 18. Al anochecer emprendió la búsqueda de nuevo por las zonas de tráfico sexual. Nada. "Tal vez está muerta", pensó. "Tal vez está flotando frente a La Perla". Estos pensamientos oscuros, paradójicamente, le produjeron una sensación de tranquilidad. No dejó de conducir por la ciudad, aunque ahora, ensimismado, lo hacía abandonándose al azar, sin rumbo preciso. En un momento dado le asaltó el recuerdo del cadáver de su padre. Aquel cuerpo espigado. Aquel rostro deshecho. "Ahora me toca a mí", se dijo sin sombra de temor. Poco después, a la altura del Callejón de las Mariposas en la 65 de Infantería, los vio. Barco Viejo sujetaba con firmeza uno de los antebrazos de Sharo que, despeinada, caminaba haciendo ademanes de resistencia. Cisco no lo pensó dos veces para interceptarlos y, revólver en mano, invitarlos a dar un paseo. Condujo hasta un solar baldío frente al condominio Berwind. Allí convidó a Barco Viejo a salir del carro para ver las estrellas. Sharo, sentada en el asiento del pasajero, los vio internarse por un pastizal. Unos minutos después, Cisco, con la camisa ahora salpicada de sangre, volvió al carro donde Sharo lo esperaba ansiosa.

Enseguida se fueron al motel.

Hablaron poco, había muy poco que decir. Ambos sabían que Muñón no tardaría en llegar. En uno de los cuartos se desnudaron y, sin limpiarse el sudor ni la sangre de otros cuerpos, se amaron con la urgencia que obliga el asedio de la muerte. Cuando, tarde en la madrugada, escucharon el estrépito de la puerta forzada desde afuera, Cisco y Sharo lo supieron.

Más sangre tierna cebaría el río de la ciudad.

III. El Último Oasis

El juglar amaestrado

Nuestra escuela siempre ha sido un refugio de trabajo para aquellas personas que por los motivos que sean fracasaron en alcanzar sus metas de estudio. Por citar sólo tres casos, me consta que el maestro de geometría quiso ser arquitecto; el de biología, médico; y la maestra de música, pianista del Conservatorio. Para ellos convertirse en maestros fue, desde el principio, una degradación profesional, una caricatura de sus ilusiones. Muy pocos maestros, a decir verdad, admitirían a los demás y a ellos mismos su patética condición de resignados. A mí me ha tomado casi cuatro años aceptarlo.

Al momento de mi contratación, sin embargo, mi visión del magisterio era otra. Habiendo dado bandazos en empleos misceláneos aquí y allá, vislumbraba mi trabajo de maestro de historia como la oportunidad de lograr cierta estabilidad profesional y un salario, aunque insignificante, fijo. Lo penoso era que yo creía en la función social del magisterio; creía con toda ingenuidad que el maestro contribuía a forjar el carácter de la juventud que regiría el destino del país y el resto de la perorata que se escupe en los discursos de graduación. Tardé poco —menos mal— en enterarme que nadie cree en esos tópicos. Ni los estudiantes, ni sus padres, ni la administración de la escuela. Los maestros, menos que los demás. Basta dar una vuelta por la sala de facultad y escucharlos hablar para comprobarlo. Ni los estudiantes, ni sus padres, ni la administración escapan de sus mordaces comentarios.

Este malestar de mis colegas no impidió que al principio yo asumiera el magisterio como un *apostolado social*, dicho así, con ese lenguaje declamatorio y cursi. Los demás maestros, pensaba entonces, eran unos cínicos insensibles. Pero yo no, yo iba a dar la batalla por ideales de un pasado pluscuamperfecto.

—Ahí viene Don Quijote —dijo Herodes, un maestro de matemáticas de sexto grado.

Su nombre era Sebastián San Inocencio; Herodes era el apodo ganado por su aversión a los niños. En la sala de facultad el comentario de mi colega fue celebrado con risas discretas. No lo tomé a mal porque en el fondo nunca me ha importado la opinión de los demás. Total, todos en la facultad tarde o temprano terminaban con un sobrenombre, aunque no todos lo aceptaban con la misma gracia que yo: a Grace Pérez, maestra de inglés, no se le podía decir la Vedette (por su empeño en vestir pantalones ajustadísimos) porque abría el pico a vomitar palabrotas; ni a Sara Patiño, la maestra de música, se le podía decir Chopina (por su afición a los *Nocturnos* de Chopin) sin hacerla llorar como una Magdalena porque nunca pudo estudiar piano en el Conservatorio. Gracias, pues, a la ocurrencia de Herodes, aquella mañana de enero yo, Mr. Nolasco, me convertí en un personaje del siglo XVII.

Dar clases siempre fue tarea difícil, por no decir innoble, para Don Quijote. Nada tenía que ver con el pan de la enseñanza, ni con ser faro de integridad, ni nada de esas florituras caballerescas que adornaban su desvariado cerebro. Las clases, más bien, se desperdiciaban tratando de disciplinar a jóvenes cuyo deseo más sincero era verlo seis pies bajo tierra. Sólo su vocación de empedernido explica que se mantuviera tanto tiempo de maestro. Era en el fondo un ejercicio de estoicismo, para el cual echaba mano de cualquiera idea que alentara su firmeza. Así, por ejemplo, al cabo de su primer año como maestro se convenció que dar clases consistía en sembrar semillas cuyos frutos se cosechaban a largo plazo –un lustro o una década más tarde–. Un año y medio después se acomodó a la idea de que si entre treinta estudiantes lograba cuando menos llegar a uno, su labor estaba cumplida. Pero ya al final del tercer año se hizo notable que tres de cada cuatro estudiantes terminaban cada lección con la cabeza tumbada sobre el pecho y al comienzo de éste, su cuarto año, se sorprendió, en medio de la lección, preguntándose qué diablos hacía en un salón de clases escuchándose a sí mismo hablar. Era como si los estudiantes, meros ornamentos de los pupitres, le devolvieran sus palabras en forma de ecos. De esta impresión dedujo que enseñar era, esencialmente, un fenómeno acústico.

Fue demasiado para Don Quijote. Era imposible que su idealismo sobreviviera al desdén manifiesto de los estudiantes.

Me quedaron entonces sólo dos alternativas: volverme un cínico como Herodes y tantos otros maestros o asumir mi trabajo como un frívolo espectáculo teatral. Por fortuna y por desgracia, nunca decidí al respecto. La Internet decidió por mí.

Buscaba información relacionada a una lección de historia que mis estudiantes, siempre herméticos, jamás escucharían, pero que por la fuerza de la costumbre (y de la ética profesional, me decía a mí mismo, todavía guardándole luto a Don Quijote) yo preparaba. En esas estaba cuando me dio con buscar información sobre mí. Escribí Joel Nolasco en el buscador de Yahoo!, apreté *search* y, para mi sorpresa, resultaron seis enlaces. Joel Nolasco era un venerable anciano de 65 años que trabajaba en una misión católica en Cincinnati; un joven neoyorquino, de 17 años, de ascendencia dominicana, condenado a prisión por traficar drogas en Washington Heights; un mediocre ajedrecista peruano; un fotógrafo mexicano para el *National Geographic*; un ex agente de la CIA, de ascendencia puertorriqueña; y un artista de *rap* hondureño. Fue, en suma, un hallazgo deslumbrante: Joel no era sólo Mr. Nolasco.

La mañana siguiente, en la oficina de la escuela, me recibió la mueca socarrona de Herodes y el consabido, ¿cómo está usted, Don Quijote? El muy idiota no se daba cuenta de que Don Quijote estaba muerto hacía siglos y que yo, Joel, ya era otro. No le aclaré por piedad, porque sabía que el saludo ponzoñoso que me obsequiaba a diario le quitaba un poco de amargura a su trabajo como maestro. Mi respuesta, empero, fue un poco diferente de la habitual: Estoy listo para recobrar la cordura. (Esta respuesta, según supe después, generó especulaciones sobre mi presunta intención de renunciar a la escuela. Entre los colegas, se decía –como chiste y tal vez con algo de verdad– que para trabajar en aquella escuela uno de los requisitos era sufrir de algún trastorno mental.)

Más tarde, en mitad de mi primera clase, pregunté a los estudiantes sobre la lectura que les había asignado el día anterior, algo sobre la función del juglar en la sociedad medieval. Como siempre, el salón era un cementerio a medianoche; podía escucharse el crujir de los cuerpos descomponiéndose del aburrimiento. ¿Alguien?, insistí. Como si hablara con lápidas de mármol; creo que dos o tres estudiantes bostezaron con disimulo. Les dije entonces que si yo fuera ellos me pondría a leer en ese instante si es que no querían quedar retratados por Joel. El salón, hasta ese momento sumido en un silencio total, de pronto pareció tomar vida con los murmullos de los estudiantes. Éstos, que me conocían sólo como Mr. Nolasco, se miraban entre sí preguntándose quién diablos era Joel. Uno de los estudiantes, luego de un minuto de inquisiciones infructuosas, me preguntó.

Joel Nolasco, les dije, es ex fotógrafo del National Geographic. Como colaborador de esa revista trabajó en Egipto, las Islas Galápagos, Hiroshima, Afganistán, el sur de Australia, entre otros lugares. Abandonó la fotografía luego de que hiciera un reportaje gráfico de la invasión norteamericana a Panamá. Los cadáveres y los gritos desgarradores de los familiares de los panameños muertos lo convencieron de dedicarse a otro oficio, menos lucrativo tal vez, pero de menor costo emocional.

El relato oral, por supuesto, fue mucho más extenso. Lo relevante no fue el relato en sí, sino la reacción de los estudiantes. Todos escucharon la historia del fotógrafo como si estuvieran bajo los efectos de un encantamiento.

Sólo cuando extraje de mi maletín una Pentax K-1000, una antigüedad, y comencé a retratarlos, volvieron en sí. Pocos segundos después sonó el timbre de salida.

El chisme se regó de inmediato. Esta escuela es como uno de esos pequeños barrios donde los secretos e intimidades de las personas se consideran bienes comunales. Dos estudiantes se enredan a pelear, un maestro sufre un bajón de azúcar, llega visita imprevista de la Superintendencia, y la voz se corre más rápido que un incendio: en nada todos estamos enterados de lo ocurrido aunque no todos tengamos la misma versión de los hechos. No más entró a mi salón el segundo grupo de la mañana, los estudiantes me miraron con una atención desmedida. Comencé mi lección como de costumbre pero me interrumpí poco tiempo después. Los estudiantes, *todos* los estudiantes, tenían sus ojos clavados en mí. Creo que estaba acostumbrado a pasar inadvertido y, curiosamente, tanta atención me hacía sentir como un insecto observado por entomólogos. Decidí no hacerle caso a mi incomodidad y aproveché para proseguir la discusión sobre el papel del juglar en el medioevo. Un estudiante, entonces, me interrumpió para preguntarme por la Pentax que yo había dejado sobre mi escritorio. Otros estudiantes, animados por el primero, expresaron su interés en conocer sobre mis tiempos de fotógrafo.

Luego de resumirles el currículo fotográfico de Joel Nolasco, les conté sobre la última vez que éste visitó Afganistán. *National Geographic* le había comisionado un reportaje gráfico de las calles de Kabul, la capital. Sin embargo, Joel, siguiendo las confidencias de varios informantes anónimos, se aventuró un poco más al norte, a la región de Kunduz para presenciar y, si era posible, documentar fotográficamente el cultivo de opio. Había escuchado que Afganistán producía más del setenta por ciento del opio que se vendía en el mundo, principalmente para la elaboración de la heroína. Lo curioso fue que, además de confirmar este dato, Joel constató la presencia de fuerzas armadas norteamericanas que salvaguardaban las rutas de distribución de dicha droga. Ya de vuelta a su hotel en Kabul, recibió una llamada de la embajada estadounidense con el propósito de invitarlo a cenar. En aquella cena, a Joel se le pidió que por razones de seguridad entregara los rollos en que había retratado los cultivos de opio. Como compensación, le hicieron una oferta difícil de rechazar y que, de hecho, aceptó. En las próximas comisiones de la revista, Joel comenzaría a colaborar clandestinamente con la CIA.

—Pero ésa es historia para otro día —les dije a mis estudiantes. Pocos segundos después sonó el timbre de salida.

En el resto de las clases del día persistió el mismo interés en las aventuras de Joel, el fotógrafo y, al igual que con los dos primeros grupos, no dicté la lección pautada. El día siguiente quise volver a la normalidad, pero los estudiantes fueron intransigentes: querían seguir escuchando las aventuras de Joel Nolasco. Era como si después de haber probado el dulce de las historias, no estaban dispuestos a someterse al aburrimiento consuetudinario de mis clases. No los defraudé.

Proseguí el relato de Joel, ahora en su nueva faceta de agente encubierto. Éste jamás, gracias a Dios, tuvo que recurrir a la agresión física. Sus misiones eran más bien de reconocimiento del terreno, para ponerlo en términos aeronáuticos. Ya no sólo desde Afganistán, sino también desde Colombia y Perú debía informar sobre las rutas de la distribución de drogas hacia Estados Unidos. Por supuesto, seguía utilizando el disfraz de fotógrafo de *National Geographic*, pero por la frecuencia de sus viajes, casi nadie ignoraba sus verdaderas intenciones. Era un protegido de la CIA, nadie se metía con él. Este estatus privilegiado no impedía que los narcotraficantes intentaran sobornarlo. Éstos tenían vía franca para llegar a Estados Unidos, el mercado principal de sus negocios, pero era sólo por las rutas trazadas por la CIA; deseaban, pues, establecer rutas alternas, menos onerosas...

–Míster, no sea guasa-guasa –me interrumpió de pronto un estudiante.

Como es lógico esperar, en todos los grupos siempre había uno o dos estudiantes descreídos que cuestionaban lo que yo relataba. Eran los escépticos sin causa cuya única convicción es llevar la contraria al consenso de la mayoría. Yo dejaba que expresaran todas sus suspicacias para luego disiparlas con una sobredosis de cifras y datos históricos. Era un método infalible: nada vence mejor a detractores instintivos (esto es, sin fundamentos sólidos) que un alud de datos estadísticos. Acto seguido, la presión de grupo ("cállate, bruto, deja que el maestro siga contando") terminaba de silenciarlos.

Tarea más ardua era silenciar el chisme entre mis colegas. Me parece haber dicho antes que a los maestros de mi escuela les gustaba endilgarse apodos unos a otros.

Esta costumbre no era un juego inocente. Renombrar un objeto o a una persona es una forma de hacerlo más tuyo, y en la escuela apodar a los maestros era como una autorización para someter sus vidas a la jurisdicción de toda la facultad. Aunque me disgustara, yo era consciente de que no podía salvarme del chisme inquisitorial de mis compañeros. Para compensar este malestar imaginaba la siguiente fábula: la facultad era una piara donde cada cerdo –perdón, cada maestro– se deleitaba en meter el hocico en la parte más inmunda del lodo que lanzaba contra la reputación de un compañero. Lograba el objetivo de enfangar al otro puerco –perdón, al otro maestro–, pero su hocico quedaba embarrado. Digno todo de una foto de Joel Nolasco.

En suma, las historias de Joel estaban desencadenando reacciones extremas y, a la postre, mutuamente excluyentes. Por un lado, en la sala de facultad se iba creando una avalancha de chismes sobre Don Quijote –todavía insistían en llamarme así–: sufre del desorden de personalidad múltiple, es esquizofrénico y bipolar, es un mentiroso compulsivo, etc. Por el otro, los estudiantes se estaban volviendo fanáticos de las historias de Joel; para ellos ir a la clase era como sintonizar una telenovela que luego comentarían en el recreo y en la hora del almuerzo. A mí me tenían sin cuidado los comentarios de unos y de otros. Si alguna vez éstos fueron importantes para Mr. Nolasco, no sabría decirlo ahora. Hacía más de una semana que había interrumpido la lección sobre el juglar en la Edad Media. Mi única preocupación y empeño era seguir contando las historias de Joel.

Así, puntualmente, proseguí el día siguiente: sólo una vez, Joel, desobedeciendo las órdenes expresas de la Agencia, se involucró en el tráfico ilícito de estupefacientes. La presión de los distribuidores colombianos era brutal. (De no haber sido un protegido de la CIA, hace tiempo lo hubieran cosido a balazos.) Un buen día, en Medellín, Fulano le entregó dos bultos de mano: uno estaba lleno del material camuflado en saquitos de café; el otro estaba lleno de dólares. El primero debía llevarlo hasta Cartagena; el segundo a su cuenta bancaria (la de Joel). El negocio así expuesto, sin que mediara una consulta como tal, resultó de una simpleza pasmosa. Hacer de cartero, por qué no, se dijo Joel al tiempo que estimaba en dos libras el peso del bolso lleno de billetes. Tomó la precaución, eso sí, de burlar a la Agencia con un disfraz improbable: llegó a Cartagena vestido de rapero, con más cadenas y abalorios que una espiritista decadente. El contacto allá, un sicario sin sentido del humor, creyó que se trataba de una broma y por poco le pega un tiro. El cartero, con el cañón del sicario apuntándole a la frente, le explicó a tiempo que se trataba de un disfraz, que todo estaba en el bolso. El tipo bajó el revólver y Joel le entregó la mercancía. Todo bien, dijo el tipo tras revisar los saquitos de café, pero todavía quiso examinar el otro bolso que cargaba el cartero. Sacó un fajó de billetes que entregó a Joel como pago por la entrega y se quedó con el resto. Ni gracias dijo y se fue…

Esta parte de la historia fue la que conmocionó más a los jóvenes. En los pasillos de la escuela no se comentaba otra cosa que el hecho de que Joel había sido traficante de drogas. No hay duda de que ese día Mr. Nolasco se convirtió en el maestro más popular de la escuela. Y el más odiado por sus colegas. Éstos, supe después, se encargaron de formar un comité para querellarse ante la señora Delano, la directora, por la conducta impropia de Don Quijote. Además de confirmarse el hecho de que sufría de algún desorden mental –explicó Herodes, portavoz del comité– existía ahora la probabilidad de que estuviera involucrado en el tráfico de drogas. El escándalo no tardaría en explotar.

Como si nada, el día siguiente, proseguí la historia: una sorpresa le aguardaba a Joel. Periódicamente, éste debía reportarse para informar sobre sus misiones secretas. Los lugares de encuentro siempre cambiaban como si su jefe temiera que alguien los estuviera espiando. Eran encuentros breves, de unos quince minutos aproximadamente. Unos días después de su infortunada incursión como rapero en Cartagena, Joel fue citado en un café de Caracas. Cuando llegó a la cita, su jefe lo esperaba sentado a la mesa frente a un tablero de ajedrez. Siéntate, le dijo, vamos a jugar. Joel apenas conocía los rudimentos del juego, pero no se atrevió a declinar la invitación de su jefe. Total, no le importaba perder la partida, pero la morosidad que adquiriría el encuentro le preocupó. Más que lenta, la entrevista fue comatosa: se extendió por sesenta y seis agónicos minutos. Con cada movimiento de sus piezas, las blancas, el jefe formulaba una pregunta a Joel. Eran preguntas capciosas, llenas de zancadillas para hacerlo tropezar. No podía detenerse a ponderar demasiado cada respuesta, puesto que el jefe no admitía que se distrajera del tablero. Trataba, por tanto, de dividir su ce-

rebro en dos faenas igualmente arduas. Según progresaba
el juego y el interrogatorio, se hacía evidente que su jefe
estaba informado de lo ocurrido en Cartagena: ¿te gusta
la música rap?, le preguntó al tiempo que la Dama blanca
eliminaba del tablero una Torre negra desprotegida. La
suerte estaba echada. Joel intentaba contestar las preguntas sin incriminarse, pero para lograrlo hubiera tenido que
ganar o al menos empatar la partida. En la movida treinta
y dos de las blancas, el jefe dejó de preguntar.

—Jaque mate —le dijo.

Joel estaba extenuado, empapado de sudor. Afuera
hacía un calor de madre. Me limpié el sudor de la frente
con un pañuelo. Los estudiantes me miraban como si en
aquel momento la derrota volviera a abatirse sobre mí.
Un estudiante entonces me señaló hacia la puerta del salón. Embutida en un traje que transparentaba su apellido,
la directora, la señora Delano, me miraba con severidad.
Su molestia era evidente.

—Lo espero en mi oficina.

Una pena, en verdad. Justo cuando me faltaba tan
poco para terminar la historia.

Crónica del violador invisible

Dicen que anda suelto. Se dice que ya ha violado a una estudiante de quinto grado y a dos de sexto de la García Méndez, una escuela pública a dos bloques del Colegio. Si la noticia se originó en una estación AM o en una crónica roja de *El Vocero*, no se sabe con certeza. Eso sí, enseguida se produjo un primer boceto del criminal: nariz aguileña, piel cobriza, labios finos, barba hirsuta y la frente aboquetada por un severo problema de acné. Es delgado y mide unos cinco pies con tres pulgadas.

"Se parece a ti, Charles." Eso dice Willie al mirar el boceto y leer la descripción en el tablón de anuncios frente a la oficina del Colegio. "A ti también", añade Jean Michael refiriéndose a Willie: "tiene tus labios y tu nariz". Charles, el menor de los tres amigos, sintetiza el asunto: "es bajito y tiene barritos como yo; en los labios y la nariz se parece un poco a Willie; pero definitivamente tiene tu color, Jean Michael, y no hay cloro que despinte que es familia tuya". Los tres se ríen de la ocurrencia. Acaban de salir del comedor escolar y los tres caminan juntos, cada uno con ocho dólares en los bolsillos, hacia los salones de séptimo grado.

Detrás de dichos salones, cerrados a esa hora del almuerzo, el pasto tiene unos cuatro o cinco pies de altura. En medio de aquel tupido pastizal hay un claro de tierra de unos seis pies de largo y cuatro de ancho. Sobre la tierra hay cartones desplegados; sobre los cartones yace Rocío con la falda del uniforme levantada hasta la cintura; entre sus piernas abiertas, el tercer estudiante que la penetra ese día. La muchacha luce distraída, en compás de espera. Dos minutos a lo sumo tardará el muchacho en llenar el condón que Rocío, diligentemente, ha colocado en su rabito antes de abrirle las piernas. Es un negocio redondo, por dos minutos o menos añade ocho dólares más a su sostén. Estadísticamente, es capaz de amasar doscientos cuarenta dólares en una hora de trabajo. Pero Rocío, que no tiene interés en volverse rica, ha limitado su cuota de polvos a ocho por día. Para ella, una adolescente de décimo grado, basta un trabajito así: *part-time*.

Apenas el muchacho se desborda en una mueca de placer, Rocío lo hace a un lado y, tras bajarse la falda, se para sobre los cartones para llamar al próximo cliente.

—Uno para todos y todos para uno —dice Willie, seguido de Charles y Jean Michael.

—Mis tres mosqueteros —comenta Rocío sonriéndose.

Los tres amigos son de sus clientes más asiduos. A Willie y a Jean Michael los conoce bien pues son condiscípulos suyos: bromean siempre en los salones, se copian en los exámenes e intercambian dibujos obscenos de los maestros más aburridos. A Charles, un año menor que ellos, recién lo ha conocido, pero el hecho de que ande con Willie y Jean Michael le inspira confianza. Los tres han sabido guardar su secreto y en respuesta a esa gentileza siempre les hace una concesión especial que no hace con ninguno otro de sus clientes. A los tres les practica el *fellatio* a la vez y luego deja que observen mientras cada uno, por turno, la penetra. Los tres, puntualmente, pagan sin chistar.

Entretanto, la noticia del violador va ganando notoriedad en el Colegio. El Presidente de la Asociación de Padres se reúne con la Administración para trazar un plan de seguridad contra el acecho del violador. Se dispone que la policía municipal provea varios agentes que velen los portones del Colegio en las horas de entrada y salida. Los niños de nivel elemental se olvidan de Jason, Freddie Kruger y otros monstruos de las películas de horror y adoptan al Violador como el objeto de sus juegos de miedo, un Cuco mucho más tangible y, definitivamente, más real que sus homólogos de Hollywood. Al mismo tiempo comienzan a distribuirse fotocopias del boceto del violador que, por orden de la señora Delano, la directora del Colegio, hay que pegar en todos los salones de clases y en todos los tablones de anuncios de los pasillos. Es inevitable que el violador se convierta en el tema obligado de toda la comunidad escolar, incluso de aquellos escépticos que lo tildan de pura ficción y chisme.

Entre los estudiantes más escépticos se encuentran los tres mosqueteros. No es que sean más sesudos, ni más críticos, ni más rebeldes que sus compañeros de clase. En realidad los tres amigos son más escépticos que los demás porque son incapaces de creer en algo. No hay valor, ni ideal, ni institución que se sostenga en pie ante el embate de su humor irreverente. Son extremistas: todo, absolutamente todo es motivo de burla y vacilón. La caída de las Torres Gemelas es la secuencia de una película de acción, el gobernador es impotente sin una sobredosis de Viagra, el Papa es un niño arrugado que se babea ante los micrófonos, las misas del Colegio son conducidas por un travestido sin maquillaje, el maestro de religión es un onanista de clóset, los demás maestros son cabrones o putas y la directora, la señora Delano, es una sadista en busca de esclavos que le besen su protuberante trasero. Sólo la señora Casiano se salva de la guasa corrosiva de los tres amigos. Casiano no, Casiano es chévere. Casiano viste ropa de hippie y bebe ron. Casiano lleva anillos en todos los dedos como una gitana, es rockera y artesana *part-time*. Casiano es feíta pero todavía está buena y le gusta la pocavergüenza; a todo le saca un chiste y, al igual que ellos, no cree ni en la luz eléctrica. Casiano les habla de sexo y de arte, la materia que enseña, como si fueran la misma cosa. Dice que el arte no debe ser ni muy monumental ni muy pequeño y lo ilustra con sus dos ex maridos: uno tenía el rabo como un caballo imposible de cabalgar; el otro lo tenía como un chihuahua y sólo servía para hacer cosquillas. Casiano apenas da clase, les permite copiarse y admite sus graffitis obscenos como muestras de arte primitivo. Casiano les dice que el violador no existe y, si existiera, de seguro lo tiene como un nene de kinder.

Los bocetos del violador cambian con frecuencia. Al primer boceto le sigue otro que representa al criminal como un hombre altísimo, de más de seis pies de estatura, negro, con la nariz chata, bembón y lampiño, pero con una marca distintiva: una cicatriz que le cruza la mejilla izquierda. Unos días después la nariz se le vuelve perfilada encima de un bigote lanudito, se rapa el coco, engorda como cincuenta libras y se achica a una estatura mediana de cinco pies con siete pulgadas. Ahora su rasgo diferenciador es que tiene el rostro y, probablemente, el resto del cuerpo de dos colores porque padece de vitiligo. No obstante, al comienzo de la próxima semana su nariz, sin ser chata, es ahora pequeña. Su piel se aclara, su cuerpo se llena de vellos, le faltan dos dientes y enflaquece al punto de parecer desnutrido. Son inconfundibles su frente y sus mejillas cubiertas de úlceras sangrantes. El último o penúltimo de los bocetos lo dibuja con una nariz enorme con el tabique roto, los labios llagados y el cuello con el pellejo en carne viva por una soriasis descontrolada. Ha vuelto a crecer aunque una joroba enorme hace que se incline hacia el frente y parezca de estatura mediana. Ahora sí que resulta inconfundible: parece un signo de interrogación.

Con tanta publicidad al violador y al acopio morboso de sus estupros (por la prensa amarillista o por el chisme popular), es lógico que el Colegio poco a poco tome la forma de un presidio. Ya no sólo a los estudiantes se les prohíbe salir del plantel durante el horario escolar, sino a todos los maestros, a todo el personal no docente y a los empleados administrativos. Todo el mundo anda quejándose del estado de sitio, pero nadie se atreve a ventilar su oposición ante la señora Delano. Entre ésta y sus empleados se instituye un silencio marcial. Poco a poco se van formando pequeños clanes incomunicados entre sí. Cada empleado parece sentirse seguro en su grupito y ninguno se aviene a la idea de tramar alianzas más amplias con otros grupos. Nada altera la atmósfera de desconfianza generalizada. Todos parecen vigilarse entre sí.

Pero si estos cambios han creado un ambiente de tensión entre los empleados de la escuela, las peores consecuencias han caído sobre los estudiantes. Cualquier amago de fiesta, baile o música estridente es castigado severamente con deméritos, con suspensiones individuales de tres a siete días lectivos y, a las clases graduandas, con amenazas de suspender los actos de graduación. La vigilancia del plantel por parte del decano de conducta y la propia señora Delano mantiene a los estudiantes en un estado de pastosa inercia. Cada vez más el Colegio adopta las características de una academia militar.

Es claro que todos estos cambios han afectado adversamente la economía vaginal de Rocío y, por extensión, la principal fuente de diversión de los tres mosqueteros. Los tres amigos parecen guardar luto. "Esto es como una cadena perpetua", comenta Charles. "Como estar condenado a muerte", añade Jean Michael. "Peor, como si nos hubieran castrado", sentencia Willie. No pueden quedarse con los brazos cruzados, no es justo, uno no se puede pasar la vida masturbándose con películas pornográficas.

Aunque el aspecto del violador cambia continuamente, un detalle se conoce con certeza: ataca sólo a niñas entre los once y doce años. Es sobre este sector de la población estudiantil que la Administración del Colegio ha estrechado más la vigilancia. Sin embargo, a pesar de las precauciones tomadas con la policía y de la comunicación efectiva con los padres, se dice que ayer el violador logró burlar el cerco de vigilancia e intentó atacar a una adolescente de noveno grado que se encontraba, por suerte, encerrada en uno de los cubículos del baño del edificio de escuela superior. Los gritos de la muchacha espantaron al violador. Nadie confiesa haber visto al individuo –en cualquiera de sus versiones– de los bocetos. Según la muchacha, calzaba zapatos blancos. Ante la queja de los padres de la estudiante y acaso también por el temor a una demanda, la Administración del Colegio enseguida pone en efecto un sistema de control de acceso más severo: los padres o encargados de los estudiantes sólo podrán entrar al plantel escolar con una tarjeta que detalle su información personal y su relación con el estudiante o los estudiantes que sean. Para garantizar aún más la seguridad en el plantel, la Administración contrata a un agente encubierto que permanecerá en las instalaciones durantes horas laborables. Aun habiendo implantado estas medidas correctivas, una preocupación inquieta la cabeza severamente enmoñada de la directora, la señora Delano. El violador que intentó atacar a la estudiante no presentaba ninguno de los rasgos descritos en los bocetos que hasta ese día se habían colocado en el Colegio. Cabe, pues, la posibilidad de que éste sea uno de los padres de los estudiantes de la institución y, por tanto, que se trate de otro violador cuyo único rasgo conocido es su calzado blanco. Abona a esta hipótesis el hecho de que el criminal haya tratado de atacar a una estudiante de noveno grado y no a una de quinto o sexto. En más de un aspecto, piensa la señora Delano, la situación actual es peor. Si bien el primer violador era camaleónico, al menos tenía un rostro. Este otro es casi invisible: un fantasma con zapatos blancos.

Como consecuencia de esta nueva situación, calzar zapatos blancos se vuelve anatema en el Colegio. Ni siquiera la señora Muñiz, la enfermera de la institución, calza ya sus zapatillas blancas. Para que no haya dudas, ahora combina su inmaculado uniforme blanco con zapatillas negras dándole a su delgada figura la apariencia de un signo de exclamación. Las empleadas de mantenimiento resienten un poco la nueva restricción puesto que ya no pueden trabajar en sus habituales y cómodos tenis blancos, pero acatan la norma no escrita y se compran tenis de colores. No hace falta circular un memo entre los maestros, pues todos, en especial las maestras, se suscriben al interdicto aunque en algunos casos esto no les permita vestir cierta ropa que acostumbran lucir en el Colegio. Sólo la señora Casiano, pasando por alto la nueva prohibición, se atrevió a llegar al Colegio con unas alpargatas color crema claro. Pero antes de que sonara el timbre de la primera clase, la señora Delano la hizo llamar a la oficina. La maestra de arte no tuvo otra opción que volver a su casa y cambiarse las alpargatas. Ese día no dictó la lección, nada raro en ella, y se dedicó a gruñir en protesta contra la paranoia generada por el fantasmagórico violador. Desde entonces sólo viste de negro y calza botas de militar para trabajar.

Al verla toda vestida de negro, tan inusual en la

maestra, y escuchar sus ataques contra el nuevo código de calzado, Willie y Jean Michael entienden que el Colegio se ha vuelto más mierda que nunca antes. Es peor que una penitenciaría. En ésta al menos los presos se las arreglan para hacer deportes, jugar cartas, apostar cigarrillos, intercambiar material pornográfico, traficar algo de drogas y tener un orificio donde desahogar sus urgencias sexuales de vez en cuando. Aquí, en el Colegio, sólo se puede hacer deportes siempre y cuando el calzado no sea blanco. Es ridículo. El maestro de religión está equivocado: no hay que morir para saber si a uno le toca el cielo, el infierno o el purgatorio. Este Colegio es el purgatorio, un limbo velado por guardias.

No les basta poner tachuelas en los pupitres de algunos alumnos comelibros, ni pegar chicle en las cerraduras de algunos salones de clase, ni dibujar obscenidades en los pupitres, ni maniatar a Christian, el patito de octavo, y meterlo de cabeza en el zafacón del baño, ni hacer guerras de globos llenos de agua, ni tocar las nalgas a algunas de las chicas de noveno, ni humillar a los pusilánimes menos fuertes que ellos en la fila del comedor. Para Willie y Jean Michael todo eso es llover sobre mojado, lo mismo de siempre. Aburrido.

No obstante, fue Charles, el menor de los tres mosqueteros, quien propuso que hicieran un party. Willie y Jean Michael ultimaron los detalles. El party sería un viernes por la noche en la casa de playa del papá de Willie en Isla Verde. Jean Michael obtendría el material de su primo Eddie que en las tardes les vende a varios estudiantes del Colegio. Charles invitaría a las muchachas, a los chamacos con los carros y, en especial, a Rocío. Y los tres llevarían la música. Nada como un *party* para sacarlos del purgatorio.

Hasta la semana antes del *party*, la seguridad en el Colegio había funcionado como un reloj suizo. Los padres y encargados de los estudiantes, responsablemente, mostraban sus tarjetas al entrar al plantel escolar; la policía velaba los portones de acceso y el estacionamiento; y el agente encubierto se desplazaba como un sabueso por todas las instalaciones durante las horas laborables. En todos los salones y en los tablones de anuncios en los pasillos ahora había dos bocetos: uno, el del violador camaleónico, que era sustituido cada tres o cuatro días; el otro, el del violador invisible, cuya única marca notable eran sus zapatos blancos. Ni de uno ni del otro había habido señales. Pero justo cuando la seguridad escolar parecía infranqueable, una acusación de hostigamiento sexual revolcó el fantasma del violador. Varias estudiantes de la escuela superior formaron un comité para levantar su voz de protesta contra las prácticas heterodoxas del agente encubierto. Según le comunicaran a la señora Delano, el agente tenía la mala costumbre de irrumpir en los baños de muchachas sin avisar, lo cual provocaba situaciones de incomodidad entre las jóvenes. Unas pocas de éstas, escandalizadas por haber sido sorprendidas con alguna parte pudenda expuesta a la imprudencia del agente, no dudaron en hablar de acoso sexual y, de incluso, sugerir que el comportamiento del agente era propio de un violador. Para silenciar a las menores y evitar una controversia seria con la Asociación de Padres, la señora Delano decidió al instante prescindir de los servicios del encubierto y, en su lugar, contratar a una agente para evitar potenciales situaciones controvertibles.

"Hijo de gato caza ratón", piensa Guillermo Arizmendi cuando Willie le pide permiso para hacer un *party* en su casa de playa. Guillermo, abogado de profesión, reconoce en su hijo sus genes de jodedor empedernido. Es un orgullo que expande su mofletudo rostro con una sonrisa de satisfacción. Por esto no sólo le otorga el permiso, sino que además le confía, durante su ausencia esa noche, la autoridad para hacer en la casa todo lo que quiera. Eso sí, como buen jurisconsulto, le aconseja que es mejor precaver que tener que remediar, por lo cual acompaña el permiso con un paquete de doce condones *Troyan*.

Además de condones, el *party* estuvo bien surtido de todo. Llegaron todas las muchachas invitadas; trajeron bebidas como para el doble de la gente reunida allí; había drogas como para abastecer a tres hospitalillos; y había música de reggueatón como para una transmisión radial de veinticuatro horas consecutivas. Todo el mundo bailó, todo el mundo bebió y casi todos ingirieron pastillas de éxtasis. Todos perdieron el control, menos los tres mosqueteros. Éstos bebieron un poco y nada más. No les era necesario ingerir drogas para perder sus inhibiciones.

Poco importa si las noticias se originaron en una estación AM o en las páginas de *El Vocero*. De todas maneras, el lío que tiene la señora Delano entre las manos merece cuidadosa ponderación. No admite ni descarta nada. Lee o escucha que atraparon al violador en la segunda extensión de Villa Carolina: era vendedor de calentadores solares; atraparon al violador en la primera extensión de Country Club: era vendedor de helados; atraparon al violador en la misma urbanización donde ubica el Colegio: era el abuelo de un estudiante de la escuela García Méndez. En otras circunstancias, esta serie de arrestos la hubiera convencido de descontinuar el plan de seguridad en la institución y de botar todos los bocetos que han empapelado el plantel escolar en las últimas semanas. Pero la recién recibida información sobre el brutal ataque a Rocío Martínez, una de sus estudiantes de décimo grado, le previene de tomar decisiones precipitadas. Según se rumora, encontraron a la muchacha inconsciente en una casa de playa en Isla Verde: se dice que sendas botellas le mutilaron los orificios entre sus piernas. Nada garantiza que el violador de ésta haya sido uno de los arrestados por la policía. Tampoco ayuda el hecho de que la víctima se encuentre en estado de coma. Hasta tanto no se aclare el caso, la señora Delano opta por no alterar el estado de sitio de la institución. Es evidente que los bocetos del violador camaleónico han perdido vigencia, por lo cual ordena que sean removidos. Pero, para no comprometerse, por si las moscas, prohíbe la remoción de los bocetos donde sólo figuran los zapatos blancos del violador invisible.

De mutuo acuerdo

"Odio las frases cursis", me dijo ella asomando una sonrisa demasiado aniñada para su edad. Debía ser una mujer ya en sus treinta: las patas de gallina empezaban a marcarse alrededor de sus ojos, tenía el cabello largo y revuelto como quien no se afana en impresionar a nadie y en sus dedos, más anillos que una espiritista. Su cuerpo de curvas mullidas me atraía, pero su cara no, tenía no sé qué de amargura y tragedia. No era mujer de hablar tonterías, lo sabía por los diez minutos que llevaba conversando con ella, pero aún así no me decidía a conquistarla. Dejé de titubear cuando le escuché decir: "Quien le dice ano al culo es porque quiere cagar flores". No me explico cómo, pero la combinación del lenguaje vulgar (más propio de un camionero que de cualquier mujer) y aquella sonrisa aniñada, me atrajo irresistiblemente a ella.

La invité a tomar otro trago.

Era la primera vez que yo visitaba ese bar. Desde la calle parecía un lugar sórdido, casi a oscuras, con el empañetado del techo descascarado y algunas vigas visibles. A esto se añadía un detalle que lo distinguía de los demás bares de la zona colonial: todas sus paredes estaban llenas de graffitis de gente que había estado allí. Al entrar me había dado la sensación de estar internándome en uno de esos callejones abandonados de las películas de acción.

El humo de cigarrillo rayaba de violeta la oscuridad. Al fondo, a la derecha, había una pareja de góticos vestidos de cuero que jugaban en el único billar del local, mientras que más acá, en el ala izquierda del establecimiento, un gringo enorme fumaba un habano al tiempo que seleccionaba en la vellonera discos de CCR y los Rolling Stones. No había nadie en las cuatro mesas del local. En un extremo de la barra un tipo con pinta de chulo jugaba a los dados con el bartender y, al otro extremo, como si el mundo le resbalara, se encontraba ella.

En cuanto me senté en el taburete próximo al suyo comenzó a tintinear con uno de sus anillos el vaso que tenía enfrente. No esperó ni el hola para informarme que lo mejor que se servía allí era el cuba libre *cargao*. "Hay que pedirlo así", me explicó, "porque si no te lo sirven ralo y empalaga". "Bien", contesté. Pedí dos *cargaos*. Le ofrecí un cigarrillo al tiempo que encendía uno para mí. "No, gracias, no fumo". Que la boca le oliera a gasolina no le importaba, pero que supiera a cenicero le daba asco, me aclaró a rajatabla. Le hablé de mi impresión del bar y se rió que lo comparara con un callejón de película. "Es que no eres de aquí", me dijo. Era verdad.

Le conté de mí. Una historia como cualquiera otra. Le dije, por ejemplo, que era de Cabo Rojo, pero que vivía en Mayagüez, donde era director de un colegio privado. Estaba de vacaciones y no tenía mucho que hacer en el hotel donde me estaba quedando, así que había decidido dar una vuelta por allí a ver qué traía la noche.

Y no, no estaba casado ni comprometido. Divorciado.

—No te creo —me dijo— pero no importa.

Ella, por su parte, me contó que vivía a dos cuadras del bar. Había sido maestra de arte y ahora era artesana, aunque hacía mucho que no manufacturaba ni vendía nada por falta de tiempo. Dos niños y un marido siempre trabajando a deshora apenas la dejaban respirar. Pero, gracias al de arriba, llegaban las vacaciones escolares y enseguida mandaba los muchachos con la abuela a un pueblo del centro de la isla. A veces, cuando el marido la llamaba para decirle que no lo esperara porque estaban en cierre de mes, aprovechaba ella para escaparse al bar...

Estaba yo un poco cortado. No son pocas las mujeres que han pasado por mi vida, pero nunca he sido tipo de meterme con casadas. Ella notó mi reticencia y de inmediato me aseguró que no tenía por qué preocuparme. Cuando la computadora del trabajo se tragaba al marido no lo devolvía hasta la mañana siguiente.

Habían llegado cinco universitarios al bar. Bebían la mesada de sus padres en las mesas del ala izquierda. Coreaban mal *Purple Haze* haciendo deslucir la guitarra voladora de Hendrix. El gringo enorme, habano en boca, ahora hablaba con el tipo con cara de chulo, mientras el barman se aburría esperando que alguien ordenara algo. La pareja de góticos se cansó de jugar billar y nosotros decidimos reemplazarlos. Jugamos dos, tres, cuatro partidos, no recuerdo, pronto perdimos la cuenta con tantos tragos encima. Entonces le dije que me gustaba su blusa. "Tócala", me dijo, "es de tela de panty". Toqué la blusa por la cintura y con un mismo movimiento la estreché contra mí. Como si estuviera leyendo mi mente me dijo que nos fuéramos porque estaba echando chispas. La oscuridad oportuna del local camufló el bulto en mis pantalones. Pagué la cuenta y salimos.

"¿A tu casa o a mi cuarto de hotel?", le pregunté con la urgencia típica de los amantes clandestinos. Me dijo que ir al cuarto de hotel y volver tomaría demasiado tiempo, más del que disponía. Mejor era ir a su casa, a dos cuadras de allí. Caminamos media cuadra y de pronto me detuvo y me besó con ganas. En lugar de seguir directo a su casa, me tomó de la mano y nos desviamos hacia un callejón solitario donde había dos o tres gatos realengos y una insoportable peste a orines. Allí me pidió que me sentara en los escalones de la trastienda de un comercio cerrado a esa hora y enseguida se acomodó en mi regazo con las piernas abiertas de frente a mí. Volvimos a comernos la boca, al tiempo que ella se movía rítmicamente sobre mi erección estrangulada por el calzoncillo. Era un juego perverso que me mortificaba pero del cual no sabía cómo desprenderme. Cuando ya no pude más le dije que la clavaría allí mismo. Algo, no sé si fueron mis palabras o el tono iracundo de mi voz, hizo que se levantara y corriera. Me fui tras de ella. Pronto me di cuenta de que se trataba de otro juego en que yo debía perseguirla y atraparla. Tomé la precaución de mantenerme a la zaga para evitar otras prórrogas a mi deseo. Cuadra y media más abajo se detuvo frente al portal de un edificio de apartamentos y abrió con llave el portón de entrada. Subiendo escaleras tras de ella, llegué al tercero y último piso donde la vi insertar la llave en la cerradura de la puerta de su apartamento. La tomé del brazo, hice que girara su cuerpo hacia mí y le aplasté la boca con un beso. Allí, plegados contra la puerta, le subí la blusa y mientras trataba de hacer saltar sus tetas fuera del sostén, ella logró girar el picaporte. Me alejó de ella con un mordisco en mi mano derecha, momento que aprovechó para abrir la puerta de entrada. Uno detrás del otro entramos a la oscuridad del apartamento. Adentro un fuerte olor a incienso de sándalo me hizo estornudar. Ella prendió el interruptor y una *black light* llenó aquel espacio de un aura violácea donde los dientes relucían con una fosforescencia cadavérica. Tal vez por medio minuto el ímpetu del deseo cedió a la fascinación de sentirme en un espacio onírico. De pronto me percaté que había perdido de vista a la mujer. Me interné en un pasillo oscuro al final del cual había una luz encendida de color rojo. Era su cuarto. Alcancé a ver su ropa tirada por el piso, pero cuando quise entrar ella me cerró el paso con todo el aplomo de su desnudez rojiza. "Aquí no, vamos a la sala."

Allí, del sofá a la alfombra y de la alfombra al sofá, desahogamos el deseo durante horas. Cada cual fue para el otro el amante que siempre quisimos tener. No hubo represiones de ningún tipo y la vergüenza cedió al juego y al delirio. Pero, como ocurre con las pasiones a escondidas, la plenitud llegó pronto a su fin. En las primeras horas de la madrugada, medio adormecido, con la cabeza todavía entre las piernas de ella, sentí un sacudón en el hombro. "Levántate y vete", me dijo con toda seriedad, "mi marido debe estar por llegar".

Enseguida la niebla del sueño se despejó de mi mente, me vestí a toda prisa, me despedí y salí a la calle. Anduve por ahí media hora tratando de asimilar la experiencia recién vivida. Miré el reloj: era tiempo de volver a casa. Entonces me coloqué mi aro de matrimonio y caminé hasta el portal del edificio donde vivo. Subí las escaleras, abrí con cautela la puerta de mi apartamento y crucé en puntillas el pasillo a oscuras. Giré con maña el picaporte de la puerta de la habitación donde mi mujer como de costumbre debía estar acostada. Me desvestí, me duché, me lavé la boca y en pijamas, sigilosamente, me acosté. Antes de apagar la lámpara noté que mi mujer, ya dormida, había olvidado quitarse los diez anillos de sus dedos.

Notas sobre el Proyecto Xerox

1

Me gustan los proyectos imposibles: jugar ajedrez, leer e interpretar poesía, recorrer todo el Metropolitan en ayuno, y en el amor, el mayor estímulo de todos, enredarme en relaciones sin futuro y de antemano destinadas al fracaso. No es que sea maniático ni depresivo, como podrían pensar algunos. Simplemente soy rico y como tal vivo despreocupado de toda precariedad material. Esta seguridad, que para muchos es el sueño u objetivo último de la vida, es mi peor desgracia. Mi fortuna no conoce límites, alcanza para mi vida y varias generaciones subsiguientes. Debe ser por esto que me placen tanto aquellas distracciones que son irrepetibles y que tienen esa rara cualidad de indomables. Si reincido en ellas es porque soy consciente de que no hay nada más catastrófico que el deseo plenamente satisfecho. Vivir esta convicción como un acto de fe ha sido el empeño de mis últimos años. Antes que como un hombre rico, me gusta definirme como un esteta del fracaso, como un fanático de las ruinas.

En este sentido Nueva York es una bendición para mí. Es una ciudad que alberga lo mejor y lo peor del mundo. La había visitado en innumerables ocasiones desde que era niño por los continuos viajes de negocios de mi padre, pero siempre había sido a vuelo de pájaro, como un turista más. No fue hasta que vine a estudiar a Columbia University y me hospedé en un apartamento en el Village, cuando realmente pude conocerla en toda su miseria y esplendor. He viajado a lugares más entrañables que esta ciudad, pero en ningún lugar he hallado un mejor conjuro contra el tedio que aquí. Y tedio había sentido yo en mi vida desde que tenía uso de razón.

Al momento de la muerte de mi padre —por una enfermedad de cuyo nombre no quiero acordarme— heredé sus empresas, amplié sus productos y servicios, y multipliqué sus ganancias. El mundo empresial, sin embargo, nunca me cautivó. Aunque me desempeñaba en él con un éxito desenfadado, no logró arrancarme el tedio que yo arrastraba como una malformación genética desde la cuna. Tras diez años dedicados a las empresas familiares, vendí la mayoría de sus acciones a varios empresarios españoles residentes en Puerto Rico y, para mayor consternación de mi madre, abandoné la isla y me mudé a esta ciudad. Hará ochos años ya. Aquí vivo mi vida exactamente como deseo, entregado primordialmente a lo que se ha convertido en mi vocación: coleccionar miserias ajenas. Y sí, no hay nada más miserable que un hombre desesperado.

Puede que mi vocación parezca frívola a la mayoría de la gente, pero no es así. Coleccionar hombres desesperados nada tiene que ver con la distancia científica del entomólogo ni con el placer con pinzas del filatelista. Trato en la medida de lo posible de acortar la distancia entre el hombre de turno y yo, y arriesgarlo casi todo para meterme en su mundo. Sólo así, al sobrevenir el fracaso, las heridas son compartidas.

En ocho años han sido muchos los hombres desesperados que han pasado por mí. Indigentes, pícaros callejeros, emigrados ilegales, ex convictos, traficantes de poca monta, guardias de seguridad, jugadores de ajedrez, estudiantes universitarios y artistas constituyen las principales categorías de mi colección. De todas éstas mi favorita es la de los artistas. En ellos encuentro la misma precariedad económica de los demás, pero su sensibilidad e inteligencia le añade ese matiz de orfandad que tanto me seduce. Pintores, músicos, teatreros, bailarines y escritores han sido amparados por mí. Por la necesidad —madre de la invención y de la más desatinada fe— siempre fui capaz de ganar sus voluntades en poco tiempo.

Xerox fue la única excepción a este patrón y, por lo mismo, de toda mi colección de hombres desesperados ha sido el más caro a mis afectos.

Como aficionado a la poesía, me gusta asistir a recitales de poetas en N.Y.U. y de vez en cuando ir al Nuyorican Poets Café. La poesía callejera no me fascina particularmente, pero los poetas callejeros sí, tal vez por el aire de desahucio social que les persigue como una sombra. En el caso de Xerox, tanto él como su poesía rota y desmesurada me cautivaron desde que lo vi y escuché por primera vez en el NPC.

Fue un viernes, a las diez y cuarto de la noche, en uno de esos *slams* poéticos que se estilan en el lugar.

—Come on, folks, let's give a warm welcome to Pe-pe

Xerox! –dijo de pronto Karen, la anfitriona de la competencia.

Se trataba de un hombre joven, delgado, con zapatos gastados y ropa bien entallada. Lucía la cabeza rapada, preciosa, un *look* que le daba una sobriedad superior a sus años. Era lo único lampiño de su cuerpo; de la V de su camisa india brotaba un tupido mazo de vellos negrísimos. Me pareció un hombre hermoso.

Sooner or later you gotta pay your dues
your NYC taxes, meet the IRS blues
or the city's butcher will slice your knees
hang a RIP sign all over your skin.

Sus intervenciones fueron conmovedoras. Cada poema comunicaba una vitalidad ruda, cortante, que erizaba la piel. Los demás competidores (un estudiante asiático, una lesbiana blanca, un mulato de Connecticut y un negro de Trenton) lucieron bien, cada cual con su particular estilo, pero nadie, en verdad, se igualaba a la maestría de Pepe Xerox. Al final de la competencia, al momento de seleccionar el ganador de la noche, el coquipelado poeta llegó en segundo lugar por el estrecho margen de cinco décimas detrás de la lesbiana que contó con el favor de la mayoría femenina del público. Diez dólares obtuvo Xerox como premio de consolación. No fui el único disgustado con el resultado.

Xerox no parecía andar con prisa. Pidió una cerveza en la barra. Yo, que me encontraba en una de las mesas más cercanas al escenario, decidí seguirle la pista. Enseguida tres mujeres rodearon al poeta. Parecían pirañas.

—I'll take you home with me, baby —le dijo una de las tipas echándole un brazo por encima de los hombros.

—Gracias, nena, pero no. You see: I'm maricón —le contestó Xerox a quemarropa.

La piraña entendió. No había que ser bilingüe para entender el mensaje.

A mí me sorprendió un poco. Ni los ademanes, ni la voz, ni siquiera la mirada sugería de primera impresión que fuera gay. Una vez las chicas, desilusionadas, lo dejaron solo, me senté en el taburete al lado del suyo.

—Me encantó tu poesía —le dije.

Fijó sus ojos negrísimos en los míos antes de contestar en un *spanglish* que traduzco libremente:

—Hoy no fue mi mejor noche, pero no estuvo tan mal.

—Fuiste el mejor de los cinco. Sin embargo, le dieron el primer lugar a la muchacha.

—La jincha no estuvo mal. A veces se gana, a veces se pierde, los *slams* son así. Para mí lo importante es tener un lugar donde decir mi poesía y en el NPC siempre tengo las puertas abiertas y me siento en casa. No es algo que pueda decir de muchos lugares en Nueva York.

Aceptó tomarse una cerveza conmigo. Le pregunté si había publicado algún libro.

—No. ¿Para qué? Los libros de poesía dan pena, parecen la obra de un artesano que todos admiran pero nadie se anima a comprar. Un libro de poemas es una ofensa al mercado, un fracaso de ventas. Además, ¿quién compra libros de poesía en esta ciudad?

–Mucha gente. Yo, por ejemplo, conservo en mi casa un librero repleto de poemarios. Es cierto que la poesía no vende tanto como otros géneros, pero, créeme, con publicidad todo se vende.

–¿Trabajas en publicidad?

–No, soy agente literario. Vladimir Correa –le dije extendiéndole una mano.

–Veo, veo –me contestó sin extenderme la suya.

Era la primera vez que mi presentación como agente literario ante un escritor provocaba una reacción de desdén. Xerox distaba mucho de ser un escritor célebre, de quien uno podría esperar ese tipo de desplantes. Nada que ver: Xerox era un poeta callejero, con talento, pero desconocido y –este detalle lo corroboraría poco después– sin ningún tipo de solvencia económica. No tenía ni donde caerse muerto. No era tampoco que padeciera de delirios de grandeza, como podría pensarse. Su respuesta era tal como sonaba: puro desdén hacia mi posición de agente literario. Para el común de los mortales, Xerox no sería más que un poeta callejero, pero, para mí, a partir de ese momento se convertiría en un proyecto imposible, el más puro y difícil de todos los que yo había emprendido hasta la fecha.

Tomé otro atrecho, más casual. Lo invité a comerse algo, una pizza en Stromboli o cualquier otra cosa.

–Vamos –me dijo.

En la pizzería ordené una mediana, de la cual Xerox devoró cinco pedazos y yo sólo probé uno. El lugar estaba lleno de gente de todo tipo y de todas partes del mundo. Entre pedazo y pedazo, el poeta intercalaba sus impresiones sobre la ciudad: "Nueva York es así, dondequiera te encuentras con una delegación de las Naciones Unidas"; sobre Dios y la gente: "Aquí Dios está desempleado, nadie mira al cielo: la gente está muy ocupada como para meterse en asuntos metereológicos"; y de nuevo sobre la ciudad: "Todo en Nueva York es gris. Frío. Como una lápida de cementerio".

Más que como un poeta callejero o un cronista urbano, se me antojaba pensar en Xerox como un *poeticómano*. Para él, todo o casi todo era susceptible de convertirse en poesía. No era raro que este mecanismo se articulara en sus poemas, algo bastante común entre los poetas del género callejero. Lo que me llamaba la atención era que también se diera, de forma casual y espontánea, al conversar. Me sentía que podía estar días escuchándolo: un cuerpo joven y vigoroso pero con alma de viejo era nuevo para mí. De su cuerpo, los ojos negrísimos y la V velluda de su camisa me atraían. Pero era el fragor de sus palabras lo que daba a Xerox una cualidad de objeto raro e irresistible para mi colección.

—Tengo que irme —me dijo después de conversar un rato.

—¿Tienes un teléfono? —le pregunté para asegurar la continuidad de éste, nuestro primer encuentro.

—No. Pero el próximo viernes vuelvo al NPC —me contestó con una media sonrisa.

—Allí estaré —le dije y nos despedimos con un apretón de manos.

El viernes siguiente, puntual, proseguí con el Proyecto Xerox. Esa noche el poeta no compitió en el slam. Sólo intervino una vez como poeta invitado a mitad de la competencia. Estuvo muy bien, sin duda lo mejor de la noche. Su último poema hablaba de la ciudad como una morgue llena de neón y música de fanfarria al estilo de Disney World. Era un retrato desolador de la ciudad que nunca duerme. Algo del poema seguía en su rostro cuando me acerqué a saludarlo. No me reconoció de inmediato. Tras hacerle referencia a nuestro primer encuentro me dijo:

—¡Ah! Eres tú: el cazador de talento.

Dijo no acordarse de mi nombre. Obvié su actitud de desdén y lo invité a tomarse una cerveza.

—Olvídalo. No me interesa publicar, te lo dije antes.

Anticipando este recelo, ya yo había diseñado otra estrategia de acercamiento que le expuse enseguida:

—Nada de eso, Pepe. Tengo otro proyecto que quisiera proponerte. Cinco minutos es todo lo que te estoy pidiendo.

Su mirada tenía una expresión de escepticismo. El hambre, no mi proyecto, lo convenció de darme audiencia:

—Antes vamos a comer algo, ¿ok?

Lo llevé a un *dinner* griego, donde comió con apetito de camionero. En el ínterin traté de exponerle mi idea, pero me dijo que por favor no, que mejor esperara a que terminara de comer.

—Comer es como tener sexo —sentenció—. Es mejor no

pensar mientras se hace.

Luego de que saliéramos del lugar, me dijo que quería fumarse un cigarro y tomarse un café. En una *convenience store* en St. Marks le compré un Cohiba y nos sentamos a tomar café en el Starbucks cerca de la estación de Astor Place. Sería la una de la madrugada cuando ocupamos una de las mesas al aire libre. Las aceras seguían llenas de gente que iba y venía. Una típica noche de verano en el Village.

Por fin pude exponerle mi proyecto: entrevistarlo y luego publicar la entrevista en una de las principales revistas literarias de la ciudad.

Ninguna expresión en su rostro.

—Habría una remuneración, claro está —añadí con la esperanza de despertar su interés.

Silencio. Dio varias chupadas lentas al Cohiba y bebió par de sorbos de café antes de preguntar:

—¿Cuándo?

—El próximo lunes, a la hora que tú elijas.

—Quinientos dólares por adelantado. A las seis p.m. frente a Kuhn's Stationary Store, 251 Lexington Avenue.

—Perfecto.

—Trato hecho —me dijo estrechándome la mano.

3

Armado con una libreta de apuntes, una estilográfica y una micrograbadora de bolsillo, llegué puntual a la cita con el poeta. Xerox no había llegado aún. Me hizo esperar unos quince minutos antes de dar señales de vida. Lo vi salir de Kuhn's Stationary Store.

—No te vi entrar en la tienda —le dije después de saludarlo.

—Claro que no. Llevo horas ahí adentro.

Por no sonar desconfiado no le comenté que me había asomado a la tienda y no lo había visto.

—¿Tienes el dinero? —me preguntó en ese tono de suspicacia de los tiradores de drogas.

—Sí.

—Vamos adentro.

Entramos en la tienda. Cruzamos el mostrador y un pasillo en donde varias fotocopiadoras estaban alineadas. Llegamos al fondo, a un baño que hedía a tinta y orines. Me hizo entrar con él. Tomó el dinero y se lo guardó en dos fajos en las medias.

—See you tomorrow, David —le dijo de pasada a un oriental con un bigote que parecía una brocha desaliñada.

Fuera del comercio, me dijo que tomara nota o encendiera la grabadora. No esperó mi primera pregunta para despepitarme:

—Trabajo aquí. Soy un operador de fotocopiadoras Xerox. De aquí salió el apellido de mi nombre artístico. No tiene nada que ver con mi mierda de trabajo. Para mí esta ciudad es una Xerox gigantesca. Tenemos gente de todo el planeta, hay ricos y pobres, 5th Avenue y Harlem, taxis y subway, Broadway y canales porno, tenemos museos de todos los colores, millones de individuos con corbata y cientos de vagabundos viviendo con ratas. Tenemos el Hudson contaminado y el Times Square de neón. Tenemos Wall Street y *projects* infestados de cucarachas. Y todo es mentira, Vlad, todo es una fotocopia de una fotocopia de una fotocopia de algo que pudo haber sido real hace mucho mucho tiempo.

—¿Y tu poesía, Pepe? Tu poesía es real —interpuse.

—Todo en esta ciudad se pudre: la gente, los animales, el arte y lo demás. Mi poesía es sólo una fotocopia más de Nueva York; bastante mala, de hecho.

La entrevista comenzaba con pie firme. Le propuse a Xerox que la prosiguiéramos en algún café, en un lugar más tranquilo y con menos distracciones. Me contestó que no, que un poeta callejero pertenece a la calle: entrevistarlo en un lugar cerrado no tiene sentido. Me di cuenta de que trataba de controlar todas las variables y que, por lo pronto, debía atenerme a todas sus condiciones. Sólo así ganaría su confianza.

—Ok —le dije.

—Ok —me respondió y añadió—: Vamos al café.

El giro de su decisión me sorprendió, pero le seguí la corriente. En el café, más bien una suerte de cafetería, ocupamos la mesa más apartada del lugar.

—¿Por qué decidiste hacerte agente literario? —me preguntó en cuanto pedimos dos cervezas.

Improvisé una respuesta. De ahí en adelante siguió bombardeándome con preguntas, unas perspicaces, otras capciosas, pero todas relevantes. Tenía talento para ser periodista, pensé. Poco a poco, como si fuera parte de un grabado de M.C. Escher, de entrevistador me estaba convirtiendo en el entrevistado. Satisfice como mejor pude su interrogatorio.

Le relaté más o menos la siguiente historia: Yo era uno de esos puertorriqueños de allá que había venido a estudiar a Nueva York (en mi caso, un M.A. en Artes Plásticas) y se había quedado a vivir en la ciudad. Venía de una buena familia, de una infancia tranquila y había tenido una excelente educación en las mejores escuelas privadas del país. Era uno de esos jóvenes prometedores en quien la familia cifra todas sus esperanzas de progreso. Mi padre quería que fuera abogado, mi madre quería que fuera médico; ambos querían que eventualmente me casara y les diera media docena de nietos. Pero yo quería estudiar arte, que en la isla equivalía a convertirme en un muerto de hambre y, peor aún, era gay. Viví en el clóset durante gran parte de mi adolescencia hasta que me harté. Cuando confesé la verdad a mis padres, éstos quisieron llevarme a un psiquiatra pero yo me opuse. Fue entonces que mi papá, desconsolado, aceptó comprarme un boleto de ida a Nueva York.

Xerox se quedó callado estudiando mi rostro. La cadena de preguntas a un ritmo casi vertiginoso ahora era sustituida por un silencio funerario. Aproveché la pausa para tratar de retomar mi entrevista.

—¿Cuáles fueron tus inicios en la poesía?

—Aquí no se puede contestar esa pregunta, Vlad —me dijo al tiempo que tomaba el último sorbo de su cerveza.

—Vamos a la calle, entonces.

—Mañana. Ya debo irme —dijo poniéndose en pie.

—¿Dónde nos encontramos?

—En el Black Crow, a las diez p.m.

Me indicó la dirección del lugar y nos despedimos.

4

Nueva York es la ciudad imposible por excelencia, una ciudad que nunca terminamos de conocer. Por ser inabarcable, jamás logras habitarla en su totalidad, y siempre te sorprende con alguna novedad capaz de deslumbrar al más indolente. Justo cuando crees que la tienes más o menos descifrada, te muestra un rostro desconocido que echa al piso tu imagen de ella. Eso pensé —si bien de forma menos elegante— poco después de llegar al bar Black Crow a la hora convenida con Xerox.

Por dentro el Black Crow está todo pintado de negro y recrea esa atmósfera húmeda y pegajosa de los sótanos. Las paredes parecen garabateadas de semen y la música, a volumen de murmullo, hace pensar en un taller de hojalatería. Cuatro o cinco seres vestidos de negro y con collares de perro estaban sentados en los taburetes de la barra; no se podía distinguir quién era hombre y quién era mujer. No se veía el barman por ningún lugar. Ni sombra de Xerox allí. Decidí tomarme algo mientras lo esperaba.

Como si estuviera esperando a Godot, el barman no aparecía. Al cabo de más de cinco minutos, me animé a preguntarle a uno de aquellos fantoches vestidos de luto.

—Iz 'n da bak —me contestó en un extraño lenguaje gutural. Su lengua, llena de argollas plateadas, no le permitía articular mejor.

En la parte trasera del bar, detrás de una especie de atril universitario, había un enorme neandertal con la cara tatuada con un diseño de telaraña. Al verme me indicó que costaba diez dólares.

—¡Diez dólares por una cerveza! —protesté.

—No. Diez dólares para ver el show, las *drag queens*.

Le aclaré que sólo deseaba una cerveza.

Me sirvió, le pagué y enseguida volvió al fondo del bar.

Media hora más tarde, Xerox aún no había llegado. Cuando me disponía a abandonar el lugar, convencido de que el poeta ya no llegaría y, peor todavía, que me había timado, entró de pronto en el bar. Venía acompañado de tres hombres menudos que vestían ropa entallada de colores pasteles, una estridencia cromática que desentonaba abiertamente con el ambiente lúgubre del lugar. Al verme, no me saludó sino que me habló con una familiaridad de primo hermano:

—Ven, Vlad. El show ya empezó.

Tampoco se tomó la molestia de presentarme a sus acompañantes. Los cuatro lo seguimos como la corte sigue a un rey. En la parte trasera del bar, el neandertal, siempre detrás del atril, nos extendió una mano, enorme, para cobrarnos diez dólares a cada uno. La otra mano sostenía la cabeza de alguien que le practicaba el *fellatio*. Después de cobrarnos, el tipo nos señaló una puerta, camuflada por un grafitti, que daba al salón del show.

Además de la tarima, en el lugar había una barra, unas veinte mesas (cada una con cuatro sillas) y los baños.

Al entrar, un grupo de dragas estaba imitando a los Village People. La música y las voces de los imitadores apenas permitían que los espectadores pudieran comunicarse entre sí. Era el peor lugar para proseguir la entrevista.

Me acerqué al poeta y le hice seña de que me acompañara a los baños. Allí la música seguía sonando alto, pero al menos podíamos comunicarnos sin tener que gritar.

—Tal vez debamos dejar la entrevista para otro día y, definitivamente, para otro lugar —le dije—. Aquí no se puede ni hablar.

—Es una parada necesaria. Sé paciente.

—¿Y tus amigos? No podemos seguir la entrevista con ellos en el medio.

—¿Las mariposas? Esas mariposas no son amigos míos. Son fotocopias de gente, maniquíes rellenos de mierda. No te preocupes por ellos.

—¿Entonces, para qué vamos a quedarnos aquí?

—Créeme, será parte de la entrevista. Quédate y verás.

Me quedé. Asumí el espectáculo como una experiencia antropológica. Si no hubiera sido por el volumen ensordecedor de la música, casi diría que lo disfruté. Fue fácil entretenerme observando los dos espectáculos: el de la tarima y el del público. No sabría decir cuál era más interesante. Por momentos cautivaba mi atención un transexual depilado que realizaba un lento *striptease* al ritmo de un melodioso blues. Pero, en breve, mi mirada era imantada por una pareja de chicas que se besaban, o por dos o tres modelitos que se estrujaban la ropa a frote limpio, cuando no eran individuos repartiendo pastillas o tipos que se escurrían de prisa al baño a inhalar una raya de coca o a desahogar las ganas en un cubículo poco encubridor. Así, con los ojos yendo y viniendo, como un péndulo, de la tarima al público y del público a la tarima, me parecía que presenciaba los derroches de un delicioso carnaval.

Hora y media más tarde, el espectáculo en la tarima llegaba a su fin. Dejó de sonar la música y se apagaron las luces del escenario. Por fin, pensé al tiempo que bostezaba tratando de recuperar mi audición: en vano, los sonidos me llegaban amortiguados como si tuviera guata en los oídos. De pronto, la calma cesó y entre el público comenzaron a corear: "Mickey Mouse, Mickey Mouse, Mickey Mouse" con una euforia de concierto de rock.

Xerox se apartó de su *entourage* para decirme:

—Ojo a lo que viene, Vlad. Ahora es que comienza la función.

Tan pronto se encendieron unas luces rojas en el escenario, todos callaron. El salón pareció volverse un cementerio, envuelto en un silencio lapidario. Dos sujetos surgieron de los bastidores. Ambos estaban vestidos de cuero negro, con máscaras sadomasoquistas y varios accesorios de metal. El amo estaba de pie, el esclavo arrodillado. El primero tiraba de una cadena atada al cuello del segundo. Con ademanes brutales, el amo atrajo al esclavo hacia su bragueta. Gruñó. Esto bastó para que el esclavo le abriera el cierre y le sacara su rabo, un tubérculo enorme. El amo volvió a gruñir y el esclavo abrió la boca. Enseguida el amo tomó el tubérculo y comenzó a orinar dentro de la boca del esclavo. Fue una meada larga y profusa. Por momentos el esclavo parecía a punto de ahogarse, pero jamás pidió una tregua a su amo para tragar. Cuando éste ya casi terminaba, empapó la cara del esclavo con los últimos chorros. Enseguida el amo se sacudió y se guardó el animal dentro de su madriguera de cuero.

Como si lo anterior no hubiera sido más que un breve preámbulo, el amo enseguida haló de la cadena y dispuso que el esclavo se colocara en cuatro patas, con el culo hacia el público. Le desabrochó el pantalón por la cintura para dejar ver las nalgas de su mascota. De los bastidores salieron otros dos sujetos que caminaron hacia la pareja; uno con una jaulita, el otro con una suerte de tubo de goma. El amo tomó el tubo y comenzó a pegarle con fuerza en las nalgas al esclavo. Cuando las vio lo suficientemente rojas, se las abrió y le insertó un trozo del cilindro de goma. La penetración súbita arrancó un grito al esclavo. Pero enseguida éste comenzó a gemir como una gata en celo, como si anticipara un orgasmo. Así fue: el amo tomó de la jaulita un pequeño ratoncito y lo introdujo en el tubo; enseguida retiró el cilindro y dentro, desesperado, quedó el ratoncito tratando de zafarse de los anillos de carne que lo asfixiaban al tiempo que el esclavo se retorcía de placer con convulsiones de epiléptico.

No me considero un hombre muy susceptible (quien viva en Nueva York no puede serlo), pero el espectáculo me revolcó el estómago. Le indiqué a Xerox que me iba, aquello era una asquerosidad.

—Espérame —me contestó dejando atrás a su claque multicolor.

Una vez fuera del Black Crow añadió:

—Cosas como ésas que vimos adentro me convencieron de meterme a poeta. Viendo y experimentando cosas así en mi familia, en El Barrio, en toda la ciudad, se me llenó la mente de imágenes terribles. Tenía que sacármelas del sistema. Y, como era bueno con las palabras, lo hice con la poesía.

Saqué de un bolsillo mi micrograbadora. Mientras caminábamos sin destino específico yo le hacía preguntas sobre su vida y su obra. Xerox contestó sin rodeos, todo el tiempo caminando sin cesar. Me contó, entre otras cosas, lo siguiente: Su verdadero nombre era José pero la gente en El Barrio siempre lo llamó GI Joe para mortificarlo. Todos los vecinos sabían de su preferencia por los muchachos, algo que nunca había ocultado desde que tuvo conciencia de su sexualidad. Perdió la virginidad a los doce años cuando un primo de dieciocho le rajó el culo en su propia casa, la del primo, mientras el resto de su familia dormía. Desde entonces no se fía de los tipos con rabos muy grandes.

Más difícil que curarse del asalto del primo, fue sobrevivir en El Barrio. La necesidad lo obligó a defenderse, no tuvo otra alternativa, tantos fueron los abusos verbales y los golpes que recibiera de mamarrachos que veían en él un fenómeno de circo. Lo que les molestaba, según Xerox, era que se le notara la mariconería. No tenía a nadie que lo defendiera. Su padre, un buscón de poca monta, murió asesinado cuando él apenas tenía diez años. Su madre se desvivía en tratar de retener a un hombre que la mantuviera. Y su hermano, tres años mayor que él, estaba demasiado ocupado vendiendo drogas como para ocuparse de otra cosa. De manera que Xerox recurrió a GI Joe, el de los dibujos animados, para solucionar su problema. Con esmero y disciplina fue adoptando ademanes propios del bigotudo personaje hasta que la máscara dejó de ser tal y su lenguaje corporal fue la de un hombre con pelos en el pecho. Este mecanismo de defensa lo había vuelto duro y, por desgracia, intolerante. No soportaba a los hombres afeminados como yo.

–¿Y el cortejo que te acompañaba en el bar? ¿Por qué andabas con ellos si tanto te disgustan los tipos así?

–Son juguetes para divertirme –dijo con calculada crueldad.

–¿Tienes novio, un compañero, un amigo especial?

–No tengo una pareja, nunca la he tenido. Tener una pareja es una inversión a largo plazo, un lujo que no puedo darme. Mañana no existe para mí.

–¿Por qué lo dices?

–Ése es tema para otro día.

Se quedó con mi tarjeta. Me llamaría cuando tuviera tiempo, me dijo. Recelé. No quería perder la continuidad de nuestros encuentros pero no comenté nada.

–Hasta pronto, Vlad.

–Cuídate.

5

Tres días después, un viernes, una llamada telefónica de Xerox me levantó de la cama. Eran las once y media de la noche.

—Necesito verte, Vlad.

—¿Cuándo?

—Ahora. ¿Puede ser?

Sí, claro, por qué no. Le di la dirección del apartamento en que me estaba quedando, el de 7th Street. Media hora más tarde llegó Xerox.

—Vives dentro de un paquete de barajas —me comentó—. ¡Esas caras de guasón son siniestras!

Lo decía por las caras que sobresalen en la fachada de mi edificio. Le dije que en parte era cierto: aquí todos los residentes jugamos a ser felices, pero Xerox ya no me escuchaba. Estaba como eléctrico, poseído por su arte. Le ofrecí algo de tomar, pero no quiso, por lo pronto sólo deseaba que le prestara mis oídos.

> *When a woman weeps*
> *a heart overwhelmed by emotions*
> *makes flowers and children bloom.*
> *But when a man cries*
> *buildings tumble down*
> *castles are set on fire*
> *and insects flee*
> *in fear of an earthquake...*

Precioso y terrible: cada verso era como una caricia

que lo laceraba por dentro. El poema era una especie de radiografía de un hombre cuyas emociones están bajo el asedio implacable del silencio. Me recordó a Cernuda; le comenté que me gustaba. Me dijo que era lo último que había escrito y que esa noche lo había recitado en el NPC.

—Ahora puedo quedarme tranquilo. No voy a escribir más.

—¿Por qué no?

—Tengo que dejar de huir. Tú deberías hacer lo mismo.

Me hice el desentendido, pero Xerox fue implacable. Mirándome a los ojos, me dijo que sabía que yo no era agente literario y que mi nombre no era Vladimir Correa. En el directorio de los apartamentos del edificio no había nadie con ese apellido. Y sólo un mediocre agente literario se interesaría por un poeta callejero. Mi silencio confirmó sus palabras.

—¿Y tú, de qué huyes? —le pregunté poco después.

—De la Xerox Company.

Nueva York, Xerox Company. Podría ser una metáfora de un Lorca posmoderno, pensé. Pero Xerox no era un poeta en Nueva York, como lo había sido el español, sino un poeta de Nueva York. Sentía la ciudad como algo vivo y desgarrador. Escribir había sido para él una forma de entender la ciudad, de hacerla a su medida para poder habitarla mejor. Tras escribir el poema que me acababa de recitar, se había dado cuenta de que toda su poesía anterior había sido una grotesca caricatura. Le comenté que eso no era razón para abandonar la poesía, sino para comenzar otra etapa, tal vez más madura, pero me respondió tajantemente que no.

—Todo lo que tenía que decir lo dije en ese último poema.

Sin ánimo de ofenderlo, le expuse que no había que ser tan extremista. Él era joven, podía comenzar de nuevo. A cuántos poetas no les habría ocurrido lo mismo, añadí, pero Xerox ya no me hacía caso.

De pronto sonrió y comenzó a desnudarse. En nada zapatos, medias, camiseta y pantalón formaron un montoncito en la alfombra de la sala. Yo quedé mudo ante el espectáculo. No disimulé el deseo que me produjo su cuerpo. Él tampoco ocultó el placer que le producía mostrarse desnudo. La erección entre sus piernas merecía un altar.

—¿La quieres? —me preguntó acercando su prenda a mi rostro.

La tomé en mi mano.

—Ten cuidado. Es un *souvenir* de Nueva York. No te olvides que aquí todo se pudre —me dijo como me había dicho en una conversación anterior.

Todo se hizo claro. No era un gran misterio, en realidad.

—Veo. Por eso mañana no existe para ti.

—Exacto —me dijo apartando mi mano.

No volvió a vestirse, pero su erección se esfumó. Seguimos hablando. A su manera, creo, afirmó que la ciudad y él ya eran la misma cosa. Hacía tiempo que lo sospechaba, pero recién lo había confirmado. Ahora estaba seguro de que la ciudad y la muerte —para él sinónimos– corrían por sus venas y corroían sus células.

–No puedo competir contra mi cadáver. Estoy pu-
driéndome por dentro.

Nada asomaba todavía en la piel. Su cuerpo era
espléndido. Le dije que no era el fin del mundo y que conocía muchísima gente que tomaban sus medicamentos y
vivían vidas productivas.

–Sí, sí, yo sé –me contestó como quien está cansado
de escuchar lo mismo.

Busqué una botella de Chardonnay y la acompañé
con una bandeja de piscolabis. Comimos y bebimos tran-
quilos.

–¿Quién eres, Vlad? –me preguntó Xerox al rato.

–No me llames Vlad. Ya sabes que ése no es mi
nombre.

–Yo tampoco me llamo Pepe Xerox, pero no acepto
que me llamen de otra forma.

–Pero tú eres un artista, un poeta. Tienes derecho a
usar el seudónimo que te dé la gana.

–Tú también. Tú eres performero, un performero
malo, eso sí. Además, Vlad te queda mejor que cualquier
otro nombre.

–Llámame como quieras.

Seguimos bebiendo. Una copa más tarde, el silencio
instalado entre ambos, observé cómo la mirada de Xerox
se perdía y su rostro ganaba la expresión severa de un
ajedrecista. Yo aproveché para examinar su desnudez
palmo a palmo. ¡Esos muslos, ese torso!, pensé comido de
deseo. Me sentía como un necrófilo ansioso por penetrar

un bello cadáver.

—Ven. Déjame enseñarte mi cuarto —le dije para distraerlo de su ensimismamiento.

Todo en mi cuarto es tibio: las paredes de color terracota, la luz acanelada de las lámparas, el tapiz de cuero, la mullida cama con un cobertor color crema. En ésta, Xerox, con calculado abandono, se dejó caer de pecho. Sus nalgas aupadas y sus piernas abiertas me provocaron una erección inmediata.

De una gaveta saqué un paquete de condones y comencé a desnudarme.

6

Dormimos juntos. Varias veces en la noche me levanté y me di el lujo de observar el cuerpo desnudo del poeta. Abandonado al sueño, lucía vulnerable, inerme. Toqué sus brazos, su pecho, la callosidad de sus pies, su hermoso animal en reposo. Un cuerpo tan esbelto debería tener licencia para andar desnudo por dondequiera. Era una ofensa, casi una herejía que la muerte —y la ciudad— corrieran por sus venas.

En la mañana se levantó de golpe, algo azorado. Me miró y en el ceño y la frente asomó un gesto de desazón.

—Oh shit! —comentó. Había algo de molestia en la voz, una especie de reproche contra sí mismo.

Le ofrecí café, pero me dijo que no, no, no, gracias.

—Tengo que irme —añadió levantándose de la cama con la vehemencia de una sabandija asustada. Enseguida se vistió.

—Gracias por todo, Vlad.

La salida intempestiva de Xerox me devolvió a la realidad de mi proyecto. Usualmente, lograda la seducción y consumado el sexo, comenzaba el desmoronamiento al que están destinadas todas mis relaciones imposibles. Pero el Proyecto Xerox era diferente. Yo sentía que el sexo había sido sólo un rasguño y que toda la miseria del poeta estaba escondida en un lugar recóndito que yo apenas lograba vislumbrar. Todavía no había tocado fondo con él; aún no podía decir que lo hubiera coleccionado.

El problema era que Xerox seguía controlando todas las pautas de nuestros encuentros. Si bien yo sabía donde trabajaba, desconocía el lugar donde residía y no tenía un número de teléfono para llamarlo.

Esperé que se comunicara conmigo, pero luego de una semana de nuestro último encuentro, decidí buscarlo. Telefoneé a Kuhn's Stationary Store y pregunté por él. Me contestó un individuo con acento oriental, imaginé que era David, el tipo que tenía el bigote como una brocha desaliñada. Le pregunté por Xerox y me dijo que lo conocía, pero que no lo había visto hacía como dos semanas. Se extrañó que le preguntara si todavía trabajaba allí y me aclaró que nunca había sido empleado de la tienda. El viernes de esa semana fui al NPC y pregunté por el poeta. Nadie sabía de él. Se sabía que vivía en Brooklyn pero nadie me pudo decir su dirección. ¿Número de teléfono? Tampoco.

7

No di por trunco el Proyecto Xerox. Por alguna razón sospechaba que en algún momento me reencontraría con el poeta o él se comunicaría conmigo. Mi ansiedad no era porque no lo volviera a ver, sino por el hecho de no contar con una estrategia convincente para asegurar la continuidad de nuestro vínculo una vez se reanudara. Las estrategias de agente literario y de entrevistador habían dado al traste, y Xerox conocía mi verdadero nombre. No podía contar tampoco con mi destreza amatoria, pues era obvio que no lo había impresionado. No tenía control de nada. Xerox estaba fuera de mi alcance. Y era esa cualidad indomable lo que más me seducía de él.

Tres semanas después, un viernes en la noche, volví a verlo en el NPC. Después de todo, razoné, no había abandonado la poesía como me había dicho. Luego de que Karen, la anfitriona del *slam*, lo presentara y se escuchara el estruendo de los aplausos, el lugar se silenció. Xerox se posicionó frente al micrófono y cerró los ojos. Parecía un médium tratando de sintonizar con los espíritus del lugar. Según pasaban los segundos, crecía la expectación entre el público: todos anticipábamos una participación fuera de lo común. Xerox no tenía prisa, se estaba dando todo el tiempo del mundo. Pasado un minuto de silencio, el poeta permanecía en la misma postura hierática. Alguien del público interrumpió el silencio:

—Come on, man, speak up!

Pero nada. Xerox siguió inmóvil, con la boca cerrada.

Su hermetismo, que al principio había cautivado por su rareza, poco a poco fue generando reacciones de molestia. Otro minuto de silencio habría transcurrido, cuando otro individuo, a voz en cuello, le exigió al poeta que actuara o dijera algo. La situación amenazaba con volverse hostil. Algunos entre el público empezaron a abuchearlo, a exigirle que se saliera de la tarima; uno le lanzó un proyectil (¿un bolígrafo?, ¿un encendedor?) que dio contra el pecho del poeta. Pero Xerox no se inmutó y, siempre con los ojos cerrados, permaneció frente al micrófono. Esta actitud fue interpretada como un desafío por otros que sin encomendarse a nadie le lanzaron sus bebidas. Para evitar que la tarima terminara convertida en un basurero y los ánimos escalaran al punto de provocar una situación incontrolable, Karen subió al escenario. Algo le dijo al oído a Xerox, probablemente un reclamo para que comenzara a declamar, pero ante la inercia del poeta, decidió agenciarse del micrófono para anunciar al próximo concursante. Por desgracia, esta solución de la anfitriona, en lugar de aplacar los ánimos, los avivó. Del público siguieron lanzando objetos, uno de los cuales dio contra el rostro de Karen, provocando palabras soeces de la anfitriona y la intervención de los guardaespaldas del lugar. Con el primero que intervinieron fue con Xerox, quien no se animó a abrir los ojos y se sometió a la brutalidad de los hombres-gorilas. Éstos, siguiendo las instrucciones de Karen, lo tomaron por las piernas y los brazos y lo sacaron del local como a un activista en una protesta pacífica. Yo los seguí, pero el gentío en el lugar me retrasó un poco. Cuando pude salir a la calle, me encontré a Xerox tirado en la acera examinándose el codo derecho.

—Déjame ayudarte —le dije.

—¡Ah! Eres tú, el buen samaritano.

—Sí, sí, lo que tú quieras, pero vámonos a mi apartamento.

—Olvídalo, Vlad. Vamos a comer algo primero, ¿ok?

Tomamos un taxi hasta Mogador, un restaurante
marroquí. Una vez nos sentamos a la mesa, nos trajeron el
pan y nos sirvieron la copa de tinto, le pregunté qué había
hecho en estas últimas semanas. Me contó que durante
días había estado vagando por las calles de la ciudad después de salir del trabajo. No había escrito ni un verso en
todo este tiempo. Para él había sido liberador sentir cómo
poco a poco se iba curando de la compulsión de escribir,
del deseo de traducir su entorno en palabras.

—Veo las cosas de otra forma, como si me hubiera
librado de ver todo a través del visor de una cámara de
bolsillo. Cuando la gente sale del trabajo, me detengo en
una esquina como un misionero que reparte hojas sueltas.
Me doy cuenta de que podría hacerme ministro de una
iglesia si quisiera, pero no, Pietri, el poeta, era *The Reverend*
y está muerto y no voy a faltarle el respeto a su memoria.
Simplemente me quedo parado allí observando a la gente, con prisa por llegar a tiempo a su próxima reunión,
como si la ciudad fuera una gigantesca compañía multi-
nacional.

Pensé en Lorca: *New York. Oficina y Denuncia.*

—Cerca del anochecer camino por calles desiertas,
donde todo está detenido, los árboles son esqueletos
negros y el cielo es gris. Como si Nueva York fuera un

cementerio y yo, su custodio.

—Sigues viendo todo como un poeta, Pepe.

—Ya no. Por eso fui hoy al NPC. Para despedirme.

—Pero no dijiste ni una palabra. Y ya conoces la reacción del público, por poco se forma un motín.

—Lo sé por el codo —dijo sobándoselo. Luego añadió—: Todo el mundo paga en el NPC para ver a los poetas hacer un *striptease* de su desasosiego. Es puro narcisismo de los poetas callejeros y puro morbo del público. Ya no lo soporto. Decidí aprovechar la tarima para hacer otro tipo de arte, una performance minimalista.

Así que ahora eres performero.

— Sí, pero uno bueno, Vlad. No lo tomes a mal.

Me sonreí.

—El problema es que Nueva York ya no me sirve. Quisiera comenzar mi nueva carrera en otro lugar.

Esas últimas palabras me dieron una idea. Esperé que termináramos de comer y nos fuéramos del lugar.

—Te tengo otra propuesta, Pepe —le dije una vez estuvimos en la calle.

—¿Ahora qué? No voy a publicar nada y ya no tiene sentido terminar la entrevista. Soy oficialmente un poeta retirado.

—Lo sé. Ahora eres performero. Mi propuesta es sencilla. Tengo que ir a Puerto Rico y no quiero ir solo. Quisiera que me acompañaras.

Los ojos de Xerox cobraron un brillo travieso.

—Págame dos mil dólares y te acompaño.

—Eso sería como pagar por servicios de escolta.

—Mejor, mucho mejor que eso. Serías mi manager

artístico.

La idea me gustó. Unos minutos después le propuse que saliéramos para Puerto Rico el miércoles próximo. Nos quedaríamos una o dos semanas. Le pagaría mil dólares cuando saliéramos de Nueva York y mil más cuando regresáramos a la ciudad.

Trato hecho.

Me informó que debía marcharse ya que lo esperaban en una fiesta. Antes de despedirse, lo pensó mejor y, tal vez por cortesía, me invitó. Hizo hincapié, eso sí, en que llegaríamos un poco tarde, aunque no demasiado. Las fiestas de Helmut —el anfitrión— eran kilométricas, y ésta de seguro terminaría por la mañana. Fuera por cortesía o no, acepté la invitación.

8

Tardamos bastante en llegar a la fiesta. Antes fuimos al apartamento de Pepe para que se cambiara de ropa.

—¿Vives aquí? —le pregunté sin disimular mi desazón.

—A veces.

Estábamos en Brooklyn. El edificio de apartamentos estaba derruido, parecía abandonado. Los grafittis se comían entre sí, unos encimas de otros, en una especie de incesto gráfico. Subimos cuatro pisos por las escaleras.

—¡Bienvenido a mi hogar! —me dijo al abrir la puerta de su apartamento.

—Extraño apartamento —comenté.

—A-par-ta-men-to es una palabra muy larga, demasiado larga para acomodarla aquí. Apt., una abreviatura, lo describe mejor.

Era verdad. Una cama desarreglada, libros en el piso, un fregadero vacío, una nevera de estudio y un baño del tamaño de un clóset era el inventario completo del lugar. Láminas de polvo cubrían todo.

—Ojo donde pisas. No vivo solo. No vayas a aplastar a mis mascotas.

—¡Por favor avanza! —le imploré. Les tengo fobia a las cucarachas.

Se cambió de ropa. Vestido con un chaleco gris, una camiseta blanca y mahones, lucía regio, como todo un artista.

Tomamos un taxi hasta el edificio de apartamentos de Helmut. Era un complejo recién construido en el corazón del Village. Los apartamentos eran enormes, cada uno ocupaba todo un piso y los propietarios podían subir montados en sus autos en un ascensor especial.

La fiesta estaba en picada. La música *techno* llegaba como un chisporroteo apagado desde el fondo de la terraza. Quedaban pocos invitados. Las copas vacías se apilaban por los rincones y encima de cualquier superficie plana, usualmente de mármol. Algunos invitados, borrachos y desaliñados, se amontonaban en los muebles. En definitiva, pensé, habíamos llegado demasiado tarde.

No obstante, nada más encontrarnos con Helmut, la atmósfera alicaída del lugar pareció ganar ímpetu. El anfitrión besó a Pepe en la mejilla.

"Vlad, this is Helmut; Helmut, Vlad." Helmut, un descendiente de húngaro, me plantó un beso en la mejilla también.

Nos guió a un cuarto enorme. En él había varios hombres con toallas anudadas en la cintura. Al vernos sonrieron. Helmut abrió un armario, de donde extrajo tres toallas: una para él y dos para nosotros. Pepe me miró e hizo un gesto con el rostro de que no dijera nada. Helmut se desnudó y se anudó su toalla. Nosotros lo emulamos y seguimos al grupo a una puerta que daba a un pequeño anfiteatro. Todos se acomodaron en los bancos delanteros. El anfitrión sacó de una urna un dado y varias tarjetas. A todos les dio una tarjeta, menos a Pepe y a mí.

Luego Helmut tomó de la mano a Xerox y lo condujo hasta una lona de goma que formaba un semicírculo, de frente al resto de los hombres.

—This is The Poet —anunció.

Todos como cuervos hambrientos fijaron sus ojos en Xerox.

Acto seguido le dijo al poeta que mostrara su mejor poema y éste, tranquilamente, se removió la toalla. Enseguida su hermoso rabo comenzó a endurecerse y a ganar proporciones apetitosas para aquellos ojos lujuriosos.

Como un árbitro profesional Helmut explicó las reglas. El que sacara número primo debía plantarse en cuatro. El que sacara número par debía dar la clavada.

Enseguida tiró el dado. Tres. El primero de los hombres mostró su tarjeta: cuatro.

—Seven —dijo Helmut—. On your knees, Harold.

El hombre, contento, obedeció. Se levantó de su asiento, se quitó la toalla y se plantó en cuatro encima de la pequeña lona. Xerox se escupió la mano y ensalivó el glande ante la mirada desorbitada de los demás que, sin pudor alguno, empezaron a masturbarse. Yo era el único que no lograba sintonizar con el espectáculo. Estaba como anestesiado. No me repugnaba ni me atraía, era como si estuviera viéndolo todo a una distancia clínica, a través del monitor de una computadora.

El próximo hombre fue número primo también. El tercero y el cuarto fueron números pares, en cuyos casos fue Xerox el que tuvo que soportar el embate de sus cuchillitas de carne. Los últimos dos fueron números primos y se deshicieron rápido, acaso por todo el estímulo visual que habían tenido antes. Finalmente, Helmut mismo, de pie, se abrió las nalgas para ofrecer su anillo de carne al poeta, quien lo embistió con lo último de sus fuerzas. Después de venirse, el anfitrión agarró la presa de Xerox y la masajeó hasta que el poeta, con un grito de furia, soltó la leche contenida después de la maratónica sesión. La cara de Helmut quedó empapada de moco blanco.

Antes de lavarse, el anfitrión entregó un sobre a Xerox.

Pepe me miró. Sus ojos no decían nada. Se lavó en el bidet de un pequeño baño al lado del pequeño anfiteatro. Helmut nos trajo la ropa. Nos vestimos y sin despedirnos del anfitrión salimos del apartamento.

Caminábamos en silencio en dirección a la estación de Astor Place. Yo tenía sentimientos encontrados por lo que había visto. Al Xerox que tenía en mi mente se le había caído la aureola de poeta, como en aquel viejo poema de Baudelaire. Por otro lado, ahora que había visitado su apartamento y había sido espectador de su performance pornográfica, podía decir, sin temor a equivocarme, que estaba por fin conociendo el lado más miserable de la existencia de Xerox. No obstante, desconocía el papel —protagónico o no— que yo jugaba en el entramado de su historia. Era evidente que no se amarraba a nada ni a nadie, y sin un nudo que desamarrar, disociarme de su vida en aquel momento sería para él más o menos como cambiarse de ropa interior. Yo seguía siendo prescindible en su vida.

—Ésta fue mi última performance poética para Helmut —dijo de pronto el poeta, interrumpiendo mi cavilación.

—¿A aquello tú le llamas poético?

—Antipoético, pedestre, prosaico, da igual. El hecho es que esta noche fui un poeta asesino, un celestino de ella, de la muerte. No me voy a echar a llorar en una esquina, Vlad. Cada vez que la puta me aceche le montaré un drama, una farsa, le sacaré la lengua… para incordiarla, para provocarla. Y así, cuando venga por mí, cuando por fin tenga las agallas de reclamarme para ella, le ofreceré el culo.

Esas palabras, que en otro momento me hubieran sobrecogido por su crudeza, ahora me sonaron huecas, sin fuerza. De pronto me cayó un cansancio terrible y sólo quería irme a dormir. Me detuve a pasos de la escalera que descendía al *subway*.

—Adiós —le dije a Xerox.

—Nos vemos.

9

El Proyecto Xerox y estas notas pudieron haber concluido la última vez que me despedí del poeta frente a la estación de Astor Place. Yo sabía por experiencia que tan pronto se rebasan los límites que franquean la miseria, no queda nada o muy poco: el hastío, el sentimentalismo o la constatación una y otra vez del mecanismo que una vez nos conmoviera y que, por su repetición, se convierte en una parodia. Anticipaba que, después de la fiesta en casa de Helmut, ir a Puerto Rico con Pepe estaría teñido de ese espíritu paródico. Así fue casi todo el tiempo que estuvimos allá. Sólo las manchas nos salvaron de tan pedestre final, y creo que es lo único que justifica la redacción de este último segmento de mis notas. Ustedes, lectores, juzgarán mejor que yo.

Tal como había planificado, el miércoles en la noche llegamos a Puerto Rico, alquilé un carro y nos alojamos en El Hotel San Juan de Isla Verde. Al día siguiente Pepe me pidió que nos fuéramos de compras. En Plaza Las Américas tardamos media hora en conseguir un espacio donde estacionar. El *mall* estaba lleno y Pepe se comportaba como un niño en un parque de diversiones. No perdía de vista nada, me bombardeaba con preguntas e iba tomando notas mentales de todo.

—¡Necesitamos una *camcorder* y dos camisas hawaianas! —me dijo al rato.

—Vístete como quieras, pero yo no pienso vestirme de turista —le dije cortante.

—Tienes que hacerlo. Es parte de mi primera obra.

Lo complací. En Sears compré la *camcorder*. Se nos hizo difícil conseguir las horripilantes camisas, pero lo logramos después de caminar por medio mall. En la tienda se antojó que saliéramos con ellas puestas. Ni modo. En los pasillos, dondequiera que veía una fuente, unas escaleras eléctricas o cualquier otra cosa que le llamara la atención, me pedía que nos detuviéramos para filmar.

En el hotel vimos la película. Para Pepe era perfecta. A mí me pareció una de esas películas aburridas de Warhol. Parecíamos dos pendejos gringos con la obsesión japonesa de filmar cualquier trivialidad que se nos atravesara por el camino. El próximo día nos vestimos con la misma indumentaria y continuamos la obra en El Yunque y la zona colonial.

—Basta ya —me dijo Pepe—. Es tiempo de hacer otra performance.

La idea se le ocurrió mientras caminábamos por las calles adoquinadas del viejo San Juan. Pasamos frente a un bar llamado El Batey. El lugar era oscuro, tenía todas sus paredes llenas de graffitis y en la vellonera sólo se tocaba música de rock. A ambos nos recordó el Black Crow del Village. La noche siguiente, un sábado, visitamos el bar. Estábamos vestidos de cuero negro, cada uno con un collar de puyas. El barman nos miró con expresión de rareza, pero nos hicimos los desentendidos y ordenamos par de tragos. En la barra sólo había una mujer bebiendo, con los dedos llenos de anillos como una gitana. Parecía que estaba esperando a alguien. Poco después entró un gringo fumando un habano y comenzó a hablarle al barman.

Justo después de él entró un tipo con pinta de bugarrón y se sentó en un extremo de la barra a jugar dados. Pepe lo miró y yo también. El tipo estaba buenísimo.

Pepe y yo nos entretuvimos jugando billar. Un individuo demasiado vestido para aquel lugar entró y enseguida se sentó al lado de la mujer de los anillos. Diez, quince minutos después todo seguía igual. Aparte del tipo con los dados, un bombón de hombre, aquella obra me estaba resultando aburrida. Se lo dije a Pepe, pero éste insistió en que nos quedáramos un rato más. No fue hasta que entró un grupo de muchachos jóvenes y ocuparon una de las mesas del bar cuando mi compañero de viaje admitió que todo había sido un fiasco y me pidió que nos fuéramos.

—Una mala noche —dijo Pepe camino al hotel—. Los disfraces estuvieron bien pero no conectamos con nada. Fue como un *party* de *Halloween* para dos.

En el hotel, sin embargo, comentamos los detalles vistos en el bar. Oh sí, el tipo que parecía bugarrón se veía bien, muy bien, coincidimos.

—Imagínate lo que haríamos con él en la cama —me dijo Pepe para provocarme.

Por entretenerme le seguí la corriente, de manera que una cosa llevó a la otra y terminamos en la cama desnudos. Poco después, mientras Pepe me penetraba, me preguntó si lo quería duro duro. El galope salvaje en el culo me voló la cabeza. "Toma, papi, toma", me decía una y otra vez hasta que los dos acabamos.

Más tarde, sentado en el inodoro, me comentó

—Después de todo el buga del bar nos hizo la noche, ¿verdad?

—¿Por qué lo dices?

—Porque ambos lo disfrutamos, Vlad. La imitación del buga ha sido mi mejor performance hasta ahora.

No comenté nada. Dejé que siguiera monologando largo y tendido. Me duché y me acosté a dormir.

El día siguiente pedí una tregua. No me sentía con ganas de participar en otra de sus obras. En el baño de El Batey había visto un anuncio de un tal Nuyorican's Café. Busqué el número en la guía telefónica y llamé. Me informaron que, en efecto, siguiendo el concepto del NPC de Nueva York, en el lugar, ubicado en el mismo viejo San Juan, había *open mic* para los poetas todos los domingos a partir de las siete de la noche. Le pedí a Pepe que fuéramos y, aunque no pareció muy entusiasmado, aceptó acompañarme.

Esa noche, a las ocho y media, llegamos al Nuyorican's Café. El lugar se veía bien, aunque le faltaba esa atmósfera *vintage* que produce el NPC de Nueva York. Había bastante público y un nutrido grupo de poetas jóvenes deseosos de declamar su poesía. La mayoría de ésta era en español y sonaba falsa, demasiado ensayada. Pepe y yo coincidimos en que sólo dos poetas sonaban bien: uno se llamaba Gallego, el otro, Guillermo.

Al rato el micrófono quedó vacante y como si hubiera estado esperando ese justo momento, Pepe se trepó en la tarima.

—I'm Pepe Xerox, a street poet from New York.

Dijo su poesía magistralmente. Mientras hablaba, aquel público parecía estar hipnotizado y lo seguía verso a verso por un torbellino de imágenes crudas, con poco ornamento, que hablaba de su desequilibrio existencial. Todo su mundo pareció confluir en aquel poema abrasivo. El inglés no fue un obstáculo, pues en cuanto terminó, el público lo aplaudió más que a nadie, algunos incluso de pie. A mí me sorprendió. De pronto Pepe había vuelto a la poesía, a la magia que me cautivara desde la primera vez que lo vi en el NPC.

Gallego y Guillermo vinieron adonde estábamos sentados para felicitar a Xerox. Le comentaron que habían escuchado de él por Urayoán. Yo no tenía idea de quién era el individuo con el nombre taíno y, probablemente Pepe tampoco, pero igual les agradeció la cortesía. En cuanto G y G se dieron vuelta, Pepe anunció:

—Ya terminaron mis quince minutos de fama en Puerto Rico. Es hora de irnos.

—¡Estuviste magistral! —le comenté camino hacia el auto.

—Sí, sí, lo sé. Escuché los aplausos —dijo sin entusiasmo.

—¿Por qué lo dices así?

—Porque ése no era yo. Fue sólo una performance.

No estuve de acuerdo y se lo dije:

—Déjate de cuentos. El poeta en la tarima eras tú.

Estábamos en la calle Sol, frente al carro estacionado. Le abrí la puerta, pero Pepe no se movió. "Vamos", le dije, pero nada. Sólo me miró a los ojos con una fijación que me erizó los pelos. Todo su rostro, particularmente su mirada, adoptó una expresión de coraje.

—Ése-no-era-yo. Fue sólo una performance, ¿ok?

—Ok, discúlpame —le dije para aplacar su disgusto.

De este incidente inferí lo obvio: Pepe huía. Su conversión en performero era una impostura, un intento desesperado por dejar atrás su quehacer como poeta callejero, lo único que lo había rescatado, siquiera de manera efímera, de tarima en tarima, de lo que él asumía, a la manera de un adolescente trágico, como la inminencia de su muerte. "Necesito hacer una performance, necesito hacer una performance", me repetía con la ansiedad de un adicto al sexo. Era un riesgo, lo sé, pero decidí no objetar ninguna de sus obras y financiarlas todas por más desatinadas que me parecieran. Sólo así podría llevar hasta las últimas consecuencias mi propio proyecto.

Después de la noche en el Nuyorican's Café todo se volvió vertiginoso. Día tras día Pepe inventaba una nueva obra, de modo que la más reciente siempre fuera más extravagante que las anteriores. Un día, por ejemplo, nos perdimos adrede tomando guaguas con destinos que desconocíamos. Otro día el ex poeta se pasó cuatro horas pidiendo dinero en la Milla de Oro de Hato Rey, y los cien dólares que logró recolectar fueron los mismos que más tarde repartiera entre varios adictos que nos salieron al paso, de semáforo en semáforo, en la avenida 65 de Infantería. Más tarde en la semana, tomamos el tren vestidos como agentes de la CIA, con gafas y todo. Todos los pasajeros que nos vieron se intimidaban por nuestras caras de pocos amigos y tal vez porque durante todo el trayecto Pepe escribía notas en una libreta.

Cada obra engendraba en mi compañero de viaje el

deseo de hacer otra con mayor voracidad y empeño. Era como si su arte se devorara a sí mismo, en una lógica de palimpsesto, como uno de esos puentes de la ciudad donde los pasquines recién pegados son ocultados enseguida por otros. Aun sabiendo esto, no dejó de sorprenderme la idea de su próxima obra: realizar un *coup d'état* en el Capitolio. Creí que bromeaba.

—Nos pueden meter presos si nos cogen —le advertí.

—Si no me acompañas, lo hago solo.

Por no contrariarlo, al día siguiente lo acompañé a la Casa de las Leyes. Vestíamos trajes de negocios y cada cual llevaba un maletín de cuero y un paraguas. La seguridad no nos preguntó nada, pero aún así, Pepe se detuvo para informar que éramos los asistentes personales de Mr. Pat Buchanan y que veníamos a reunirnos con algunos senadores. Lo dijo en un inglés pulido que dejó a los guardias de una pieza. No entendieron ni papa. Yo, entonces, les pregunté en un español agringolado dónde estaba la *secreetahríía dei senululou*. Nos indicaron las escaleras. En un pasillo del segundo piso, Pepe descubrió el escenario perfecto para su performance. Se trataba de un busto de bronce de alguien que se suponía fuera importante, una figura histórica. En un momento en que estábamos solos, abrimos el maletín, sacamos una peluca rubia y la colocamos en la cabeza del muerto histórico. Inmediatamente salimos del edificio pasando junto a los guardias de seguridad que nos habían atendido, quienes, de seguro, se sorprendieron de vernos salir tan rápido.

No fue hasta el último día de nuestra estadía en la isla cuando a Pepe se le ocurrió coquetear con la muerte. Me propuso que fuéramos a una funeraria. La obra consistiría en que nos hiciéramos pasar por dos de aquellas mariposas que lo habían acompañado al show de dragas en el Black Crow, y así, vestidos con ropa entallada de colores pasteles, expresáramos nuestras condolencias ante un cadáver desconocido. La idea no me gustó, pero preferí no comentarle nada. Conocía de antemano su respuesta, que de todas maneras lo haría, conmigo o solo.

Esa noche fuimos a la funeraria Buxeda de Hato Rey. Luego de asomarnos a todas las capillas, decidimos entrar en la menos concurrida. Pasamos por alto el puñado de personas reunidas allí: todas estaban sentadas y, si no fuera por una vieja que no paraba de hablar, se podría pensar que acabábamos de entrar a una misa. Caminamos sin mirar a nadie hasta que nos posicionamos frente al ataúd. Nada más detenernos allí, un hombre, probablemente uno de los deudos del difunto, se levantó de su asiento. El tipo parecía un gorila de circo, todo vestido de negro. Así de musculoso e intimidante era.

Pepe y yo comentábamos las banalidades que siempre se dicen ante un cadáver bien trajeado, cuando el tipo, sin decirnos una palabra, se detuvo detrás de nosotros. No tuvimos que voltearnos para saber que nos miraba con cara de futbolista gringo; cuerpo le sobraba para hacernos un *tackle* a ambos a la vez.

—Creo que es mejor que nos vayamos —le dije a Pepe.

Detrás de nosotros salió el gorila, quien nos siguió hasta el estacionamiento. Antes de que nos alcanzara, yo me detuve y, con el corazón en la boca, le rogué que por favor no nos hiciera nada. Creo que se compadeció de mi cobardía; su ceño fruncido enseguida se alisó. Nos dijo que no tenía intención de hacernos daño y sólo nos pedía que lo lleváramos con nosotros, una petición que nos tomó por sorpresa y a la cual accedimos sin pensarlo mucho. En el camino al hotel, nos contó sobre su papá, el cadáver del ataúd. Todavía no podía creer que se hubiera muerto así, tan de repente. Se lamentaba de todo aquello que pudo haber hecho con su progenitor si hubiera tenido más tiempo. Pero la muerte no espera por nadie y al morir su padre, una parte de él había muerto también. Se sentía desconsolado y no, no quería ni debía pasar la noche solo. Pepe y yo nos miramos, y sin que el individuo nos lo hubiera pedido expresamente, lo invitamos a nuestra habitación.

Una vez en el cuarto comenzó a llorar. No sabíamos qué hacer y tratamos de consolarlo dándole palmadas en el hombro. Pero no dejaba de llorar y poco después nos abrazó. Nosotros, cada vez más confundidos, nos dejamos hacer. De pronto, sin confesarse con nadie, el trajeado antropoide tomó las cabezas de ambos y las hizo chocar una contra la otra. Con el impacto del golpe ambos quedamos aturdidos en el piso. Siguió golpeándonos, pero casi no recuerdo más. En cuestión de segundos, Pepe y yo quedamos inconscientes.

Horas más tarde, cuando nos despertamos de la golpiza, vimos el horror cara a cara. El rostro de Pepe estaba completamente amoratado. Mi rostro también. Al observarnos mejor, notamos que además de los hematomas, teníamos el rostro manchado de un color oscuro.

Con extrema delicadeza nos lavamos pero las manchas no salieron. Era como si tuviéramos el rostro tatuado con un diseño de camuflaje militar.

En la mañana volaríamos de vuelta a Nueva York.

—Allá nos espera una nueva performance —comentó Pepe.

Pero no era como él pensaba. No habría más dramas juntos. Yo había arriesgado casi todo para meterme en el mundo del ex poeta y no quedaba nada más por coleccionar de su miseria. A Pepe sólo lo esperaba la muerte en algún rincón sórdido de la ciudad. A mí, un tratamiento extenso y doloroso con el mejor cirujano plástico de California. Por un breve tiempo, es cierto, compartiríamos las manchas oscuras en el rostro. Pero nada más.

El Proyecto Xerox había terminado.

El amante digital

Soy un asesino de mujeres. Las llevo tatuadas en mi piel, una a una, cada cual con su caligrafía propia e imperecedera. Aquí en el bíceps derecho está el ojo de Gladys; en el izquierdo, la lengua de Itza; en mitad del abdomen tengo los tobillos de Celeste y en la tetilla izquierda, la vulva de Muñeca. Cuatro ejemplos deben dar una idea bastante clara del resto; hacer el inventario de todas sería un exhibicionismo vulgar. Todo mi cuerpo, salvo mi cara, está recubierto de tinta verdinegra. Ya pronto seré, íntegramente, un reptil.

No soy psicópata ni escritor; sólo intento escribir la historia de mi cuerpo tumefacto. Nada en él lo sugiere a primera vista. Me ejercito a diario y, vestido con mahones y camisa de mangas largas, paso por uno de esos tipos que viven para ser carne de gimnasio. Desnudo soy otro. Además de la sorpresa que provocan los tatuajes, es notable el contraste entre mi recia musculatura y mi bicho, un apéndice casi infantil. No es, sin embargo, mi físico de gimnasio ni mi cretino instrumento de amor lo que me hace un amante dulce y letal. Son mis dedos, las yemas de mis dedos.

Siempre fui hábil con las manos. De niño me entretenía formando sombras de animales, de personas y de todo tipo de objetos en las paredes de mi habitación. En mi soledad me inventaba historias y las representaba con una técnica muy superior a mis años. Mi madre alguna vez me espió y se convenció de que yo era una suerte de genio digital. Me propuso que tomara clases de piano; acepté con la condición de que fueran lecciones privadas. Ya desde entonces yo manifestaba síntomas de ansiedad social, un rasgo que heredé de mi padre, que gustaba vivir encerrado en casa. Era un hombre hosco y amargado, cuyo trabajo como psicólogo industrial para una compañía farmacéutica durante treinta años, formó su convicción de que las personas son esencialmente imbéciles. Era más que una mera opinión profesional; según él, se trataba de un hecho empírico. A mí nunca tuvo que convencerme. Mi aversión a la gente era y es parte de mi mapa genético.

La corazonada de mi madre resultó cierta. En un año, madame Ricart, mi instructora de piano, me proclamó virtuoso del instrumento cuando comencé a interpretar de forma impecable a Tchaikovsky, piezas sencillas en realidad, pero que la misma madame Ricart, a sus sesenta y tres años, ya era incapaz de tocar. En su español afrancesado, urgió a mis padres que me *enregistraran* en una academia de música. Así lo hizo mi madre, pero cuando ya juraba y perjuraba que su hijo se convertiría en un intérprete famoso, mi talento se desmoronó. Sucedió en el primer recital en que participé. Ya desde antes de sentarme al piano, estaba transpirando como un caballo. Tras empapar el pañuelo que llevaba conmigo en el frac, los chorros de sudor hicieron que la camisa se me adhiriera como una segunda piel y que la tela de hilo del pantalón me provocara picor en las piernas. Cuando salí al escenario tenía el pelo completamente mojado como si me hubiera echado un pote de brillantina. Logré sentarme, me estrié los dedos para calmar mis nervios y toqué la primera octava. Fue todo. No más sentí sobre mi piel los ojos de aquel público en la oscuridad de la sala, mis dedos se entumecieron y sus yemas comenzaron a sudar. No era un sudor cualquiera, como el del resto de mi cuerpo. El líquido que era translúcido, pero manchaba todo lo que tocaba. El organizador del recital, uno de los profesores de la academia, se asombró por el fenómeno, pero tuvo el tacto de no divulgarlo y a duras penas trató de limpiar las manchas que resultaron ser permanentes. Para los lectores atentos de estas líneas, no debe constituir ninguna revelación: las manchas eran verdinegras.

Nunca más volví a tocar el piano.

Tarde en mi adolescencia decidí encauzar mi talento digital hacia la escritura. Escribir, pensaba entonces, era vocación de solitarios como yo. Era un quehacer que podía realizar en privado, sin la ansiedad de tener que lidiar con gente, y en el cual era libre de imaginar y decir lo que me diera la gana. Esa libertad fue lo que ganó mi entusiasmo original. Pero, curiosamente, lo que me cautivó más no fueron las historias que podía apalabrar, sino el placer de la mecanografía. Pocas actividades me resultan más sensuales que pulsar rítmicamente mis dedos en las teclas de una máquina de escribir manual. Tiene que ser una manual porque exige un tecleo firme y recio; mecanografiar en uno de esos teclados hipersensibles de máquina eléctrica o de computadora, me parece un ejercicio pusilánime y frígido. Aprendí con un libro a mecanografiar en dos semanas. Lo hacía y todavía lo hago impecablemente. Soy muy exigente conmigo mismo: una palabra mal escrita, un error tipográfico me saca de quicio y enseguida, sin pensarlo dos veces, remuevo el papel del rodillo y lo tiro al cesto de la basura. Pero como rara vez cometo errores, mecanografiar casi siempre me relaja y me permite abandonar mis dedos a la sinfonía monotonal de la máquina. No han sido pocas las ocasiones en que mis dedos se han compenetrado tanto con sus teclas que he llegado a perder la noción del tiempo. Ya entonces lo que escribo deja de ser música y se convierte en un acto pasional. Siento como mi sangre se agolpa de pronto en mi entrepierna y no puedo dejar de teclear con frenesí. Cuando doy por terminada la sesión, estoy empapado de sudor de pies a cabeza. Sólo las yemas de mis dedos permanecen secas e inmunes al fragor de la pasión. A los lectores sensibles no debe sorprender que una compenetración tan fuerte sea capaz de crear lazos afectivos. Mi máquina es una Remington Quiet-Riter, verde olivo, cuyo nombre real es La Chatte d'Olivia Remington. Más que un instrumento de escritura, se ha convertido en la más fiel de mis amantes, la única que jamás he manchado con tinta verdinegra.

Soy el primero en admitir que escribir es mucho más que pulsar las teclas de una maquinilla. Por esto he dicho antes que no soy escritor. En un tiempo pensé que reunía los requisitos necesarios para convertirme al menos en un cuentista competente, pero un obstáculo inesperado se interpuso en mi camino. Los personajes. Sé que para muchos escritores se trata de una condición inherente a la ficción y para algunos, incluso, constituye un estímulo para su creatividad. Pero yo nunca pude sentirlo así. Toda ficción, por más fantasiosa que sea, precisa un cierto grado de verosimilitud, y el problema con los personajes que creaba era que terminaban siendo demasiado verosímiles. Era como si tomaran vida propia y se me fueran de las manos. Dejaban de respetar mis designios y burlaban el destino que en vano intentaba imponerles. Así, por ejemplo, si disponía que uno de mis personajes debía morir en un accidente automovilístico, éste se resistía y sobrevivía al accidente. Si intentaba entonces hacer que se suicidara, por nada en el mundo se pegaba un tiro, ni se ahorcaba con una corbata. Tanta insubordinación me ponía nervioso y, por consiguiente, los dedos me comenzaban a sudar. Fue así como descubrí en plena adolescencia un agravante que no había experimentado antes. Al transpirar, las yemas de mis dedos se hendían como uvas aplastadas.

En suma: la ficción me hacía daño.

Descarté, por lo tanto, la idea de ganarme la vida escribiendo. Si no podía escribir ficción en mi soledad, no escribiría nada. Escribir artículos para un periódico, guiones para el cine o libretos para la televisión no eran alternativas para mí. Tener que subordinarme a la censura o a la aprobación de un equipo de producción, me haría sudar y, por fuerza, lastimaría las yemas de mis dedos.

Me gradué de escuela superior como quien vacía sus intestinos después de aguantar por horas y horas. Un alivio. Para mí la escuela fue un laboratorio para convertir a los estudiantes en imbéciles. Detesté las clases, los maestros y, más que nada, a mis compañeros, a quienes evitaba como si fueran una enfermedad contagiosa. Fue en la escuela superior donde me convencí de lo que decía mi padre: la estupidez es una extremidad más de las personas. Fue en este tiempo, también, cuando comencé a ejercitarme con esmero. Quería endurecer cada músculo de mi cuerpo, volverlo una armadura maleable, un arma si fuera necesario. Sólo así me sentiría seguro de poder repeler cualquier acercamiento físico. Así de aprensivo me hacía sentir la gente.

Como nunca creí en las supuestas bondades de la educación, opté por estudiar una carrera corta en programación de computadoras. Una carrera utilitaria y mediocre como tantas otras en boga hoy, pero que me permite ganarme el sustento pulsando teclas aunque sea en una computadora. Obtuve trabajo en cuanto me gradué, un empleo en que me pagan bien por pasar horas muertas leyendo y configurando programas frente a una pantalla. A veces debo solucionar algunos problemas de los usuarios, lo cual me obliga a tratar, al menos superficialmente, con personas. Pero por lo general trabajo desde un servidor en un cuarto separado de todos, lo cual me mantiene relajado. Casi todos estos años he vivido así, entre mi apartamento en Santurce y mi trabajo en una empresa en Metro Office. Mi vida social es casi inexistente, pero vivo tranquilo. Cada tres meses, más o menos, visito a mis padres en Garden Hills.

Vivo en la calle Wilson, una calle fronteriza entre Santurce y El Condado. Es parte de una comunidad híbrida por donde transcurre la fauna más selecta, personas con narices perfiladas, y la gente más pintoresca del barrio, constituida principalmente por estudiantes universitarios, madres solteras, ancianos, locos y atorrantes de toda calaña. Nunca me ha gustado la televisión, me aburre a morir; estoy convencido de que la estática que emite la pantalla chica embrutece y da cáncer. Como entretenimiento pasivo prefiero asomarme al balcón y ver el mundo pasar ante mis ojos. Para un observador atento como yo es una delicia este barrio, no hay día en que no me asombre con algún detalle digno de mi curiosidad. Así, desde el balcón, me entretengo viendo transitar —en extrañas parábolas y confluencias de vectores— a peatones, automóviles, bicicletas y caballos; a veces, uno que otro carrito de supermercado lleno de latas y otros cachivaches. Las pocas veces en que la calle está desolada observo los edificios contiguos al mío. De éstos me interesan más los patrones formados por las ventanas que la gente. En ocasiones he sido capaz de discernir digitales óvalos, abreviados tableros de ajedrez o trozos de crucigramas. A veces, cuando menos lo espero, una persona cruza como una ráfaga mi campo de visión. Si la persona se detiene y se asoma por la ventana, enseguida abandono el balcón y me refugio dentro de mi apartamento. Me irrita la idea de convertirme, aunque sea por breve tiempo, en el objeto de la mirada de otros.

Una tarde, mientras buscaba descifrar el patrón de las luces del edificio de enfrente, descubrí a una muchacha observándome. Al darse cuenta de que había notado su mirada, la chica –de unos veinte a veintidós años– me sonrió. En lugar de irme del balcón (mi primer impulso), reté con mi mirada la suya. Así estuvimos hasta que la fijeza de sus ojos me irritó. Por suerte, antes de que mis dedos comenzaran a sudar, la muchacha, con otra sonrisa en los labios, me dijo adiós con la mano y se apartó de la ventana. A la tarde siguiente, volví a observar el edificio de enfrente y la descubrí mirándome de nuevo; más o menos se repitió el mismo intercambio de gestos de la víspera. Así prosiguió el cortejo de miradas por varios días hasta un jueves en que la muchacha no se asomó a la ventana. Esa noche dormí mal. Traté de hacerme de la idea de que todo había terminado, pero aún así, el día siguiente, nada más salir del trabajo, me apuré para llegar a mi apartamento y asomarme al balcón. Esta vez no disimulé mi intención de buscarla y poco después la muchacha se asomó por la ventana; en cuanto me vio se sonrió. Vestía una blusa blanca que dejaba ver el contorno de sus senos, al tiempo que resaltaba su piel acanelada y sus rizos azabaches. Al despedirse me tiró un beso. Esa noche me masturbé pensando en ella.

El día siguiente, poco después de la una de la tarde, decidí caminar por el barrio, algo que casi nunca hacía por temor a toparme con gente, sobre todo con gente indeseable. Caminé las tres cuadras que me separan del supermercado Pueblo de la calle De Diego. Entré allí con el pretexto de comprar algunas frutas cuando me la encontré de frente saliendo de la sección de vinos.

–Hola vecino, soy Débora –me dijo con una sonrisa.

—Gustavo —dije estrechándole una mano que por suerte no sudaba.

Me dijo que no había encontrado el vino que buscaba, un *shiraz* australiano, pero que de todas formas con el calor que estaba haciendo era mejor tomar cerveza. Me comentó que si yo no tenía nada mejor que hacer, me invitaba a tomar una. No supe decirle que no. Más que conversar, Débora monologó durante casi todo el trayecto hasta su apartamento. Era muy parlanchina y llenaba cualquier asomo de silencio con un popurrí de anécdotas. Estaba estudiando publicidad en el Sagrado Corazón, le gustaban los mariscos y le encantaba ir a la playa. Por esta última razón había alquilado su actual apartamento junto a dos estudiantes más, a par de cuadras del mar. Me dijo, además, que estaba sola este fin de semana, puesto que sus compañeras estaban visitando a sus familiares en Cidra y Ponce, respectivamente. Al entrar en su apartamento, me sorprendió el desaliño de todo. Me invitó a sentarme donde quisiera, pero no encontré un espacio libre. Al volver con dos cervezas, Débora simplemente tiró al piso un cúmulo de ropa que estaba sobre el sofá e hizo espacio para ambos.

Bebimos no sé cuántas cervezas. Desacostumbrado a la bebida, pronto perdí control de mí y empecé a decir estupideces. Débora, un poco ebria, aunque menos que yo, se reía a carcajadas de lo que le decía. Cuando ya no había manera de disimular la borrachera de ambos, nos quedamos en silencio por un tiempo, hasta que, de golpe, se lanzó sobre mí para besarme. Yo me dejé hacer. Los besos poco a poco se acaloraron hasta que ella puso una mano en mi entrepierna. Mi bicho hizo su mejor esfuerzo por lucir bien, pero fue inútil. No hubo manera de disimular su pequeñez. Esto, sin embargo, no desalentó a la muchacha que se aprestó a sacarlo de mi mahón. Lo tomó en su boca y en poco tiempo me hizo eyacular.

Novato al fin, yo no sabía cómo reciprocar el gesto pero Débora, sin tapujos, me guió y yo, todavía bajo los efectos del alcohol, obedecí. Me hizo besarla, chuparla y acariciarla a su antojo. Cuando me pidió que le introdujera un dedo, tomé el control de la situación. Me dejé llevar por mi instinto digital, de forma que mis dedos supieron pulsar, apretar, penetrar y rotar con tal maestría que en poco tiempo la muchacha tuvo un agitado orgasmo. Su excitación me excitó de tal forma que me hizo sufrir otra vergonzosa erección.

—Quiero sentirte adentro —me dijo.

Los efectos del alcohol comenzaban a ceder y poco a poco yo volvía a la lucidez. La petición de Débora de pronto me hizo consciente de mi situación de novato en el amor y comencé a sudar copiosamente. Cuando me trepé encima de ella, la muchacha creyó que el sudor era una muestra de mi pasión y pareció complacida. No obstante, segundos después se quejó de picor. Me pidió entonces que me detuviera y me apartara de ella. Toda la piel de su talle y sus senos tenían un color más oscuro que el del resto de su cuerpo. Era como si mi sudor le hubiera provocado una reacción alérgica. Aún así la muchacha insistió y volvió a conducirme dentro de ella. Yo, dócil como un niño, me dejé llevar pero ya tenía los nervios de punta y las yemas de mis dedos comenzaron a sudar. Traté de controlarme pero la piel rota hizo que me quejara de dolor. Débora pensó que eran gemidos eróticos y me amarró con sus piernas. Para zafarme de ella tuve que empujarla con ambas manos. Al contacto del sudor de mis dedos, la muchacha gritó como si se estuviera quemando. Y era verdad: allí, en sus caderas, donde habían tocado mis dedos, su piel estaba en carne viva. Acto seguido el área se le puso morada y segundos más tarde adoptó su forma final de mancha verdinegra. Yo ya tenía las yemas como uvas aplastadas y traté de quitarme el sudor frotando las manos en mis muslos. La quemazón fue atroz y al igual que ella se me formaron manchas oscuras. Me vestí lo más rápido que pude y, dejando atrás la gritería y el llanto de Débora, abandoné el lugar. Al llegar a mi apartamento boté la ropa que llevaba puesta. Estaba toda manchada de tinta verdinegra.

Débora siempre ocupará un lugar privilegiado en la memoria de mi cuerpo. A ella le debo mis primeros tatuajes y mi iniciación sexual. De esta primera experiencia nació el nudo de mis contradicciones. Por un lado, supe lo nocivo que era mi cuerpo para las mujeres; por el otro, descubrí que sólo en ellas mi talento digital se manifiesta plenamente. Si a esto se añade el insaciable deseo que desde entonces me inspira el sexo opuesto, los lectores entenderán que los sucesos que ocurrieron después no respondieron por completo a mi voluntad.

Después de mi encuentro con Débora desconocía aún mi vocación de asesino de mujeres. Las consecuencias inmediatas de lo vivido habían sido muy dolorosas como para presumir de tanto. Por varias semanas viví prácticamente recluido dentro de mi apartamento; ni siquiera me atrevía a asomarme al balcón por el temor de confrontarme con la mirada de reproche u odio de mi vecina. Para mí era un sacrificio intolerable. Yo, que casi no tenía vida social, de pronto me veía imposibilitado de salir siquiera al balcón, con lo cual me privada de mi mayor entretenimiento. Las pocas veces que lo hice fue siempre tarde en la noche, cuando Débora y la mayoría de mis vecinos estaban durmiendo. Era una hora muerta en que apenas se veían algunos automóviles y uno que otro peatón trasnochado. Nada digno de atención.

Mi vida se volvió más monótona. Aparte de mis infrecuentes visitas a Garden Hills, el resto del tiempo permanecía recluido en mi apartamento. Allí me entretenía mecanografiando un poco, una carta que jamás envié a Débora, frases sueltas, a veces puros ejercicios digitales. En este tiempo me apasionaba teclear, pero cuando lo hacía se me atravesaba el recuerdo del cuerpo de Débora y me sentía quemar por dentro. Era entonces cuando más me apremiaba el deseo de poseer una mujer.

No hay escrúpulo que el deseo no sea capaz de vencer. Durante meses traté de neutralizar mi deseo con más y más ejercicios o masturbándome, pero las mujeres son las mujeres: ni el esfuerzo físico ni la fantasía más desbocada pueden sustituirlas. El apartamento se me hacía cada vez más pequeño. Tenía que vencer mi ansiedad; tenía que salir a la calle.

Lo hice por fin un jueves por la noche. Yo sabía que los jueves y los viernes había mucha actividad nocturna alrededor de la Plaza del Mercado de Santurce, a un par de cuadras de mi condominio. Caminé por la calle Canals hasta la calle Roberts, que desemboca en la Plaza del Mercado. Si alguien me hubiera observado, probablemente me hubiera tildado de loco, puesto que no pude evitar caminar en zigzags, cruzando de una acera a otra, cada vez que iba a cruzarme con gente, parejas de novios o grupos de amigos que andaban por el área. Eran cerca de las nueve de la noche y frente a los negocios de la Plaza ya había gente bebiendo y jugando dominó, alguna de ésta bailando la música de las velloneras. Aquello era un carnaval en ciernes. En la esquina de la calle Duffaut habían armado una tarima para tocar música y la gente empezaba a aglomerarse frente al lugar. No me detuve en ningún sitio, me sentía incomodísimo entre tanta bulla, y después de darle la vuelta a la Plaza, crucé la calle Iturriaga y volví sobre mis pasos por la Canals hasta mi condominio. Las yemas de mis dedos no habían sudado, pero el resto de mi cuerpo sí. Me duché y me acosté sintiéndome cobarde. Mi primera incursión en la vida nocturna del barrio había sido un fracaso.

Determiné volver a intentarlo la siguiente noche. Otra vez caminé en zigzags hasta la Plaza del Mercado; otra vez no atiné a detenerme en ningún lugar. La Plaza estaba más llena que la víspera y era inevitable que me tropezara con la gente desplazándose de un lugar a otro. Aquello me provocó un agudo ataque de agarofobia y me marché enseguida. Me di por vencido. Acepté que nunca sería capaz de incorporarme y sentirme bien en sitios atestados de gente.

En suma: si no aprendía pronto algunas mañas de seductor, jamás conseguiría llevarme una mujer a la cama. La idea me surgió una semana y media más tarde: conocer mujeres a través de la Internet. Era un método seguro, a distancia y, más que nada, resguardado de lugares públicos. Compré una webcam y me conecté a la red. Desde la comodidad de mi casa, comencé a conocer gente. Chateaba un par de noches, identificaba a una mujer solitaria, me carteaba con ella, le regalaba uno o dos poemas plagados de cursilerías, le enviaba una foto (con mi musculatura trasparentada a través de la camisa) y la citaba para un primer encuentro en persona.

Sin llegar a ser repugnante, soy un hombre feo. De forma aislada, mis facciones no están mal. Mis labios son carnosos, mi nariz bastante perfilada, mis ojos son grandes y expresivos, y tanto mi barbilla como mis pómulos trazan contornos muy masculinos. Es en la unión de estos rasgos, en la sintaxis de mi cara, donde se observa el desajuste, una falta de armonía crasa. Este detalle no me ha impedido acostarme con mujeres lindas. Las mujeres son seres hospitalarios y desde mi primera experiencia con Débora supe que a muchas les gustan los hombres feos. Yo, en cuanto a la belleza femenina, soy muy flexible. A la hora de seducir y acostarme con una mujer no discrimino. Lindas o feas, altas o bajas, gordas o flacas, rubias o pelinegras, jóvenes o maduras: todas son perfectas para mí. Así les he hecho sentir a todas las mujeres que he cortejado: es una estrategia infalible. Una vez éstas entienden que no tengo reparos con la celulitis o con el silicón de sus senos, una vez éstas se sienten cómodas con ellas mismas, la mitad del camino está recorrido. Es usualmente en ese momento cuando les propongo que nos encontremos fuera de la red.

No hace falta detallar todas mis conquistas amorosas. De éstas tengo la satisfacción personal de haberlas satisfecho en la cama, aunque todas, invariablemente, quedaran tatuadas por el sudor de mis dedos. Ocurría en el momento menos pensado, a mitad del coito o justo cuando sostenía alguna hermosa prenda de la mujer de turno. Yo siempre sentía venir el sudor y luchaba por controlarlo, pero mis dedos no obedecían a mi voluntad. El resto de mi cuerpo, tampoco. En medio del fuego amoroso, yo era incapaz de dejar de amar a la mujer abierta a mi destreza digital. El final era siempre doloroso, como ya he detallado al referir mi primera experiencia con Débora. Basta cambiar el nombre de la mujer de turno y las partes tatuadas, tanto de la víctima como de mí, su victimario, para tener una imagen completa. Yo, por supuesto, jamás volví a ser Gustavo como con Débora. Para cada una de mis amantes tuve un nombre diferente: Patrick, Luis Ángel, Christian, Félix, entre otros.

De todos los nombres que he adoptado, Jason ha sido el más fiel a mi persona. Jason, el psicópata de las películas de *Viernes 13*, siempre asesina con una máscara de *hockey* puesta. Así me sentía yo, como un infame hombre enmascarado. La noche que fui Jason sufrí mi primera decepción. Me había citado con Suania (a quien había conocido en un *chat* de *hotmail* una semana antes) para cenar en un restaurante palestino de Hato Rey. El cortejo

221

había sido demasiado corto, pero en esos días el deseo de poseer a una mujer era tal que me arriesgué a apresurar el encuentro en persona. Suania, jamás supe por qué, me dejó plantado. Intranquilo, no quise volver a mi apartamento y, a contrapelo de todos mis escrúpulos, me metí en Zion, un pub de música reggae. Allí avisté a una mujer sin pareja y la invité a un trago. En realidad no sabía qué decirle, no había ensayado un encuentro así y me sentía desorientado. En ese momento estaba rompiendo todas las reglas del cortejo cibernético e incursionaba, de golpe, en una especie de farsa teatral. La situación se volvió crítica cuando se nos unió una amiga de Marta (así se llamaba la mujer que estaba cortejando). Enseguida comencé a sudar. La idea de interactuar con dos mujeres a la vez estaba más allá de mis capacidades. Para romper el trío, yo que tengo dos pies izquierdos, invité a Marta a bailar. Me contestó que no, pero su amiga, una rubia de peróxido, me dijo que sí sin que la hubiera invitado. Aunque hice el ridículo en la pista, no me arrepiento. Muñeca (la rubia de peróxido) estaba en plan de conquista y me hizo saber en el baile que estaba disponible. De vuelta en la mesa, Marta se excusó y nos dejó solos. Mientras bebíamos un trago, Muñeca me sobó los bíceps. Sin que mediara palabra alguna, nos besamos apasionadamente. Vámonos, me urgió la rubia. Nos fuimos a su apartamento, frente a la playa, en Ocean Park.

Una vez allí me condujo hasta su habitación cuyo olor a incienso de jazmín impregnaba todo el espacio. Enseguida Muñeca encendió una lámpara que tenía una bombilla roja y se desnudó. Su cuerpo era fenomenal, unos cinco pies de protuberancias exactas. Al observarla bien, noté una cicatriz que, como un grosero ciempiés, le cruzaba todo el vientre. Creo que la insistencia de mi mirada la hizo sentir incómoda. Yo no podía dejar de mirar aquella marca, era lo más erótico que había visto en mi vida. Ella intentó entonces distraerme desabrochándome el pantalón pero la detuve y me arrodillé para besar el ciempiés. Ella, aprensiva, se dejó hacer, no sin antes apagar la bombilla roja. A oscuras me esmeré en tocarla con mis dedos y con mi boca. Cuando se relajó, tracé lentas caricias por sus piernas hasta desembocar en su grieta húmeda. La maestría de mis dedos la enloqueció. Al rato cerró sus muslos contra mi rostro y sostuvo mi cabeza contra su sexo hasta venirse varias veces. Con el rostro empapado de su olor, me apartó de ella y en nada me quitó el pantalón. Cuando palpó mi sexo erecto, se detuvo en seco. Su mano, de por sí pequeña, se cerró alrededor de mi bicho como si sostuviera un menudo pajarito. Cometió, entonces, la rudeza de encender la lámpara para examinarlo. Una son-risa (con más risa que son) partió sus labios.

Aquella sonrisa ambigua me irritó sobremanera. Ella debió darse cuenta de mi humor, puesto que de inmediato lo agarró con dos deditos y lo hizo desaparecer dentro de su boca. Este gesto me irritó más todavía. No había excitación en él, sólo condescendencia. El deseo se me esfumó y mi bicho volvió en un abrir y cerrar de ojos a su flaccidez infantil.

Muñeca lo sacó de su boca como quien devuelve en un plato un bocado de carne dañada. Su rostro expresaba ahora incomodidad. Se recostó a mi lado.

—No te preocupes —me dijo—. A veces pasa.

Este comentario fue la gota que colmó la copa. Sentí el impulso de abofetearla, pero me contuve. Comencé a sudar. No quise que la laxitud de su cuerpo acabara por dominar la situación y me abalancé sobre ella con vehemencia. Muñeca, sin resistirse abiertamente, respondió con frialdad a mis caricias. Nada más las yemas de mis dedos comenzaron a rajarse, quise matarla. Mi cabeza entre sus piernas impidió que ella pudiera apartarse a tiempo para evitar que mi mano derecha se cerrara en su carne más sensible. El frenético forcejeo por librarse de mi mano hizo que su sexo, al rojo vivo, frotara mi tetilla izquierda. De ese contacto resultó el más enamorado de mis tatuajes, el más cercano a mi corazón.

—¡Me mataste! —gritó la rubia entre insultos y palabras soeces.

Me vestí a toda prisa y me fui del lugar. Afuera, en la calle, todo había cambiado. Las nubes, como las cataratas de un ojo turbio, ocultaban las estrellas del cielo; el mar lucía más borrascoso que una hora antes; y yo, Jason, acababa de convertirme en un asesino.

Consecuente con mis estrategias de seducción, nunca me hice llamar Jason con otras mujeres. Sin embargo, a pesar de que con cada nueva amante, con cada nuevo tatuaje, yo adoptaba un nombre diferente, jamás he dejado de sentirme como el siniestro personaje de *Viernes 13*. Todo lo contrario. Con cada cuerpo que tatuaba y se tatuaba en mí, yo me sentía más y más Jason. Un asesino de mujeres. Dejé de luchar contra las secreciones de mis dedos, no sólo porque no podía evitarlas, sino porque ya no quería intimar con una mujer si no podía tatuarla. Nada me satisfacía más que ver a mis amantes pasar del éxtasis del placer al pavor del dolor. En este sentido, yo era como un cristo pagano y lujurioso que dividía en dos las historias de sus cuerpos. A. J. y d. J., es decir, antes de Jason y después de Jason, aunque sólo Muñeca me llamara por ese nombre.

Durante mis primeros años como amante digital nunca me había detenido a ponderar las consecuencias a largo plazo de mis actos. No me refiero a la idiotez de arrastrar un cargo de conciencia o algo por el estilo. La culpa es como tener un policía en la mente que nos incrimina, un invento cristiano adoptado por el psicoanálisis que me molesta por su estupidez. Las consecuencias o, mejor dicho, la consecuencia a la que hago referencia es de otro tipo. Tarde me di cuenta que los tatuajes me estaban volviendo invisible. Según éstos fueron extendiéndose por todo mi cuerpo, tuve que cambiar radicalmente mi modo de vestir. Para no sobresaltar a la gente, fui cubriendo mi piel con más y más tela. Sólo en mi apartamento visto pantalones cortos y camisetas de manguillos, en especial cuando hago mis ejercicios diarios. Fuera de aquí, cuando salgo a la calle a encontrarme con una mujer, o cuando voy a trabajar a Metro Office, o cuando visito a mis padres en Garden Hills, sólo dejo a la vista mi rostro y mis dedos. Este cambio no alteró mucho la percepción que de mí tenían las personas de la oficina; para ellos se trató de una extravagancia más del siempre extravagante y solitario Gustavo. No ocurrió lo mismo con mis padres, a quienes desde el principio les extrañó mi nueva forma de vestir. Casi siempre se limitaban a mirarme y a mirarse entre ellos con caras de desconcierto. Pero a veces mi madre, incapaz de ocultar su desazón, me preguntaba sobre el cambio.

—Es una cuestión de estilo —le contestaba siempre y desviaba su atención con preguntas sobre la casa o la salud de mi padre.

Como era de esperarse, ella no quedaba satisfecha con mi respuesta y seguía indagando sobre el particular hasta que yo hacía evidente mi hastío o le manifestaba que me iría si seguía con la cantaleta. Sólo entonces me dejaba en paz. Mi padre, por el contrario, nunca cometió la imprudencia de preguntarme.

A pesar de la incomodidad que les provocaba mi indumentaria y de la incomodidad que, por consiguiente, me hacían sentir a mí, comencé a visitarlos con más frecuencia que antes. En los últimos meses la salud de mi padre había deteriorado notablemente. Se había hecho decenas de exámenes médicos, pero ningún doctor encontraba la raíz del problema. Según mi padre, se trataba de una prueba más de la impericia característica de los médicos que, gente al fin, no escapan a la categoría de imbéciles.

—Me estoy muriendo, eso es todo —decía mi padre, fiel a su amargura existencial. La entereza con que enfrentaba su destino me pareció ejemplar.

De la misma manera yo trato de enfrentar mi invisibilidad. Los últimos tatuajes que me he hecho fueron los más difíciles de lograr. Antes fui rechazado varias veces por mujeres que al verme desnudo se asustaban con tantos tatuajes. Las últimas tres mujeres que me llevé a la cama las conocí en los *chats* de fanáticos de *body piercing* y de los tatuajes extremos. A éstas, contrario a mis amantes anteriores, les excitaban mis tatuajes. Para ellas era como tener sexo con un reptil. Lo que no cambió para nada fue el dolor que experimentaron al sentir su piel quemarse. Ni las perforaciones en sus partes más sensibles las había preparado para la quemazón de mis dedos.

Hacía tres meses que no me acostaba con nadie. En ocasiones había sentido el impulso de llevarme a alguien a la cama, pero la enfermedad de mi padre me detenía a tiempo. De todo mi cuerpo sólo faltaba mi rostro por tatuar con tinta verdinegra, pero no quería completar mi obra, mi ocultamiento total, hasta tanto mi padre muriera. Ocurrió, por fin, antes de anoche. Según mi madre, los resultados de la autopsia nos aclararían la causa de su muerte. ¿Ya para qué?, me pregunto yo. Mi padre ha muerto, eso es todo. Este hecho me basta y me sobra.

Esta noche he ido a la funeraria. No me extrañó que la capilla de mi padre estuviera casi vacía. Convencido de la inherente imbecilidad de las personas, el difunto nunca fue hombre de muchos amigos. En el lugar se encontraba mi madre, dos empleados de la compañía farmacéutica a la que mi padre dedicó tantos años de trabajo, y una tía abuela que por nada en el mundo se pierde un funeral de la familia. En cuanto la vi sentí deseos de salir corriendo de allí, pero fue imposible. Me vio, me llamó por mi nombre, me abrazó y con lágrimas en los ojos me dio el pésame. Enseguida escrutó mi rostro con la esperanza de que su llanto me contagiara y así ver el espectáculo de mis lágrimas. Nada que ver. Ni la morbosa vieja ni nadie verá mi pena que, celosamente, oculto como uno más de mis tatuajes. Para mi desgracia, la inexpresividad de mi rostro no fue suficiente para espantar a la impertinente vieja, quien se las ingenió para retenerme a su lado y castigarme los oídos con una andanada de anécdotas familiares que por alguna razón ella creía que yo debía conocer.

En medio de este suplicio, llegaron dos desconocidos a la capilla. Ambos eran extremadamente delgados y vestían pantalones ajustados de colores pasteles. Estos colores (en abierto desafío a la solemnidad que exige un velatorio) junto con los ademanes afeminados de los dos individuos, atrajo unánimemente la atención de las cinco personas que estábamos allí. A los desconocidos pareció importarles poco nuestra presencia, ninguno se dignó siquiera mirarnos y se dirigieron directamente al féretro de mi padre. La escena me pareció una broma de muy mal gusto; era imposible que mi padre se entendiera, siquiera superficialmente, con aquellos dos fantoches. No lo pensé dos veces para acercarme a la pareja.

—¡Tan bueno que era! —dijo uno.

—Míralo bien, parece como si estuviera durmiendo —comentó el otro.

Al notar mi presencia se callaron. No tuve que decir una palabra. Mi cara y el bulto de mi musculatura hablaron por mí. Lo que parecía una farsa había terminado.

—Creo que es mejor que nos vayamos —comentó el menos imbécil de los dos.

Salí de la funeraria detrás de ellos. Estaban cagados de miedo. Cuando los alcancé en el estacionamiento, uno de ellos empezó a ofrecerme mil disculpas, a rogarme que por favor los perdonara y que por el amor de Dios no les hiciera daño.

—Sólo les exijo una cosa: que me lleven con ustedes.

Fue todo lo que les dije. Aliviados, ambos se miraron y aceptaron que los acompañara.

Omito los detalles del encuentro. Los lectores imaginativos sabrán recrearlos si así lo desean. Basta consignar aquí que no asistiré mañana al entierro de mi padre. No querría que mi madre ni nadie me fuera a confundir con un reptil.

La manicura de Marta

1

Marta caminaba con el ímpetu de una exitosa mujer de negocios. Si bien no era una ejecutiva no era por falta de talento; al contrario: le sobraban las cualidades necesarias para estar al mando de la compañía, bien lo sabía el presidente de ésta, hombre bondadoso con los empleados que lo adulaban, pero implacable hasta la crueldad con aquéllos que osaran desafiarlo. Marta había caído en desgracia con él por haber rechazado sus insinuaciones sexuales. Marginada estaba, es cierto, pero al menos se había ganado el respeto de todos, nadie la miraba por encima del hombro ni por debajo de éste, ni siquiera los hombres de la oficina, tan dados a mirarles el culo a las mujeres como quien le mira el precio a una lata de conservas.

Hoy lleva pantalón y chaleco color crema, el cabello recogido con hebillas y tacos negros de dos pulgadas, todo comedido en su atuendo, nada que acuse sensualidad ni austeridad excesivas. Camina con ímpetu, decidida, yo sé adonde voy, no necesito que me abran la puerta, gracias. Sus ojos saludan, su boca también pero a veces; algunas oficinistas la tildan de extravagante, pero no de comemierda, menos mal. No obstante, hay un nerviosismo en sus manos, una manía de amarrarse y desamarrarse los dedos como si no supiera qué hacer con ellos. No lo dice pero lo gesticula, a veces consciente, a veces inconscientemente, sin poder evitarlo: es una compulsión como comerse las uñas o arrancarse los callos de los pies.

Dan las cinco de la tarde, la hora de salida, y una de las manos de Marta desliza su tarjeta de empleada por el ponchador electrónico, luego sostiene el guía del carro por sesenta minutos, abre la puerta de entrada de su apartamento, desabotona una blusa, desliza un jabón, manipula un tenedor, sube y baja una taza, enciende un cigarrillo. Poco a poco Marta vuelve a su integridad física: es un par de manos: es un par de manos y diez uñas: es un par de manos y diez uñas y una masa desnuda arrellanada en una mecedora de madera. Presumimos que Marta está toda desnuda, pero no podemos dar fe de ello, sólo vemos su desnudez de la cintura para arriba y no muy claro, de hecho, será por el humo del cigarrillo que nubla nuestra visión. No ha fumado mucho, en realidad, apenas ha inhalado un par de veces; no hay prisa, asistimos a un rito, a una liturgia privada. Se mece, abandonada a su desnudez se mece y se ve bella con su cascada de pelo acariciándole el cuello, deslizándose hasta casi tocar sus senos, dos nísperos pequeños y tiernos. Tiene las piernas abiertas, se orea la vulva, el humo del cigarrillo la relaja. Sus manos parecen alcanzar por fin la paz, un movimiento armónico, grácil y pautado, de la boca al brazo de la mecedora a la boca de nuevo. No negaremos que nos gustaría verla acariciarse el pubis al compás de la mecedora, escucharle la ansiedad en la voz, contemplar como una obra de arte el momento de ese orgasmo que la conmocione de pies a cabeza hasta deshacerse, suspiro a suspiro, en el estupor idiotizado de su cara. Así quede para nuestra pobre imaginación porque nada en estos momentos erotiza la mente ni el cuerpo de Marta. Ha encendido un segundo, un tercer cigarrillo, al cabo de un rato se hace difícil llevar la cuenta; el humo parece solidificarse en el aire del cuarto, todo es gris y todo será gris hasta que comience el humo a teñirse de rojo. Las manos de Marta, que hasta ahora habían estado tranquilas, de pronto se crispan como dos gatos erizados y concentran su emoción en las uñas. Como si nada (no hay afán melodramático, no olvidemos que se trata de un rito) Marta clava sus uñas en el pecho, justo entre los dos bellos nísperos, y rasga la piel, diez uñas desgarran la piel en un movimiento firme y repetido, sin gemidos ni sobresaltos. En nada el pecho se surca de diez, veinte, no sabemos cuántos hilos de sangre, es difícil discernir con el humo ahora teñido de rojo. El humo sale por las hendiduras del pecho como bocas tosiendo amargura, mientras Marta, hierática, fuma y fuma sin parar.

Así durante horas y horas.

Pasada la medianoche, Marta aplasta la última colilla litúrgica. Se limpia la sangre del pecho, de las uñas, se lava los dientes y la cara. Las heridas, como de costumbre, estarán secas por la mañana. Fija la alarma del despertador y enseguida se arropa de pies a cabeza. Debe dormir. Mañana tiene que preparar el informe de nómina.

2

No es la ciudad de los suspiros. No es la ciudad que nunca duerme. No es la vetusta ciudad colonial. No es la rutilante ciudad posmoderna. Se trata de una ciudad a medias, a un tiempo medieval y contemporánea: nuestra cretina y excelsa ciudad sin nombre. Ciudad de suburbios y fortificaciones, de soberbias casonas y miserables villas. Oh, si la prosa se trocara en poesía compondríamos una oda a sus murallas y autopistas, al silencio de sus urbanizaciones y a las bondades del tapón. Pero la poesía desprecia esta ciudad y esta ciudad desprecia a la poesía, y ese mutuo menosprecio nos obliga a detenernos en este páramo de palabras, al abrigo de una madrugada remolona. Por breve tiempo. Nosotros, por naturaleza expansivos, enseguida nos resistimos a la inmovilidad y buscamos dispersarnos como dioses panópticos por el turbio cielo de la ciudad.

Entonces.

Antes de que los helicópteros de los noticiarios sobrevuelen los feudos, en algún momento de la madrugada, la ciudad se detiene, ni un transeúnte en las calles, ni un carro en las carreteras. Vista desde arriba la ciudad parece un mapa iluminado por el tendido eléctrico, una superficie de cuadrados, rectángulos y círculos, todo armónico y monótono como un panel electrónico o un cuadro de Mondrian.

Entonces.

La geometría que da coherencia a la ciudad de Mondrian comenzó, con el ímpetu de un estornudo, a mancharse de carros aquí y allá. Poco tiempo después, los estornudos se hicieron más y más frecuentes. Un horror al vacío parecía apoderarse de la ciudadanía: el virus auto- motriz fue invadiendo atropelladamente los cuadrados y los rectángulos mondrianescos hasta que al filo de las siete de la mañana no había recoveco libre de congestión vehi- cular. Adiós Mondrian: la ciudad, vista desde arriba, no era más ni menos que un mosaico convulso y acatarrado.

Abajo,

abajo,

abajo, en el nivel del cemento y de la brea, los carros arrancan y frenan, las bocinas ansiosas ladran, hay madres mentadas a tutiplén, miradas torvas, gestos violentos y lúbricos, música a todo volumen, vendedores de periódicos y de donas. Debe ser un carro averiado en medio de la avenida, tal vez sea un choque leve, lo más seguro hay policías dirigiendo el tránsito: coágulos que retardan aún más el flujo vehicular que tanto desespera a Marta. Como si fuera algo nuevo, algo diferente de lo de todos los días, Marta maldice la ciudad. Enseguida vuelve a la faena de maquillarse frenazo a frenazo para que no se le corra el rímel ni se lastime un ojo con el delineador. En este punto, si fuéramos poetas, incluiríamos una oda elemental a la mujer que se maquilla dentro de un carro, esa coqueta ceremonia que franquea los linderos entre lo público y lo privado. Son meditaciones que nada dicen a Marta, pero que ocupan a veces la mente de un ad- mirador espontáneo que ahora conduce a su lado. Y es que el ex senador Vicente Reinosa —Vicente era decente y lo destituyeron por delincuente— se está haciendo un tremendo cerebro con Marta, con el trazo del lápiz labial por sus labios humedecidos. Perversa imaginación tiene el viejo verde, tan mal acostumbrado a los caprichos del animal insomne entre sus piernas. Míralo, Marta, míralo como te come con los ojos, le decimos, pero ella no escucha, está demasiado preocupada por llegar a tiempo a su trabajo como para estar pendiente a bellaquerías seniles. Esa aparente indiferencia no molesta al ex senador, que sin inmutarse toca la bocina y le tira un beso. Marta le devolvió la gracia haciendo amago de vomitar. Pendejo.

El flujo irregular del tránsito hizo que los carros del carril de Marta dejaran rezagados a los del carril del ex senador. Éstos no volvieron a verse más. Marta, repuesta del coraje que le provocara la imprudencia del viejo, condujo su carro sin mayores contratiempos hasta llegar a su trabajo.

Trabajaba en una compañía de teléfonos celulares o de planes médicos, da igual. Tenía un puesto de supervisora del área de servicio al cliente, posición intermedia entre los representantes de servicio y la dirección del departamento. Una vez llegaba a la oficina se preparaba un té de limón y desplegaba a la vista de todos la lista pormenorizada de las tareas que realizaría ese día. Aun cuando la mayoría de sus quehaceres fueran rutinarios y los supiera de memoria, la autoridad que adscribía a la lista, a la constancia de sus palabras escritas, le hacía desconfiar de su habilidad para recordar. La lista era su brújula, el timón que orientaba su desempeño diario en la oficina. Sin ella, Marta se sentía a la deriva y su voluntad colapsaba.

Conforme pasaban las ocho horas de trabajo, iba

tachando una a una las tareas que cumplía. Con celo y fervor casi religioso, nunca dejaba una tarea por hacer para el día siguiente. Le tomó apenas un mes reestructurar su área de trabajo: eliminó documentación superflua, agilizó procedimientos y logró que sus empleados fueran más eficientes. La productividad del departamento había aumentado un treinta por ciento gracias a Marta. Su trabajo no tardó en llamar la atención de la alta jerarquía de la empresa.

Acomodado en un sillón reclinable, el Presidente repasaba en varios monitores las faenas de sus empleados. Las cámaras estaban ubicadas en áreas estratégicas que le permitían supervisarlos en secreto. Nada le era extraño al Presidente, conocía los dimes y diretes entre los empleados, los procedimientos turbios de su personal de confianza, y hasta los chistes que hacían a expensas suyas. Era su gran secreto: ser el dios omnisciente de todo cuanto ocurría y se hablaba en la compañía. Nadie, absolutamente nadie conocía ni debía enterarse de las cámaras ocultas. La información es poder, sentenciaba una publicidad reciente, y, cónsonas con esa idea, las cámaras ocultas eran lo que más poder le daba al Presidente: su consagración divina.

Como era de esperarse, el trajín compulsivo de Marta llamó la atención del Presidente, quien se dedicó a observarla durante una semana de trabajo. Quedó más que impresionado. Jamás había visto a una empleada con mayor afán y empuje, ni con tanta iniciativa y creatividad. No pasó por alto la lista que Marta pegaba en la pared a diario, extravagancia que le hizo sonreír. Tampoco dejó de admirar las cualidades físicas de la empleada, qué caderas, Dios mío, se decía el Presidente que aunque divino no dejaba de ser libidinoso. Era su talón de Aquiles: un impulso sexual que rayaba en la satiriasis. Como regla general satisfacía su morbosidad sexual en la calle, pero la eficiencia de la empleada le hacía pensar en coitos desmesurados, en sexo anal, en una aventura amorosa que le haría sentir excesos dionisiacos.

Una tarde la hizo venir a su despacho. "Buenas tardes", "Buenas tardes", hizo eco la cortesía de ambos. El Presidente la invitó a sentarse. Dijo que estaba muy complacido con el trabajo de ella hasta ahora en la empresa, que se sentía afortunado de poder contar con una empleada tan eficiente y abnegada, que la productividad del departamento había aumentado gracias a los cambios que ella había ido implantando poco a poco, y que podía contar con su apoyo incondicional para todo aquello que estimara necesario para mejorar la operación en el área de servicio al cliente. "Gracias, muchas gracias", Marta sonrió. La dentadura de la empleada animó al Presidente. "Sin embargo". "Sin embargo qué". "Sin embargo, Marta, creo que tu posición actual no hace justicia a tu capacidad y talento". Mirada interesada de ella; sonrisa con coqueto arqueo de cejas de él. Marta: "le escucho". El Presidente: "necesito una mano derecha en la empresa, alguien de confianza que vele con celo las operaciones. Estamos hablando de aumento sustancial de sueldo, de automóvil provisto por la compañía, de acceso privilegiado a..." "¿Cuáles serían mis funciones?", interrumpió emocionada la empleada. El Presidente, dueño y señor de la situación, se levantó de su escritorio, caminó hacia la puerta de la oficina, se colocó detrás del respaldo de la silla de la entrevistada y le susurró al oído:

—Lodiscutimosestanocheenmiapartamento.

La sonrisa de Marta se desmoronó al instante. Ganas no le faltaron de poner al jefe en su sitio, pero tuvo la sensatez de no decir nada. Su cuerpo se volvió áspero, de piedra. El Presidente, instintivamente, dio un paso atrás.

Luego de un silencio largo y espeso:

—Dígame si ya puedo volver a mi oficina —dijo Marta—. Queda mucho por hacer, usted entenderá.

El Presidente, su divinidad afrentada, demoró en contestar. Antes caminó hasta su escritorio con la dignidad de un aristócrata ofendido.

—Váyase —le dijo de pie, sin voltearse siquiera para verla salir de su despacho.

3

Marta siempre ha sido implacable consigo misma. Para bien o para mal, cuando se traza una meta, trata de alcanzarla a como dé lugar. No es mujer de dejar las cosas a mitad y acomete cualquier quehacer, sea constructivo o destructivo para ella, con igual ímpetu avasallador. Es tal vez el único rasgo consecuente en su vida de múltiples transformaciones. El problema de nuestra heroína es que siempre se aficiona a su última transformación, le gusta pensar que es y será permanente: la Marta medular. Cuando se da cuenta de que no es así, el mundo se le viene abajo, se deprime a morir, para qué tanto esfuerzo, para qué una vive y otros etcéteras mentales. Claro está, termina siempre sacudiéndose el muro cerebral y levantándose de entre los escombros. Hasta que se encanta con una nueva y en apariencia última metamorfosis.

Marta está en un periodo crítico en su vida, en una disyuntiva existencial. Le seduce, por un lado, la idea de comprometerse a plenitud con su carrera; por el otro, vive obsesionada con su pasado, con aquél que le decía que era su amor y su locura. No quiere engañarse: es extremista, estar entre dos aguas no es ella, debe tomar una posición firme y final. Sabe que consagrarse a su trabajo iría en detrimento de su vida íntima, mientras que las expediciones en busca del tiempo perdido acabarían por menoscabar su pecho rasguñado. Lo segundo no es siquiera una alternativa real: el masoquismo ritual de sus uñas es una compulsión que quiere arrancar de sí pero no sabe cómo.

Comenzó a lacerarse el pecho poco después de romper con Agustín una relación de nueve meses. El fracaso la había dejado deshecha, abúlica e idiota. Para colmo estaba desempleada. En la ciudad hubo un tiempo de bonanza económica en que la euforia manufacturera y las construcciones a granel iban de la mano de los incentivos para la exportación de la pobreza al exterior y la creación de empleos. Esa era dorada había dejado de existir y la ciudad vivía otra época: la del feudo medieval. Era un tiempo árido, de segregación social aguda donde un muro dividía las fortificaciones urbanizadas de las villas miserables. Marta, por tanto, tenía que trabajar para mantener el privilegio de vivir amurallada. Al otro lado del muro, el monstruo bicéfalo de la pobreza y la miseria amenazaba con devorarla.

No obstante este peligro, tras romper con Agustín, Marta estuvo un mes entero sin moverse de su apartamento, sumida en un ensimismamiento enfermizo. Se pasaba las horas hablando consigo misma, viendo televisión o masturbándose. No contestaba el teléfono, ni se preocupaba por telefonear a aquéllos que le dejaban mensaje en su contestador. Su hogar parecía el saldo de un huracán, todo estaba fuera de lugar, regado por el piso, por los muebles, por la cama y por la cocina. Eunice, amiga y ex compañera de trabajo, había tratado de comunicarse con ella en varias ocasiones y, al no tener éxito, se preocupó y fue a visitarla. La encontró pálida, ojerosa y desgreñada, un trapo de mujer, sin el ímpetu que la caracterizaba. El desorden del apartamento acabó de espantar a Eunice, pues acentuaba aún más el aspecto demacrado de su amiga. Cuando Marta la vio irrumpió en llanto. Eunice la ayudó a recomponerse y reordenar el apartamento. "Olvídate de esa decadencia humana", le dijo para darle ánimo, "ya llegará quien te valore y te ame como mereces". Marta, todavía egoísta con su sufrimiento, se dejó acariciar por las palabras de solidaridad, por primera vez dispuesta a salir del marasmo en que vivía desde hacía un mes. A Eunice, nunca lo olvidaría, le debía gran parte del equilibrio que fue recuperando poco a poco en las semanas subsiguientes.

Su suerte mejoró. En un par de semanas obtuvo un buen empleo en una compañía de teléfonos celulares o de planes médicos, da igual. Lo que importa es que era un trabajo de mayor responsabilidad que el anterior en el hotel y con mejor salario, en el que tenía la oportunidad de escalar en el escalafón y de lograr reconocimiento profesional. Marta se dedicó en cuerpo y alma a su nuevo empleo, con un entusiasmo que rayaba en el fanatismo. Aspiraba hacer de su carrera profesional su única y verdadera religión. Convertirse en una ejecutiva exitosa, Dios mediante, sería su última metamorfosis.

Una tarde, después del trabajo, en el tapón de regreso al apartamento, Marta escuchó una vieja canción de Héctor Lavoe. *Ella va triste y vacía / llorando una traición con amargura...* esa maldita canción que parecía revelar su intimidad más vergonzosa. Se irritó consigo misma. Quería sepultar el recuerdo de Agustín entre papeles y agendas de trabajo, entre cifras de productividad y propuestas para mejorar la eficiencia de los representantes de servicio. A veces lo lograba durante un tiempo bastante largo, pero de pronto un gesto o un acontecimiento fortuito, como escuchar una canción de salsa en medio del tapón crepuscular, la devolvía a la hiel suya de cada día.

Marta llegó a su apartamento con el sonsonete de la canción de Lavoe haciendo eco en su memoria. En la sala tenía regado por el sofá y demás muebles una extraña mezcla de periódicos, discos compactos, ropa limpia sin doblar, uno que otro libro, revistas y algún cenicero repleto de colillas. El único espacio en claro era el de la mecedora de madera. La cocina era una estridencia de trastes limpios, comida enlatada y cajas de cereal colocados sin ton ni son encima de la nevera, dentro y encima de la alacena, incluso dentro del fregadero. El baño, pese a ser pequeño, también sufría de un desorden caótico de agua oxigenada, cepillos, esmaltes de uñas, hisopos, jabones, papel sanitario, pasta de dientes, peinillas y toallas sanitarias, todo fuera de lugar como un rompecabezas sin armar. Agustín nunca pudo habituarse al caos del apartamento; desde la primera vez que estuvo en él, lo dijo sin tapujos: "esto parece una covacha". No elaboró más porque creyó que aquel desorden era una excepción y no la regla en el apartamento. La segunda vez que visitó a su amante el lugar seguía más o menos igual, pero no dijo nada para no arruinar la velada. Pero a la tercera ya no pudo reprimir su desazón: "¿Qué es esto, Marta? ¿Qué desorden es éste? ¿Cómo puedes vivir así?" Agredido su orgullo, Marta le recalcó en mayúsculas que "ÉSTE ES MI APARTAMENTO Y LO TENGO COMO A MÍ ME DA LA GANA".

—No nos estamos entendiendo, Marta.

Esta primera admisión de una desavenencia entre ambos fue como una declaración de guerra. Cada cual comenzó a buscar la más mínima falta del otro para darse el gusto de sacárselo en cara a la menor provocación. De esta forma ambos buscaban mantener un balance equilibrado de heridas. Lo único que saboteaba esta armonía era que Marta intentaba solucionar todo hablando, en tanto que Agustín era incapaz de escucharla por más de cinco minutos. Apenas la discusión rebasaba el límite de su tolerancia, Agustín, puntual, sin querer escuchar enmiendas de su amante, se despedía con un nos vemos, hasta mañana. Acto seguido Marta, frustrada por la rudeza de su amante, le gritaba algún exabrupto, de lo cual se arrepentiría no más se encontrara sola.

Todo esto y más recordó nuestra heroína al llegar a su apartamento con el sonsonete de la canción de Lavoe en su cabeza y un picor vehemente en las manos. Como la mujer de la canción, pensó Marta, yo era un vulgar estereotipo de mujer sufrida.

Lo era y lo soy. Se sentó y me siento en la mecedora de madera. Prendió y prendo un cigarrillo, dos, tres; pronto perdió y pierdo la cuenta de cuántos había y he fumado. Esperaba que él la llamara, se disculpara por el desplante y volviera todo a la normalidad; pienso en aquel momento en que esperaba que él me llamara y todo se arreglara. Esperó y desesperó durante horas, mece que te mece, sin que jamás él se dignara llamarla; recuerdo y recuerdo durante horas, mece que te mece, comida por el rencor que él me inspira. Antes de dormir, no pudo más y le rogó, por el mensáfono, que llamara. Antes de dormir, recuerdo la canción *Triste y vacía* y me rasguño el pecho por lo estúpida que fui aquella noche.

Marta, sin completar su metamorfosis, vivía en dos tiempos.

4

Marta está a punto de parirse a sí misma. Espera. Podría tratarse de otra falsa alarma. O no. Duda. Tal vez ante el inminente cambio, Marta opte por retraerse. Tal vez no. Lleva tanto tiempo esperando por el momento de parirse a sí misma que en el interín se ha habituado a sus penas, al cúmulo de penas que engorda su cuerpo.

La gestación de sí misma habrá comenzado durante el tiempo de su divorcio de Cerruti, su tercer marido. No, antes. Ya desde antes del divorcio sabía que debía huir y ampliar las fronteras de su cuerpo hasta hacerse inaccesible. Sucede que su ex marido la había dejado por el sofá de la sala frente al televisor. El susodicho caminaba y hacía otras acciones verticales estrictamente necesarias, pero enseguida recuperaba su posición horizontal en el sofá. Ni siquiera en la cama para beneplácito de Marta. O de sí mismo, pues siempre fue egoísta en el sexo: un onanista con el cuerpo de su esposa. Y para colmo de males, de corto cronómetro sexual: entre dos y tres minutos máximo. En los buenos tiempos... ya ni eso. Ya ni tocaba a Marta. El sofá y la pantalla chica le suplían todo el placer para apantanar su existencia y, por extensión, la de su esposa.

Iba y venía Marta de trabajar. Iba y venía de hacer compras. Iba y venía de visitar a sus suegros. Iba y venía con la escoba y el paño. Iba y venía de hacer cualquier quehacer en la casa o fuera de ésta, y ahí, en el sofá, eterno como una piedra, yacía Cerruti despatarrado, entre el pecho hundido y las piernas flacas una panza rotunda. Era obsceno.

Poco a poco Marta se fue alejando de sí misma. Aceptó las proposiciones de un compañero de trabajo, con quien sostuvo una corta y desastrosa aventura, de la cual salió más herida y vacía que antes. Comenzó a fumar pero tuvo que dejarlo enseguida porque la sinusitis no le permitió desarrollar el hábito. Tenía poca tolerancia al alcohol y no tenía suficiente dinero para aficionarse a ir de compras de manera compulsiva. Fue entonces que su cuerpo humillado y despreciado por la indiferencia del marido, por su falta de amor propio, comenzó a lacerarse de estrías. Comía y comía sin cesar. Regulaba sus días por la comida y los dulces que cada dos horas endulzaban su organismo. A un ritmo acelerado, su cuerpo, hasta entonces voluptuoso y esbelto, iba sepultándose bajo una masa informe de celulitis. Al cabo de un año aumentó más de cien libras y quedó irreconocible.

Aunque lamentó tener que levantarse del sofá por más tiempo del que hubiera querido, Cerruti aceptó el divorcio y se largó a vivir con su madre a la ciudad de Buenos Aires. Marta tuvo que enviarle sus pertenencias, pues él no se dignó recogerlas. Pero qué importaba una molestia más si habiéndose librado de su ex marido, Marta se sentiría feliz, renovada, lista para aventurarse en una nueva vida.

Esos optimismos.

Nueva vida, nueva ciudad. A pesar de la infamia de sus murallas, de las pesadillas del tráfico y de la criminalidad, la ciudad sin nombre conservaba todavía su atractivo económico. Marta lió sus pertenencias, volvió a la isla y decidió tratar suerte allí.

Veamos.

5

Marta estaba sola y huérfana en la ciudad. Su padre, un alto ejecutivo de productos de látex había muerto hacía años. Años después su madre murió también, devastada por una enfermedad que hizo que un día olvidara cómo respirar y muriera de asfixia. Antulio, su único hermano, era el heredero de los negocios familiares, lo cual había hecho aflorar en él la petulancia propia de un príncipe promovido a rey. Marta no lo soportaba y nunca aceptó su asistencia económica. Mejor como tierra, le dijo la última vez que su hermano trató de hacer la caridad con ella. Desde entonces no volvieron a hablarse. Para Marta fue como si Antulio hubiera dejado de existir. Un alivio.

Sin padre, ni madre, ni hermanos, los familiares más cercanos de Marta eran unos tíos abuelos septuagenarios. Unas semanas después de mudarse a la ciudad, Marta fue a visitarlos en el sector colonial. Titi Luz y tío Hermes (de Hermenegildo) nunca habían tenido hijos y mantenían una lozanía física envidiable. Ella había sido maestra de español; él había trabajado toda la vida para la Compañía de Fomento Industrial, la institución promotora de la modernización acelerada cuya consecuencia última era la ciudad que Marta, tras años de vivir en el exilio, iba redescubriendo. Eran los tíos más celebrados de su familia materna: siempre regalones y detallistas, nunca olvidaban el día de cumpleaños de ninguno de sus sobrinos, y procuraban durante las navidades y el verano visitar a familiares en el resto de la isla y en el extranjero. No obstante, nadie o casi nadie de la familia les reciprocaba sus atenciones; nadie o casi nadie los visitaba. No es difícil imaginar la alegría que sintieron al recibir la llamada de Marta anunciándoles que iría a visitarlos. Se esmeraron en agasajarla: cocinaron un sancocho para el almuerzo, hicieron dulce de papaya para el postre y desempolvaron el cuarto de huéspedes para ofrecerle alojamiento.

—Abra titi, estoy abajo —dijo Marta por el intercomunicador.

Con gran esfuerzo subió los diez escalones hasta el apartamento. Titi Luz, que la esperaba en el umbral de la puerta de entrada, no disimuló la sorpresa.

—¡Pero muchacha qué gorda tú estás, Virgen Santa!

—Si no me lo dicen, no te reconozco —secundó tío Hermes casi gritando.

—Bendición tío, bendición titi —dijo Marta jadeante. Los besó y abrazó disimulando el bochorno.

Hacía años que no se veían. Durante el almuerzo, Marta les contó sobre su divorcio, su estancamiento económico en Argentina y de su deseo de comenzar una nueva vida en la ciudad. Tío Hermes le contó a gritos sobre su viaje a Islas Canarias hacía cuatro meses. Tía Luz le habló de la incipiente sordera del tío y de los problemas de salud de ella.

—Estamos caminando todos los días. Es un buen ejercicio y me ayuda a mejorar la circulación. A veces caminamos por la mañana, pero yo prefiero por la noche, es más romántico.

Con más de setenta años encima, los tíos se comportaban como novios todavía, capaces de disfrutar la noche como par de tórtolos. Conservaban aún esa jovialidad amorosa que casi siempre desaparece con los años y los hijos. Era admirable pero a Marta le hacía sentir vieja. A sus treinta y seis años ya había vivido el desencanto de tres divorcios y su cuerpo abusado por el exceso de grasa tenía menos vitalidad que los de sus tíos abuelos. Se sentía senil.

Tío Hermes la invitó a que se quedara unos días con ellos, pero Marta no quiso y prometió volver a visitarlos pronto. Quería mucho a sus tíos, siempre los había querido, pero compartir con ellos había sido y sería un continuo recordatorio de la impropiedad de su peso y de seguro se deprimiría. Nueva vida, nueva ciudad: no había tiempo para llantos.

En uno de sus empleos temporeros, Marta se involucró con un grupo de compañeras oficinistas que todos los viernes salían a pasear juntas después del trabajo. Fue una alianza estratégica. Su relación con las compañeras de oficina era de una banalidad absoluta, pero servía bien a la necesidad de hacerse de una vida social. Tras años de letargo casero durante su matrimonio con Cerruti, Marta reaprendía el arte de socializar. La ciudad le ofrecía formas de entretenimiento que hasta entonces había desconocido y que iría descubriendo, alentada por sus compañeras de trabajo, de viernes social en viernes social. Con ellas fue a pubs y a hoteles hasta la madrugada; aprendió a tomar tragos y *shots* de nombres estrambóticos como *Sex on the Beach, Cucaracha, Orgazmo, Screwdriver, Zombie, Goldrush, Fuzzy Navel*, etc.; asistió a conciertos, a galerías de arte y a *ladies shows* con *strippers* que desencadenaban la furia libidinal de las mujeres. Sin duda para las compañeras de Marta las salidas eran entretenidas, muy excitantes a veces, pero de poca o ninguna novedad. Para Marta, en cambio, constituían un mundo nuevo. La novedad le excitaba, pero al mismo tiempo la hacía consciente de su desventaja respecto a las demás. Durante muchos años en su vida había estado privada de conocer y disfrutar de experiencias que para las demás eran pan comido. Se sentía en ocasiones provinciana, una jibarita de pueblo pequeño, ajena a los verdaderos encantos citadinos. Maldecía en esos momentos su ingenuidad, hervía de rencor contra su ex marido y sobre todo se frustraba de ver la misma gordura despampanante en el espejo, lastre de su vida pasada.

A pesar de su masiva figura, Marta conservaba un peculiar atractivo para los hombres. Caminaba con un garbo que la hacía lucir altiva e ingrávida. Esta gracia junto con su largo cabello y su pronunciado caderamen hacía tornar la cabeza de más hombres de los que ella misma hubiera imaginado. No era la más popular de entre sus compañeras de farra, esa distinción le tocaba a Muñeca, pero de vez en cuando un hombre se le acercaba. La primera vez fue un tal Rafael en el pub Sade de la Milla de Oro. La invitó a un trago y comenzaron a hablar de cualquier cosa, pero cuando Rafael quiso sacarla a la pequeña pista de baile Marta se negó. "No estoy de ánimo", dijo. Tampoco le aceptó un segundo trago. Andaba con las muchachas de la oficina, no estaba en plan de pescar hombres. Pero algunas de sus compañeras sí, Muñeca más que ninguna. Era una secretaria mediocre, pero mantenía su trabajo gracias a las dos o tres veces al mes que se acostaba con su jefe, un calvo bajito y narcisista. Era lenguaraz, vivaracha y rumbera, tenía sus encantos físicos aunque era fea de cara. Un coño-carajo era, según los hombres de la oficina; esto es, una ricura de espalda, una decepción de frente. Rara era la noche de viernes social en que Muñeca no terminaba empatada con algún hombre, fuera un viejo amigo o alguien recién conocido. Guardaba con devoción una lista con los números de teléfono de los hombres con quienes salía o había salido; alguna vez Marta había echado un ojo a la lista y calculó que tenía más de cincuenta números. "Es más puta que las gallinas", comentaban las mujeres del grupo entre envidiosas y admiradas, y así se lo decían a Muñeca que era la primera en reírse y admitirlo. ¿Cómo podía?, ¿cuál era su secreto?, se preguntaba Marta. Aunque siempre se había sentido bien acompañada por el grupo de mujeres y al principio rechazaba los acercamientos del sexo opuesto, con el paso de las semanas Marta empezó a echar de menos la compañía de un hombre. No le habían faltado pretendientes ocasionales, pero sí deseo. Cuando por fin sintió deseo, entonces le sobrecogieron dudas e inseguridades de todo tipo: sobre su cuerpo, su personalidad, su destreza en la cama y, antes que nada, sobre los principios básicos del cortejo amoroso. Al lado de Muñeca, Marta se sentía bruta, socialmente mediocre. Determinó superar esta limitación costara lo que costara a su ya maltrecha vanidad. Un lunes invitó a Muñeca a almorzar en la cafetería de la empresa.

—¿Cuál es tu secreto con los hombres? —le preguntó sin rodeos.

—Mirarlos descaradamente, de arriba abajo.

A esta aseveración le siguieron otras que parecían sacadas de un manual para la seducción perfecta. A los ojos de Marta, Muñeca, una mujer de apenas cinco pies, tomó proporciones míticas. Devoradora de hombres: Muñeca era una *godzilla* sexual. Idiotizada por la admiración, Marta confesó con candor:

—Yo quisiera ser como tú en eso.

Muñeca, oronda de los pies a la cabeza, tuvo un arranque de conmiseración.

—No te preocupes, Marta. Conmigo tú te vas a poner las espuelas.

Y así entre ambas se estableció una relación tutora-aprendiz.

Lecciones introductorias: Cómo atraer a un hombre con la mirada, Cuándo aceptar un trago, cuándo rechazarlo, Cómo espantar a un tipo indeseable, Cuáles temas hablar, cuáles temas no tratar, Preguntas para averiguar estatus socioeconómico, Preguntas para conocer estado civil, Cómo sugerir aburrimiento.

Lecciones intermedias: Cómo evitar los hombres pulpos, Cómo evitar besos prematuros, Cuándo y cómo incitar el toqueteo, Cuándo y cómo incitar el besuqueo, Cuándo aceptar dar una vuelta fuera del lugar de encuentro, Dónde no aceptar ir fuera del lugar de encuentro.

Lecciones avanzadas: Cómo poner celosa a otra mujer, Cómo quitarle un pretendiente a otra, Cuáles son los mejores moteles de la ciudad, Cómo poner un condón con la boca, Técnicas para fingir orgasmos, Cómo dejarlo pidiendo más, Cómo hacerlo eyacular más rápido.

6

Durante varias semanas Marta fue una fiel seguidora del camino de Muñeca hacia la seducción perfecta. Demostró gran progreso en breve tiempo asimilando con notas sobresalientes las lecciones introductorias e intermedias. En casi todo igualaba a su mentora e incluso, en ocasiones, diríamos que la superaba. Estaba más entusiasta que nunca, ansiosa por comenzar las lecciones avanzadas. Pero Muñeca no. Aunque Marta seguía estando gorda, desde que comenzara a salir con sus compañeras de trabajo, había rebajado bastante y con las libras de menos había aflorado su sensualidad. Muñeca, aunque de una figura más esbelta, no tenía esa coquetería isleña de Marta que tanto gusta a los hombres. Lo comprobó una noche en el Hot Spot Café de Isla Verde. Como de costumbre, Muñeca y Marta bebían en la barra mientras esperaban por alguna movida interesante. A la hora llegó un hombre que cautivó la atención de ambas y Muñeca se dispuso a seducirlo enseguida. El hombre, sin embargo, no le hizo caso e invitó a Marta a tomarse algo. El rechazo del hombre fue como una bofetada para Muñeca. ¡Cómo era posible que no se fijara en ella! ¡Si ella estaba más buena, muchísimo más buena que Marta, ese saco de chichos!

El viernes siguiente, cuando comenzaban las lecciones avanzadas, Muñeca decidió hacer una demostración con su pupila. Ambas se encontraban en Zion, un pub de música reggae. Un hombre se acercó a Marta y comenzaron a conversar. A Muñeca le pareció un hombre feo, pero esto no la disuadió de su objetivo. Al rato Jason, así se llamaba el tipo, quiso bailar.

—No, gracias. Ahora no —dijo Marta.

—Vamos —dijo de pronto Muñeca guiñándole un ojo a Jason.

Diez minutos estuvieron en la pequeña pista de baile del pub. Con remeneos sensuales de frente y de espalda Muñeca se las arregló para seducir al individuo. Cuando volvieron a la mesa donde estaba sentada Marta, Jason sólo tenía ojos para Muñeca.

—Me duele un poco la cabeza. Creo que mejor me voy —dijo Marta poniéndose de pie. La excusa era floja pero fue lo único que se le ocurrió.

Esa noche aprendió sin querer una lección: Cómo quitarle un pretendiente a otra. Muñeca se lo hizo sentir en carne propia para humillarla. No habría más tutorías; éstas se habían convertido en un rudo juego de poder.

Volvió a su apartamento y se acostó en la cama.

Ya era tiempo de parirse a sí misma.

Hasta entonces había mirado y buscado fuera de ella una renovación en su vida, una metamorfosis completa y definitiva que la alejara de su pasado. No había hallado el cambio al momento del divorcio de Cerruti, ni en sus amores de oficina, ni con el cambio de ciudad, ni en la exuberante vida nocturna, ni a través del turbio arte de seducir hombres. Era tiempo de buscarse adentro, de bucear en su interior.

Fácil decirlo, difícil hacerlo. En este momento la mente de Marta es un asterisco, va a todas partes al mismo tiempo, sin ton ni son, sin lograr concentrarse en un solo pensamiento, menos en un pensamiento sobre sí misma.

Es como si una muchedumbre ruidosa la acompañara entre las orejas negándole un minuto de silencio. Al cabo de un rato de luchar en vano, Marta se da por vencida, "que se vayan todos al carajo", se dice y de inmediato la cara se le congestiona por el deseo de llorar. Pero no cede, no quiere ceder, y en su afán de reprimir el llanto el asterisco convulso de hace un momento es tachado por un silencio que poco a poco va envolviéndola hasta dejarla atrapada en sí misma. Ya no oye el mundo afuera. Sólo ve, se ve. Ve la masa de grasa que la sitia como una fortaleza gelatinosa. Ve más. Ve la risa de la gente mirándola caminar por el mall, ve las burlas de sus compañeras de trabajo, ve la sorpresa y la pena en las caras de familiares desacostumbrados a su inmensidad. Ve las estrías y otras laceraciones en su cuerpo abusado por la negligencia de su ex esposo, por las eyaculaciones precoces de amantes inconsecuentes y por las comilonas pantagruélicas con que celebraba su infelicidad. Ve más. Ve pedazos de grasa que cambian de color, de textura, y que ascienden como fuegos artificiales hasta su boca donde saborea abigarradas combinaciones de proteínas, carbohidratos y grasas saturadas de todos los tamaños y colores. Ve una grieta y un poco más. Se asusta pero no deja de ver. Espera. Podría tratarse de otra falsa alarma. O no. Duda.

De golpe ya no vio más: sintió contra su cara, contra el pecho, contra el abdomen, contra la espalda y contra todas sus extremidades una sustancia caliente, cartilaginosa y resbaladiza.

Cuando volvió a ver la luz sintió frío. Al mirar la cama vio el enorme saco de grasa, arrugado y sangriento.

Desnuda, ovillada y recién nacida, Marta lloró.

7

Marta lloró y lloró y siguió llorando hasta que el trauma del parto pasó y ya no sintió frío, y tuvo la urgencia de lavarse los coágulos de sangre que tenía adheridos a la piel. Como todo parto, el suyo fue al mismo tiempo orgánico y rotundo, un acontecimiento en apariencia definitivo que terminó no siendo más que un instante. Por un instante se supo medular, una, incólume y sin crisálidas: pura. Pero por un instante apenas. Enseguida supo que, inexorablemente, volvería a despeñarse en el pasado. Un nuevo cuerpo, sí, delgado y esbelto sustituía el viejo pellejo celulítico. Pero le quedaba la misma vieja vida dada a la disgregación.

Marta obtuvo un trabajo como oficinista en un hotel pequeño aledaño al territorio amurallado de El Condado. Oficinista era el nombre genérico para designar una amplia gama de tareas, entre las cuales se destacaban tres: prepararle el café al Sr. Agustín Betancourt, su jefe, supervisar el personal de limpieza y llevar toda la contabilidad del hotel. Sus tareas eran excesivas y el sueldo no era justo, pero Marta no protestaba y embestía toda faena con una eficiencia implacable, casi atroz. Simple y elemental era la clave de su éxito: a diario escribía una lista de quehaceres que le daba orden y orientación definida a su trabajo. A los ojos de su jefe, ella era una joya de empleada, una de esas trabajadoras de oficina con vocación de bestia de carga (que arrastran con el peso de los quehaceres propios y ajenos) y de mártir (dispuesta a sacrificar hasta el almuerzo por cumplir con su trabajo). Para Agustín, vulnerable a sus encantos físicos, Marta era, además, un primor de mujer.

Era difícil, por no decir imposible, no sentirse atraído por Marta. Al momento de contratarla, Agustín estaba separado de su esposa y aunque vivía sumido en el negocio del hotel, su primerísimo empeño, el deseo lo asolaba algunas noches. No era hombre dado a las putas, menos a la masturbación, actividad que consideraba pueril y vergonzosa para un hombre, de manera que su interés genital poco a poco empezó a cernirse en Marta, la mujer con quien más interactuaba todos los días. En realidad no tenía muchas alternativas femeninas en el hotel, apenas Marta y Eunice, una *front desk clerk* que quedaba descartada de plano por chumba y no tener labios, dos ofensas imperdonables para la sensibilidad erótica de Agustín. Marta, en cambio, no sentía atracción por él. Aparte de ser su jefe, obstáculo mental que interponía por principio ético, no era de las mujeres que gustaran de las canas y de las calvas, qué voy a hacer yo con un cincuentón con ojeras. Siempre le habían parecido ridículas las parejas en las que existe una gran diferencia de edad, era obvio que en ellas subyacía cierta inseguridad sexual y, para Marta, había además algo de perversión en el hecho de que un hombre o una mujer con la complexión física de su padre o de su madre pudiera atraer a alguien veinte o treinta años menor, o viceversa, que un hombre o una mujer con el físico de su hijo o de su hija pudiera apasionar a alguien veinte o treinta años mayor. Era incestuoso.

Por todas estas razones, Marta se indignó y estuvo a punto de renunciar la primera vez que Agustín le hizo un acercamiento demasiado amistoso. No fue un chino, ni una agarrada de teta, ni un qué rica te ves con esa falda, no, nada de esas vulgaridades, pues Agustín, a pesar de la edad y el millaje sexual, era un hombre tímido en el cortejo amoroso. No era raro que las mujeres le dieran más que las señales necesarias para convencerlo de que rompiera el hielo si es que ellas mismas no tomaban la iniciativa o se desalentaban por su indecisión. Con Marta, Agustín malentendió todo. La cortesía, la sonrisa, la disposición casi fervorosa al trabajo, la diligencia en concertar todas sus citas con el abogado o con cualquier cliente, el esmero en prepararle el café y en asegurarse de que desayunara y almorzara, todas esas pleitesías casi maternales que la empleada le regalaba por complacerlo hicieron pensar a Agustín que en efecto Marta aceptaría una invitación a cenar juntos.

"NO", fue la respuesta tajante de la empleada con un fruncimiento labial que más parecía puchero que mueca de coraje. Agustín reculó como una tortuga en su concha. Estaba abochornado, cómo mirar a Marta ahora: fingir una cara de lechuga, pese a ser comerciante, no era una de sus fortalezas. Al día siguiente, tras peinarse las cejas con los dedos cuatro o cinco veces, Agustín inquirió sobre el inventario de materiales de limpieza, pero no pudo sostener la mirada de su empleada. Se sentía miserable y kilométricamente estúpido:

—Disculpe mi indiscreción de ayer, señora Pedreira,

no me lo puedo perdonar, menos aún con una empleada tan excepcional como usted...

Marta, así halagada y viendo ante sí la humillación de su jefe que miraba al suelo como un seminarista religioso, no lo pudo soportar:

—Está bien, señor Betancourt, después de todo fue sólo una invitación a cenar.

—Sí, pero fue insensible de mi parte...

Y de ahí en adelante comenzaron a intercambiar disculpas y perdones hasta el ridículo, él exagerando la mezquindad de su acción, ella rebajando la severidad del desatino de su jefe, hasta el punto en que las deformaciones por la excesiva consideración de ambos hizo irreconocible el acto original. Había que canalizar de alguna forma tanta cortesía derrochada de parte y parte, así que, para colmar de contradicciones la situación, resolvieron ir a cenar juntos esa noche.

De la mesa del restaurante a la cama transcurrió una semana. Un mes más tarde afloraría el lado siniestro de esta relación.

El amor. Marta se enamoró de Agustín, pero éste tenía su corazón comprometido con el hotel y no podía corresponderle. Ni pensar en una relación más formal: su jefe era casado y jamás se divorciaría por no dividir los bienes gananciales. Estas contrariedades no fueron suficientes para aplacar en Marta el deseo de tener a Agustín y el deseo de ser deseada de igual forma por él. Él no era Agustín, era la imagen de éste creada por ella y con poca congruencia con el de la realidad.

No era que a Marta le faltaran luces para darse cuenta del desafecto de su jefe, cómo no iba a darse cuenta, si fuera de la cama era un hombre frío, de humor burocrático y cariño desabrido. Sucede que nuestra heroína hacía un esfuerzo deliberado por obviar los detalles infelices de su amante y de este modo dignificarlo como el protagonista perfecto de su pasión. Cuando esta recreación telenovelesca parecía sucumbir al embate de una realidad menos vistosa y pedestre, Marta renovaba su fe en la relación acostándose con su amado.

En el paroxismo de la carne, Marta encontraba el mejor libreto de su amor por Agustín. Era en la cama donde ambos amantes se buscaban y se encontraban a plenitud. Él, cartógrafo mil veces experimentado, gustaba de suprimir con la boca el liviano cuerpo de ella, ensalivar los nudos de piel tras las orejas, en las rodillas, en cada vértebra de la espalda, mamar ambas axilas, cada dedo de ambos pies para despeñarse luego por las pantorrillas y los muslos hasta los labios empapados. A punto de venirse ella, él cedía y la dejaba hacer. Ella entonces lo volteaba boca abajo y lo lamía desde el cuello hasta los tobillos con un ritmo en *staccato* que no dejaba de sobresaltarlo. Con cada lamida, mordida o roce de sus dedos, ella descubría para él nuevas zonas erógenas hasta entonces desconocidas. A pesar de que sus caricias eran más de ternura que de pasión, cuando ella volteaba el cuerpo enorme de él descubría una erección masiva y abanderada que ella, coqueta, mortificaba con el roce de su cabello largo. Desentenderse de aquella erección era imposible, pero ella porfiaba en hacer el amor a todo su cuerpo, por lo cual se requedaba trazando puntos de saliva en su pecho.

Después de este preámbulo, empezaba ¡por fin! el descen-
so sinuoso al sur. Besaba sin prisa cada centímetro de su
incipiente panza, no dejaba de apreciar con ternura la
piel fláccida de sus caderas hasta que el olor a almizcle la
atraía como una bacante. Oler su sexo era el preámbulo
que la embriagaba y la hacía sentirse voluptuosa y en
control. Luego se regodeaba chupando el fruncido saco
de su amante antes de mamarle el grueso tallo de abajo
hacia arriba. Al llegar al glande se detenía, miraba a su
amante a los ojos, y sólo tras leer el ruego lujurioso de él,
abría grande la boca.

De ahí en adelante la relación sexual era un mapa
abierto a todo tipo de exploraciones que culminaban
con el estallido, casi siempre simultáneo, de ambos. Esta
convergencia de los cuerpos, con sus espasmos y metas de
galaxia, alimentó por meses el deseo de Marta de amar a
Agustín.

8

Fuera de la cama Agustín era un comerciante gris, un
ciudadano anónimo que chapoteaba en su vida como un
roedor en una salsa. Un asco. Pero incluso los seres más
ruines de la ciudad necesitan y procuran alguna forma
de belleza para sus vidas. Para Agustín un hotel era el
colmo de lo bello, es cierto, pero recién había comenzado
a administrar The Greenhouse, mientras que desde muy
joven había hecho el amor con minuciosidad de orfebre.
Talento le sobraba, dirían con malicia muchas que goza-

ron de él. Sin embargo, más allá del talento natural entre sus piernas, Agustín había sido y era un amante atento, curioso y juguetón. Creativo. Aventurar una nueva caricia le producía el mismo placer que a un pintor descubrir una nueva técnica pictográfica. Claro está que el lienzo de Agustín era la piel sensible de una mujer, por lo cual no resultaba extraño que ésta pudiera confundir cada novedosa caricia con una demostración de amor. Así le había ocurrido a Marta, aun cuando su jefe jamás le hubiera prometido la luna ni las estrellas. Era incapaz de entender que Agustín era un esteta del sexo. Ni más ni menos.

Pero para Marta no era suficiente. Su amor era caníbal. No se conformaba con comerse el cuerpo de Agustín, sino que deseaba con vehemencia comerse su corazón también. Comérselo como una sandía y que con cada mordisco chorrearan por las comisuras de los labios las *frases te amo*, *te necesito* y los adverbios *siempre, jamás*. Comérselo entero como si fuera la última cena. Comérselo sin temor a indigestarse, con gula, con violencia despiadada. Comérselo como animal que depreda su presa.

Su estrategia era imposible, mística: llegar al corazón de Agustín a través del cuerpo. Para mantener su amor en pie, a Marta le urgía trazar una y otra vez el mismo puente de saliva, sudor y semen, la única ruta capaz de arrancar a Agustín palabras como amor y locura: el regreso al Edén. Este paraíso, aunque efímero y convulso, era bello, por lo cual Marta volvía o intentaba volver a él con tanta frecuencia que privaba a su amante de la ausencia necesaria que nutre el deseo.

—Me vas a matar —le dijo Agustín una noche luego de

un maratónico encuentro sexual.

—Te voy a comer —contestó ella reanudando las caricias.

Agustín ya no tenía cuerpo para aguantar semejantes trotes y se cansó. Comenzó a asociar el cuerpo de Marta con su dolor de próstata cada vez más frecuente. Hacer el amor dejó de ser una aventura estética para convertirse en una ceremonia tediosa. Ni siquiera la frase *Te amo, Agustín* en boca de Marta, lo envanecía ya; ahora lo irritaba. Lo descubrió una mañana en que vio en el espejo del baño dos corrugadas protuberancias rojas a ambos lados de su cabeza. Sus orejas, fruncidas y en carne viva, parecían comidas por una dermatitis severa. No le picaban, ni le ardían, apenas sentía una molestia parecida al calambre al tocarlas, pero fue suficiente para que Agustín se animara a romper la relación.

No tuvo el coraje de confesarle que no la amaba y que ya se había cansado del sexo. Resolvió romper poco a poco. Primero pretextaría estar cansado par de noches corridas para evitar acostarse con ella; luego, se mostraría frío ante sus palabras y gestos de ternura; más tarde, la dejaría plantada adrede en la próxima cita a cenar; finalmente, si ella no se hubiera animado a hacerlo antes, Agustín le propondría romper la relación. Era en suma un plan predecible que Marta descifró desde el principio. La segunda noche que Agustín pretextó cansancio, lo confrontó.

—Se acabó, te cansaste ya, ¿verdad?

Agustín, sorprendido, no atinó a contestarle ni sí ni no: "es que… bueno… la verdad… mira… déjame ver como lo digo… escucha… es que yo… yo no" –se enredó en muletillas que no iban a ninguna parte.

–No me trates como una imbécil. Habla claro.

"Sí, Marta, es mejor romper ahora". "No, no es por otra mujer". "No, no pienso volver con mi esposa". "No, no es por eso". "Tampoco por aquello". "Es que las orejas". "Las orejas". "Es que".

–Buenas noches, Agustín –se despidió Marta.

Los días subsiguientes transcurrieron en una calma ejemplar. Marta, hacendosa como siempre, siguió cumpliendo todas sus tareas en el hotel de forma impecable, excepto la de colar y servir café pues no iba a tener más pleitesías especiales con el jefe. Éste, por cierto, echó de menos el café matutino, pero no se atrevió a exigirle nada a su empleada; el rompimiento había sido tan reciente y ella lo estaba asimilando tan bien, para qué arriesgar ese sosiego.

Tres semanas después del rompimiento, Agustín recibió la cita del tribunal. Su esposa había presentado una demanda de divorcio por adulterio. Se alegaba en la demanda que Agustín había sostenido una relación extramarital de nueve meses con la Sra. Marta Pedreira, empleada suya del hotel The Greenhouse. Los pormenores de la relación adúltera detallados en el documento eran indicios claros de la colaboración de Marta con la parte demandante, pero aún así, al día siguiente, en el hotel, Agustín quiso escucharlo de la boca misma de su empleada. Ésta, que llevaba días anticipando este momento, resolvió la escena con una concisión fría y deliberada.

–Para que aprendas que conmigo no se juega –le dijo

y antes de que Agustín contestara le hizo gesto de que no dijera nada–. Adiós.

No volvió al hotel.

Pocos días después, sumida en un ensimismamiento enfermizo, comenzó a lacerarse el pecho al tiempo que fumaba en la mecedora de su apartamento.

9

Cuando Marta comenzó a trabajar en The Greenhouse, Eunice llevaba dos años laborando allí y conocía al dedillo toda la operación del hotel, razón suficiente para que el señor Betancourt la retuviera en su puesto de *front desk clerk*. Al momento de asumir la administración del hotel, éste había considerado despedirla y contratar a una mujer más linda y atractiva, pero cuando vio la diligencia con que trabajaba y su contagiosa simpatía con los huéspedes, resolvió quedarse con ella. Su simpatía no era fingida; así lo percibió Marta desde el primer día en el trabajo. Entre ambas se fraguó enseguida una relación fronteriza entre el compañerismo de oficina y una verdadera amistad. Al comienzo se telefoneaban con frecuencia, salían juntas a tomarse unos tragos o iban de compras al *mall*. No importaba cuál fuera el pretexto para salir, se buscaban para no estar solas y conversar. Esta incipiente amistad, sin embargo, cambió cuando Marta comenzó a acostarse con el jefe. Ninguna de las dos dijo ni explicó nada. No fue necesario. Ambas sabían que cuando hay un hombre de por medio todas las amistades pasan a un segundo plano.

Mientras Marta estuvo con Agustín, su relación con Eunice se enfrió, pero no desapareció del todo. Siempre se saludaban con cariño y de vez en cuando tomaban un café juntas, tiempo que aprovechaban para contarse los últimos acontecimientos de sus respectivas vidas. Si la realidad era desafortunada, como ocurría la mayoría de las veces, se inventaban historias. Marta, por ejemplo, podía decirle a Eunice que su relación con Agustín iba de maravillas, mientras que Eunice podía inventar en detalle una cita fabulosa con un guapísimo pretendiente. Ambas sospechaban la mentira agazapada, pero nunca se cuestionaron ni desmintieron entre sí.

Ahora que Marta no trabajaba en el hotel, Eunice se sentía desolada. Ya ni siquiera podía disfrutar de la presencia de su amiga. Quiso saber de ella e intentó contactarla varias veces, pero Marta nunca contestó el teléfono ni los mensajes que le dejaba en el contestador. Al cabo de un mes de incertidumbre, fue a visitarla. La encontró pálida, ojerosa y desgreñada, un trapo de mujer, sin el ímpetu que la caracterizaba. Ni hablar del apartamento: caos total. Cuando Marta vio a Eunice irrumpió en llanto y se dejó caer en los brazos de la amiga. Ésta comprendió: "Olvídate de esa decadencia humana, ese viejo pendejo no vale la pena", le dijo para reconfortarla. Entre ambas le dieron orden al apartamento. Más tarde, Eunice cocinó y cenaron juntas. Concluida la cena, Marta le pidió a la amiga que se quedara a dormir en su apartamento, "esta noche, al menos, no quiero dormir sola". Imposible negarse a una petición así. Se acostaron juntas, pero Eunice apenas pudo dormir. La proximidad de Marta y la fragancia de vainilla de las sábanas le provocaron un hormigueo sofocante en todo su cuerpo. Pudo conciliar el sueño, en las primeras horas de la madrugada, luego de frotar con delicadeza una rodilla con la otra. Muchas veces.

La mañana siguiente se levantaron tarde. Era sábado. Nadie esperaba a Eunice; nadie esperaba a Marta. Resolvieron, por lo tanto, pasar el día juntas. Marta le prestó un traje a Eunice y, después de desayunar, se fueron al *mall*; más tarde almorzaron en un *fast food* y tomaron unos tragos en un café. Conversaron y conversaron contentas de haberse reencontrado y poder contar cada una con la compañía de la otra. Quédate esta noche también. Me quedo.

Fueron a buscar ropa a casa de Eunice. La casa, aunque por fuera pareciera un bloque de cemento más, estaba decorada con primor por dentro. Marta elogió el buen gusto de su amiga, mientras observaba con detenimiento un biombo marroquí en la sala. En una de las paredes del pasillo central, sin embargo, un pequeño cuadro discordaba con el resto de la decoración. En un campo sembrado de girasoles, una mujer desnuda y sentada en la tierra lamía un espárrago con los ojos cerrados. La pintura comunicaba un erotismo desafiante. El gesto de la mujer era algo exhibicionista y era lo más inquietante del cuadro: la mujer sabía que la miraban, contaba con la mirada de otro, de manera que al observar la pintura el espectador quedaba implicado en la acción.

En el camino de regreso a su apartamento, Marta no dejaba de pensar en la mujer del cuadro. Había algo obsceno en ella, algo que le repugnaba y le atraía al mismo tiempo. La mujer proyectaba un erotismo franco, sin tapujos, sin el pedestal de la pintura masculina, tan dada a la objetivación. Curioso que la forma en que la mujer lamía el espárrago no tenía la connotación fálica trillada. Curioso que Eunice colgara un cuadro así, a pesar de que rompía con la armonía de la decoración. Curioso que Marta pensara tanto en la mujer del cuadro y en Eunice como si ambas fueran la misma persona. Eunice, que había notado a su amiga distraída desde hacía rato, adivinó la causa.

—Te voy a preparar mi receta de espárragos —anunció.

Compró los espárragos y los cocinó en casa de Marta. Luego, le explicó con una demostración la forma correcta de comerlos: "agarras fuerte el tallo, cierras los ojos, lames la yema para gozar toda su textura, luego muerde". Al observarla Marta entendió. No dijo nada. Eunice tampoco.

Esa noche bebieron una botella de *shiraz* australiano y escucharon la música de Yanni y Andrea Bocelli. Hablaron poco. Marta, sumida en sus pensamientos sobre el cuadro, había perdido su gracia social; Eunice, relajada, parecía transportada por la música. Sólo salieron de sus respectivos laberintos a la hora de dormir.

Volvieron a acostarse juntas. De nuevo la fragancia a vainilla y la proximidad de Marta sofocaban el cuerpo inquieto de Eunice. No podía dormir. Marta tampoco. Ambas se daban la espalda; ambas sabían. "Es el cuadro, ¿verdad?" Una se volteó hacia la otra que se quedó inmóvil. "Sí." Con extrema delicadeza una comenzó a acariciar el cabello de la otra. Un susurro: "ven". Entonces la otra, siempre de espaldas, se fue acercando poco a poco hasta llenar el hueco tibio del abrazo de la amiga.

Marta durmió mal. Soñó por primera vez con un vagabundo que la acechaba en una avenida solitaria tarde en la noche. Ella, un gato negro en el sueño, vio venir al vagabundo y se situó entre dos hediondos depósitos de basura con la intención de pasar inadvertida. Inmóvil como una esfinge, se dio cuenta tarde que el camuflaje no había servido. Justo cuando el vagabundo la agarraba por una pata, despertó empapada de sudor. Sintió la pierna de Eunice sobre la suya y la apartó con delicadeza. Sueño malo, se dijo como una niña.

Estaba arrepentida por lo ocurrido la noche anterior. En el desayuno quiso decirle a Eunice, pero ésta le pidió que por favor no, no hacía falta, ya sabía y no quería arruinar el recuerdo. "Es que todo cambia: nuestra amistad, la manera de vernos la una a la otra, la forma de sentirnos juntas, todo, todo, yo no puedo quedarme como si nada, tengo que hablar". "Habla de lo que quieras, menos de eso. De eso no se habla". "Pero es que". "Pero es que nada". "No quiero que te confundas". "Yo estoy clara". "Yo no soy". "Lo sé". "Fue una locura". "Fue bello y ni tú ni nadie me va a echar a perder el recuerdo".

Marta, inconforme, quería a como diera lugar verbalizar su incomodidad: desconstruir, deshilachar, desvanecer lo vivido. Pero Eunice fue férrea en defender la integridad del recuerdo y no capituló a los escrúpulos de su amiga. Se acercó a Marta y le besó la frente.

—Me voy. Si me necesitas sabes cómo conseguirme.

No volvieron a verse ni a telefonearse siquiera. Por respeto mutuo. Eunice no habría querido incomodar a Marta, y ésta no habría querido manchar el recuerdo tan atesorado por aquélla. Lo vivido, vivido estaba. Sin reproches ni remordimientos.

La experiencia con Eunice inició una tregua en el recuerdo amargo de Agustín. Durante esta tregua Marta obtuvo un buen puesto en una compañía de teléfonos celulares o de planes médicos, da igual. La intensidad de su trabajo en la compañía se tradujo en una producción excelente y excedente que lindaba más con la creatividad artística o la obsesión compulsiva que con cualquier otra cosa. Quería olvidarse de todo, desprenderse del pasado y entregarse a la vorágine del presente: papeles, agendas y reuniones de staff. Su trabajo era la anestesia contra el recuerdo.

Funcionaba, sí, de ocho de la mañana a cinco de la tarde, mientras ceñía su cuerpo a la etiqueta oficinesca. Pero una vez llegaba a su apartamento y confrontaba su cuerpo antes, durante y después de la ducha, Marta a veces cedía a las urgencias del deseo. Y el deseo estaba hecho de un mosaico de recuerdos, entre los cuales, inevitablemente, se destacaban los vividos con Agustín. Era como si su cuerpo estuviera tatuado de las caricias de su ex amante y éstas pervivieran a otros cuerpos y al paso del tiempo. Por no acariciarse y perpetuar la memoria erótica de su antiguo jefe, Marta volvió a rasgarse el pecho.

10

Su nuevo trabajo, que en los primeros meses se había convertido en la tregua a sus martirios, perdió su encanto el día que el Presidente (hombre divino y omnisciente pero de bragueta hiperactiva) le insinuó a Marta que se acostaran juntos. Ya conocemos la respuesta de nuestra heroína a tan deshonesta proposición, pero falta destacar el empeño que el Presidente puso en vengar la presunta afrenta de su empleada: obstaculizó sus intentos por subir en el escalafón ejecutivo de la empresa; siempre le exigía que cambiara dos y tres veces detalles cosméticos en sus informes escritos; le encomendaba trabajos especiales que correspondían a otros departamentos; y, lo más mortificante, trasladó al departamento de Servicios al Cliente a Zuria, una empleada cuya antipatía hacia Marta se materializaba en continuos saboteos al trabajo, que aunque se reportaban a la alta gerencia, siempre quedaban impunes.

Soñaba a menudo con un vagabundo que la acechaba en una avenida solitaria tarde en la noche. A veces el vagabundo era Eunice, o Zuria, o ella misma; otras veces era Cerruti, el Presidente o Agustín. Conforme seguía soñando la misma pesadilla, más se disgregaba la identidad del vagabundo sin que aminorara el pavor vívido de ser agredida.

Ahora el infortunio acechaba a Marta las veinticuatro horas del día. En el trabajo era Zuria quien hacía su vida imposible; en la tarde y la noche era la laceración del pecho en la mecedora; en las horas de sueño, el vagabundo. Volver atrás, digamos refugiarse en su amistad con Eunice o regresar a su vida en Argentina, sería como tratar de recuperar la inocencia o rendirse a la nostalgia, una perfecta estupidez, diría Marta, siempre implacable consigo misma. No podía fingir inocencia para volver al pasado, ni ilusionarse con un futuro que a la larga era saboteado por otros. Tampoco encontraba desahogo en un presente que apenas nacía, dejaba de ser. Sin apoyo fijo en ningún tiempo de la historia, sentía que su integridad de protagonista se deshacía. Era como si poco a poco se fuera convirtiendo en un personaje atemporal, incorpóreo, un espectro de humo en una ciudad que era capaz de convertirla en fósil de la memoria, en sueño, en nada. Al principio fue sólo la continua sensación de *déjà vu*, el presentimiento extraño de que cada nueva experiencia no era más que la repetición de otra vivida antes. Sentía que no vivía para ella, sino que representaba con torpeza la vida de otro ser como una actriz que no se ha aprendido bien sus parlamentos. El desarraigo empeoró cuando comenzó a perderse en los espejos. En ocasiones, cuando se miraba en el espejo por la mañana o justo antes de acostarse a dormir —con el pecho lacerado por sus uñas—, Marta no encontraba su reflejo detenido. Veía una imagen trémula y evanescente, como si se mirara en un charco agitado por la brisa o la lluvia. Si esforzaba la vista con la intención de fijar la imagen como un retrato, era peor. La imagen entonces se volvía opaca y se agitaba frenéticamente en el cuadrángulo de cristal como si pugnara por salir. Cuando Marta se apartaba del espejo, la imagen, liberada de su origen, se dispersaba como una nube de vapor por toda la ciudad.

La noticia del asesinato de Agustín le devolvió una imagen concreta de sí misma. Presuntamente, según la prensa, el homicidio se debió a una deuda del occiso con algún narcotraficante de la ciudad. Las imágenes televisivas, al principio, anestesiaron las emociones de Marta. Pero más tarde, cuando confrontó la idea de la ausencia permanente, lloró y lloró y siguió llorando hasta el cansancio. Dejó definitivamente de lacerarse el pecho. Sabía que muerto su ex amante, ya no podría seguir sufriendo por un pasado irrecuperable.

Quién sabe si comenzó a hacerlo por jugar al escondite con su ser o por jugar al detective consigo misma, o tal vez un poco por ambas razones (o por ninguna de las anteriores), el hecho es que de viernes a domingo Marta se perdía por los bares de la ciudad. Evitaba los pubs por considerarlos como espacios de cacería sexual, muy estilizados, de decorado metálico y música de moda. Pensaba que entrar a un pub sola era costumbre de mujeres casquivanas o desesperadas por conseguir sexo o algo de compañía. Prefería los bares porque siempre tenían aspecto pueblerino, con sus dos o tres taburetes tambaleantes, sus desgastados carteles de mujeres en bikinis y una vieja vellonera con discos que nunca pasaban de moda entre los alcohólicos más veteranos. El bar era uno de los pocos espacios nostálgicos de la ciudad y tal vez el único rincón donde ser un fracasado de la vida no era un estigma social. Era también un espacio masculino y ése era uno de los atractivos principales para Marta. Las pocas mujeres que lo frecuentaban eran putas o mujeres venidas a menos por el desamor, las drogas o el alcoholismo, categorías que no aplicaban a Marta. Por esto, no más entraba en un bar por primera vez, los hombres bebiendo y jugando billar se detenían para examinarla. Una mezcla de lascivia e incomodidad reinaba en el ambiente. Como si no fuera con ella, Marta se acomodaba en el primer taburete que encontraba libre, pedía una cerveza, encendía un cigarrillo y empezaba a conversar con el barman. Si algún hombre se acercaba a hacer alarde de casanova, Marta le decía con firmeza que no, gracias, no estoy buscando macho. Si el susodicho persistía en su necedad, entonces le pedía al barman que interviniera. Ya entonces el incordio y los demás la dejaban quieta y ésta se entretenía bebiendo y observando a los hombres jugar billar o dominó durante horas. Al cabo de unos días, cuando su presencia se volvía habitual para los asiduos del bar, Marta perdía interés y dejaba de ir. Sabía que acabada la novedad, sobrevenía la costumbre de verla como un mueble más del local, como si ella fuera una más de allí. Y no era cierto. Marta sabía que no era cierto. Ella estaba en otra parte, siempre en otra parte. Sencillamente era tiempo de buscarse (o desencontrarse) en otro lugar.

Zigzags del Hotel La Esperanza

Otra vez Moisés y Elías estaban peleando. En esta ocasión el cacareo de insultos y malas palabras venía del pasillo central. Casi todos los residentes se asomaron para averiguar y tener de qué hablar por el resto del día, pero nadie se animó a intervenir. La pelea, como siempre, era desigual. La mayoría de los golpes de Moisés aterrizaban en la cabeza de Elías, mientras que los puños de éste apenas magullaban el hombro de aquél. Ambos estaban en silla de ruedas, en eso estaban a la par, pero Moisés era más fuerte y había sido boxeador, en tanto que el pobre Elías había perdido una pierna por la diabetes. Era un abuso. Yo no podía quedarme con los brazos cruzados.

—Déjalos que se maten, Chu —me dijo Urrutia, mi compañero de habitación.

Nadie reaccionó al comentario de Urrutia. Lo que hace el hábito: aquellas peleas entre Moisés y Elías, que al principio habían provocado indignación, ahora eran motivo de morboso regocijo, el más celebrado espectáculo del Hogar La Esperanza. A Urrutia no le dije dos o tres cosas en ese momento porque estábamos cerca de la habitación de Tina, una dama.

El personal de turno llegó a resolver la situación cuando ya don Jesús había separado a los contrincantes. Si no es por ese hombre, este hotel estaría perdido. Yo ya ni me asomo a ver lo que pasa, pues ya se sabe, Moisés y Elías son como perro y gato, y siempre que pueden se caen a golpes como niños de escuela. Una vergüenza. Yo ni trato con ellos, ese Moisés que es un viejo tan imprudente, es capaz de decirme una grosería, y Elías, aunque se ve más tranquilo, nunca cambia los *boxers* por una ropa más prudente, con la consecuencia infeliz de mostrar mucho más que el muñón de su pierna cortada. Casi nadie los visita, son muy gruñones, y en el hotel todo el mundo les saca el cuerpo. Todo el mundo, menos don Jesús.

Me llaman el alcalde. Quizás porque soy el inquilino que más tiempo lleva en El Hogar La Esperanza. Conozco a todo el mundo aquí. Me gusta hablar y no es una manía de viejo, siempre fui así. Y trato, claro, de socializar con todo el mundo. Juego barajas con las *Goldies* del 109, dominó con Papo y los muchachos del ala sur, como semillas de girasol mientras acompaño a los de la fototerapia mañanera, y ayudo a servir la comida cuando la artritis en las manos me lo permite. También visito a los inquilinos más tímidos o resguardados, los solitarios y solitarias de aquí, aquellos que evitan la compañía de los demás. Ahí en el 114 está Santitos, Chacha en el 120 y, claro, Tina, en el 107. Una dama.

Vivo hace diez años aquí, desde que muriera Pedreira, mi marido. Los días los paso leyendo y bordando en un mundillo. La televisión no me gusta, me marean las imágenes: todo sucede tan rápido y es tan vertiginoso y presentan cada vulgaridad que prefiero no ver nada para que no se me ensucien los espejuelos. Pero con la radio me mantengo al tanto de todo lo que pasa. Los vietnamitas del norte están ganando la guerra y Franco sigue en el poder. Yo espero no morirme sin antes ver a Luis Muñoz Marín fuera de Fortaleza. Sólo entonces el verdadero progreso llegará a la isla. Mientras tanto, nos arropa la ola del crimen con todo y la Guardia Nacional en los caseríos. Yo por eso nunca salgo a la calle. Los empleados del vestíbulo me lo previenen siempre, no se puede salir afuera, doña Tina, es por su bien. Son tan gentiles.

La primera vez que la vi fue en medio de una situación embarazosa, no para mí solamente, sino para todos en el Hogar. Quipo, un viejo zalamero que siempre irritaba a las inquilinas con sus proposiciones indecorosas, se encontraba en pelotas gritando barbaridades en el pasillo central. Ante aquel escándalo todo el mundo salió a ver qué pasaba y descubrió aquel pájaro guindando. Era oscuro y alargado y al verlo podía pensarse que se trataba de un chango en reposo. Quipo estaba echando sapos y culebras por la boca, sin el menor asomo de pudor: Chispa, una vieja vivaracha, no quiso hacer nada con él después de haberlo admitido en su cuarto. Estaba tan molesto que había salido de la habitación sin ponerse la ropa que en vano se había quitado.

—Guarda ese culebrón, viejo verde —dijo una de las ancianas asomadas.

Era Tina. Quipo, fresco como siempre, se la meneó de lado a lado, antes de decirle que se la guardara ella misma. Tina dijo que venía enseguida y en medio minuto salió de su cuarto con una enorme tijera en la mano.

—Ven, que te la voy a guardar.

Quipo se agarró el sexo atemorizado. En eso llegó el personal de turno e intervino en la situación. El viejo, con el chango todavía entre las manos, se defendió arguyendo que la vieja de la tijera tenía intención de castrarlo, pero el personal no le hizo caso. Aquel plante de estatua griega venida a menos fue suficiente para que lo amonestaran allí mismo delante de todo el mundo. A Quipo no le importó. Acababa de descubrir su vocación de exhibicionista, una manera infalible de escandalizar hasta las más indiferentes de las inquilinas. Infalible con todas, menos con Tina.

En un hotel la gente entra y sale sin dejar sus memorias. Todo es ajeno en un hotel (los muebles, las toallas, las plantas de plástico) y hasta la privacidad está limitada a diario por el personal encargado de la limpieza. Por esto cualquiera es capaz de hospedarse unos días en un hotel, pero muy pocos podrían vivir en uno como yo. Casi toda mi vida viví en una casona preciosa en Cupey, cuyo jardín, siempre lleno de flores, era cuidado celosamente por mí. La jardinería era mi mayor pasión entonces. Pero al morir Pedreira se me acabó el arte y abandoné las miramelindas y los dondiegos a la yerba mala. Aquella casona donde había criado a mis hijos se volvió inmensa tras la muerte de mi marido. Un laberinto de recuerdos. Dondequiera me tropezaba con pedacitos del difunto como si todos los objetos, incluso los más impersonales (como la tostadora), estuvieran tatuados de él. Era insoportable. Me sentía velada y perseguida por él a todas horas y en cualquier lugar. Hasta en el baño se asomaba a través de los azulejos, él que en vida jamás se hubiera atrevido a entrar sin antes tocar a la puerta. Ocho meses huí de él; luego hubo una tregua de tres meses, el tiempo que Martita, mi hija, pasó conmigo. Pero en cuanto Martita regresó a su hogar en Argentina, se reanudó el acecho del difunto. Por esto, no más se cumplió el primer aniversario de la muerte de Pedreira, vendí la propiedad y me mudé a este hotel. Tuve, sin embargo, la precaución de fotografiar toda la casona antes de venderla. De esta manera, cuando siento que el hotel es un lugar sin memorias, transitorio y ajeno, cuando sentir todo esto me pesa un poco, me entretengo viendo las fotos del álbum.

Hace cuatro años se inauguró El Último Oasis, el nombre original de El Hogar La Esperanza. Era entonces una pequeña empresa familiar. Celestino Castañer, un joven empresario de cuarenta y tres años, era el dueño de la propiedad, el encargado de las finanzas y de la compra de todos los materiales y víveres necesarios para el buen funcionamiento del lugar. Aurelia Castañer, sobrina de Celestino, era la única enfermera y estaba encargada de todos los residentes aunque, de noche, también hacía de supervisora de las instalaciones. Tenía el temperamento severo de una directora de escuela y jamás se equivocaba en los horarios de las medicinas. Sus colmillos eran de plata y nunca reía. Si bien vestía de blanco como cualquiera de su oficio, los residentes la tratábamos como a un condecorado general del ejército. Así de intimidante era.

Por último, estaba Fabricia Rivera, hermana de crianza de Celestino, quien se encargaba de la limpieza y de la cocina. Cocinaba riquísimo.

Al principio había sólo cinco residentes: don Plinio, don Gumersindo, doña Generosa, don Paco y yo, el más joven de todos. El Hogar era entonces una casona de seis habitaciones, con un balcón a vuelta redonda y un amplio patio trasero con un enorme árbol de aguacate. No era enorme la casona pero estábamos cómodos. Yo por ser el más parlanchín de los residentes, rápido hice amistad con Celestino. Creo que el hecho de que ambos compartíamos la experiencia de varios divorcios y la desdicha de no poder procrear, nos volvió casi confidentes. Yo le contaba anécdotas de mis años mozos, mientras él, dedicado a la compra y venta de propiedades, me decía que había decidido abrir El Último Oasis para asegurarse un lugar digno donde pasar los últimos años de su vida. Es una pena que mudara de parecer en tan poco tiempo. En menos de un año de inaugurado el Hogar, decenas de personas de las urbanizaciones adyacentes habían venido a solicitar una habitación, al menos una cama, donde albergar a sus padres y abuelos ancianos. Era una locura: de pronto medio mundo quería deshacerse de sus viejos. Ni lento ni perezoso, Celestino comenzó a hacer lo que él llamó los *acomodos razonables*: convirtió las habitaciones, hasta entonces individuales, en cuartos para dos o tres inquilinos. En nada, de cinco aumentó a dieciocho la cantidad de residentes. Pero la gente no paraba de traer a sus viejos y entonces Celestino ordenó la ampliación de las instalaciones. Durante meses, además del hacinamiento ya existente, tuvimos que sufrir las inclemencias del ruido y el polvo de la construcción. Aurelia, La Generala, como le llamábamos los cinco residentes originales, abandonó su oficio de enfermera, no su humor insecticida, para convertirse en gerente del Hogar a tiempo completo. Apenas hubo terminado la ampliación de las instalaciones y empezaron a llenarse las habitaciones, Celestino se desvinculó casi por completo del Hogar; otros negocios, me dijo, lo reclamaban. Desde entonces viene cada tres o cuatro meses, se encierra en la oficina con La Generala y luego se va, sin saludarnos siquiera. Hace tiempo que no puedo referirme a él por el nombre de Celestino sin añadir *el Intestino*: por comemierda.

No todo fue miel sobre hojuelas, como hubiera querido Intestino, pues tras la construcción comenzaron a morir algunos residentes. Doña Generosa, aquejada de asma, fue la primera. Poco después, el corazón de don Plinio, que padecía de taquicardia, no pudo tolerar las continuas discusiones de sus compañeros de habitación. Dos meses más tarde, don Paco y don Gumersindo tuvieron igual suerte, aunque por motivos desconocidos. Según La Generala, murieron *de viejo*. Esta sucesión de muertes creó cierta alarma entre el resto de los residentes, quienes comenzaron a pedirles, en ocasiones a suplicarles, a sus familiares que los cambiaran de asilo. No se fueron todos, por supuesto, sino apenas un puñado, pero fue suficiente para que La Generala, con el aval de Celestino, reformara el orden de cosas en el Hogar. Primero, aumentó y escalonó las tarifas conforme al acomodo deseado y el bolsillo del residente. De este modo, quienes pudieran pagar más, mucho más, no sólo tendrían derecho a una habitación propia, sino a una mejor dieta y otras atenciones especiales; los de tarifa intermedia, compartirían la habitación con un solo residente; y los de la tarifa más baja seguirían hacinados en habitaciones para tres. Si bien el hacinamiento mermó considerablemente, la nueva distribución de las habitaciones, engendró una nueva tensión en el lugar: la segregación socio-económica. Yo, tal vez por ser el más veterano, nunca hice caso a esas diferencias y siempre me he llevado bien con todo el mundo, aunque reconozco que soy la excepción a la regla. El alcalde, me llaman todos, el alcalde de *El Hogar La Esperanza*. Con este nombre La Generala rebautizó el asilo: su segunda reforma. Según ella, El Último Oasis sonaba a fatalidad, mientras que El Hogar La Esperanza sugiere lo contrario. Como si un nombre fuera capaz de detener a la muerte.

No soy la única que reside permanentemente en este hotel. Un puñado de otras personas comparte conmigo este mismo primer piso. Casi todos son viejos problemáticos que debería estar en un manicomio. Alguna vez tuve una confrontación con uno de ellos, Quipo, un viejo verde que gusta de exhibir su pájaro a medio mundo. Un desvergonzado, en realidad. Varias veces me he quejado con la gerencia del hotel sobre ésta y otras conductas impropias y he solicitado que los responsables sean expulsados, pero nunca me hacen caso. Según el personal del hotel, se trata de residentes seniles, con los cuales tenemos que mostrar mayor tolerancia y comprensión. A veces me parece que tanta gentileza da pie al libertinaje. Gracias a Dios que siempre está por ahí don Jesús, el único inquilino decente de este piso. Es todo un caballero. No hay conflicto entre los residentes en que no intervenga para tratar de reponer la paz y la tranquilidad. Si no fuera por ese hombre, este hotel estaría perdido. A veces tomamos café juntos y se queda un rato a escuchar la radio.

Ha habido momentos en que he querido mostrarle mi álbum de fotos. Pero enseguida pienso que no, mejor no, para qué aburrirlo con mis nostalgias. Yo misma trato de ver el álbum lo menos posible. Si me mudé a este hotel fue, precisamente, para librarme de tantos recuerdos que ahora me apenan, y, claro, más que nada, para librarme de los ojos del difunto. Lo malo es que cada dos semanas, más o menos, viene mi hijo a visitarme. No es que lamente sus visitas como tal, a qué vieja no le gusta que la visiten, más si se trata de su familia. Lo que ocurre es que cada vez que observo el rostro de mi hijo me encuentro con los mismos ojos de mi marido. Él nota el sobresalto que provoca en mí, el pobre, y enseguida me dice para tranquilizarme: soy yo, mamá, soy yo. Es tan bueno mi muchacho.

No es un muchacho, como dice Tina, pero tampoco tiene las canas de un jubilado. Antulio debe tener unos cuarenta y cinco años. Tiene pinta de ejecutivo, siempre está trajeado, con su corbata impecable y un pañuelo rojo en el bolsillo delantero del saco. Lo conocí antes que a Tina, el mismo día en que ésta se mudó al Hogar. Recuerdo que me llamó la atención el hecho de que Antulio no ayudara a mudar las pertenencias de la nueva inquilina, sino que iba dando órdenes a un joven, subalterno suyo, para que hiciera todo. Se notaba que estaba acostumbrado a mandar. Yo, haciendo honor a mi apodo, me le acerqué para presentarme y, de paso, averiguar sobre mi nueva vecina. Antulio respondió con cordialidad a mi saludo y habló unos minutos conmigo; me informó que la inquilina era su madre, que estaba pasando por un periodo de transición y que se sentía un poco indispuesta, razón por la cual no había salido de la habitación. Me comentó que estaba muy sola y que él esperaba que con la compañía de gente como yo, comenzara a distraerse de la tristeza en que la había sumido la muerte de su esposo hacía poco más de seis meses. Cuando ya se iba, Antulio me dejó su tarjeta para que me comunicara con él en caso de una emergencia. Muy amable, muy C-E-O de Látex Corp., pensé al leer la tarjeta de presentación. Al irse me di cuenta de que en ningún momento Antulio me había estrechado la mano y que, salvo para darme su tarjeta, en todo momento había mantenido ambas manos en los bolsillos de su pantalón. Era como si quisiera ocultarlas o protegerlas de los demás. Meses después, cuando ya mi relación con Tina comenzaba a tomar la forma de una amistad, me atreví a comentarle lo extraño que me había parecido el comportamiento de su hijo. No estaba listo para su reacción.

—Mi hijo es un hombre intachable y no aguanto que ni usted ni nadie me diga, ni siquiera me sugiera, lo contrario.

—Pero Tina…

—Pero nada. Su observación de mi hijo es equivocada y viciosa.

—No fue mi intención…

—Olvídese, don Jesús. Quiero que entienda, simplemente, que de mi hijo no se habla.

Jamás le dije una palabra más de Antulio.

No niego que disfruto las visitas ocasionales de don Jesús, pero si por alguna razón dejara de pasar por aquí, no creo que lo vaya a extrañar demasiado. En realidad no echo de menos la compañía de un hombre. Siempre fui así, incluso antes de que muriera el difunto. Pedreira viajaba con mucha frecuencia por razones de negocios, a veces por par de días, a veces por una semana, tiempo que yo aprovechaba para hacer mis cosas sin la prisa ni los horarios que la rutina conyugal exige. Lo primero que hacía no más Pedreira se montaba en un avión, era desconectar los relojes eléctricos, incluso el enorme reloj de péndulo del zaguán. Libre para hacer lo que quisiera, no soportaba el falso campaneo de ese reloj recordándome a cada hora el tiempo que me iba quedando en el día. El difunto siempre vivió obsesionado con que el reloj de péndulo estuviera a la misma hora del reloj del Banco Popular de la Milla de Oro, ni un segundo más ni un segundo menos. A mí me irritaba un poco su manía, pero jamás le dije nada para no molestarlo. Lo peor era que en los días de trabajo normales de mi esposo, el reloj de péndulo era como un sargento que supervisaba y medía hora por hora mis faenas domésticas. No lo soportaba y, como no había manera de eliminar el sonido de sus falsas campanadas, yo me tapaba los oídos con cera para no escucharlo. Pero era un remedio parcial y, en ocasiones, inservible: había días en que no podía dejar de imaginar su obsesivo campaneo y me sorprendía a mí misma verificando la hora a cada rato.

¡Qué distinto era todo cuando pasaba unos días sola! Me levantaba a media mañana, no hacía la cama, preparaba el café en la tarde y andaba en bata todo el día. Fregaba cuando me antojaba, comía sólo cuando tenía hambre, no planchaba, no lavaba ropa y dejaba el radio encendido toda la noche cuando no leía o releía algún libro. Si hacía calor, mucho calor, o deseaba estar más cómoda conmigo misma, andaba desnuda por toda la casa; si hacía frío no me bañaba. En otras palabras, cuando estaba sola era libre de hacer lo que quisiera y hacía justamente lo que jamás me hubiera atrevido a hacer en presencia de mi marido.

Lamenté la muerte de Pedreira, por supuesto, pero pronto me consoló la idea de que por fin podría vivir mis últimos días a mi manera, sin tener que rendirle cuentas a nadie. Enseguida, sin pensarlo dos veces, regalé el reloj de péndulo a un vecino ingeniero. Era un hombre joven y como tal se desvivía por pautar sus días por el reloj. Yo no y a mi edad, menos todavía. A mi edad vivo sin prisa, día a día, minuto a minuto. Hasta que la muerte me reclame.

Creo que me enamoré de Tina el día en que me enseñó su álbum de fotos. Fue a principios de diciembre, una mañana fría en que desperté con la mano derecha agarrotada por los estragos de la artritis. Por más linimento que me untara, no logré que el anular se plegara en sus coyunturas. Era potencialmente obsceno: si contraía voluntaria o involuntariamente los demás dedos, como para formar un puño, parecería que le estaba parando el dedo malo a alguien. Un gesto ofensivo para cualquiera, pero todavía más para inquilinos como los de aquí, acostumbrados a hablar y hablar sobre la inmoralidad del presente y las bondades del pasado. Esa mañana decidí llevarle café a Tina; sujeté la taza con la izquierda y me guardé la derecha, con el anular erecto y adolorido, en el bolsillo del pantalón.

—Buenos días —le dije ofreciéndole la taza humeante.

Tina me observó y se sonrió. Su cara expresaba alegría y sorpresa. Lucía radiante.

—¡Qué grata sorpresa, mi amor! Yo que pensé que no vendrías hasta el sábado.

—Hoy es sábado —le dije, todavía sin recuperarme del *mi amor*, una frase cariñosa que jamás había escuchado de sus labios en los ocho meses que llevábamos de amistad. Yo no sabía dónde meter la cara que supuse roja como un tomate por mi timidez en el trato con las mujeres. Es de las pocas cosas que, lamentablemente, no he cambiado desde mi adolescencia.

—Sí, es verdad —rectificó—. Es que como nunca me visitas tan temprano en la mañana.

—Pero si siempre la visito por la mañana...

—Tal vez—. Ahora Tina parecía turbada por su propio asombro. Una sombra de duda se garabateó entre sus cejas. Escrutó con la mirada mi guayabera y el bulto de mi mano en el bolsillo derecho del pantalón. Debo estar volviéndome chocho pues no fue hasta ese momento que me di cuenta que Tina me había confundido con su hijo.

No me atreví a aclararle nada.

Ella tampoco.

Se había dado cuenta del desliz, era obvio, pero prefirió hacerse la desentendida y hablar de otra cosa como si nada hubiera ocurrido.

—Siéntese, don Jesús. Quiero enseñarle algo.

Su habitación, mucho más espaciosa que la que yo compartía con Urrutia, tenía una cama enorme, un tocador, un armario de caoba, una mesita con dos sillas de mimbre y una mecedora de cedro. Iba a sentarme, como de costumbre, en una de las sillas de mimbre, pero Tina me dijo que no, que me sentara en su cama. La ocasión, me dijo con solemnidad, lo exige. Cuando ya me sentía a salvo del bochorno, el tomate volvió a calentarme el rostro. Por suerte, Tina apenas reparaba en mí, estaba concentrada en abrir el armario cerrado con llave. De él extrajo una caja rectangular bastante voluminosa; de la caja extrajo el álbum de fotos.

—Son como diez libras de memorias —me dijo—. Compartirlas con usted, me aliviará un poco del peso del pasado.

Durante dos horas más o menos Tina me hizo un compendio fotográfico de su vida. Su método me pareció curioso: en lugar de comenzar desde las fotos más antiguas hasta llegar a las más recientes, prefirió mostrármelas en un orden regresivo. Era como leer un libro al revés.

—A nuestra edad, don Jesús, es el único orden de la vida —me aclaró.

Poco a poco fuimos viendo las fotos. Primero le mostré las de la casa de Cupey; la foto del baño con los azulejos me produjo un breve escalofrío que disimulé lo mejor que pude. Por fortuna fue la única que me impresionó así. Las demás, incluso todas las del difunto –con aquellos ojos azules, siempre implacables– me resultaron más bien lejanas. Hacía más de un año que no miraba el álbum. Nunca en los cinco años que llevo viviendo en este hotel había dejado pasar tanto tiempo sin mirarlo y ciertamente nunca me había sentido como en ese momento. Me sentía aliviada. Era como si mi vida en el hotel hubiera acumulado la memoria suficiente para librarme de mi pasado con Pedreira.

–¡Estoy tan contenta de que esté aquí conmigo!

Pensé por un momento que Tina me había vuelto a confundir con su hijo, pero no, su mirada y su sonrisa eran para mí. Un hermoso regalo para mi rostro fruncido de arrugas. Ya habíamos visto las fotos de su casona en Cupey, las de sus nietos, las de la boda de Antulio, las de su hija Marta junto con sus dos ex esposos, las fotos de distintas vacaciones en lugares tan remotos como Isla de Pascua y Bombay, las fotos de graduaciones, de cumpleaños y quinceañeros y de algunas fiestas corporativas de Látex Corp.; vimos las fotos de la primera comunión de cada uno de sus hijos, las fotos –ya en sepia– de los bautizos de éstos, de Tina preñada de Marta y de Tina preñada de Antulio. Alcanzamos a ver las fotos de Tina en su luna de miel en Florencia, las de su boda con el difunto Pedreira en Casa España y algunas de las fotos de la pareja cuando eran novios. Ya apenas quedaba un par de páginas por ver del voluminoso álbum y, lógicamente, pensé que estas fotos del noviazgo de Tina y Pedreira serían las últimas. Pero estaba equivocado. El álbum, la historia regresiva del álbum, terminaba con dos fotos de Tina sola en un campo de Aguas Buenas. Tenía entonces veintidós años. No se había casado, ni siquiera había conocido a quien sería su futuro esposo.

—A nadie le he enseñado estas fotos antes —me dijo al tiempo que pasaba la última página del álbum.

En una Tina aparecía vestida con ropa de hombre, en la mano derecha sostenía un cigarrillo encendido, en la izquierda, una botella de ron. En la otra foto aparecía con una pose similar, pero sin camisa ni sostén. Yo quedé perplejo. Aquella descarada desnudez, en contraste con la pose, los pantalones y las botas enlodadas, tan masculinos, me pareció el colmo de una belleza montaraz y salvaje.

—¡Dios mío, qué bella eres!

No podía no decírselo. Fue algo visceral que nada, ni siquiera mi habitual timidez pudo reprimir.

—*Era* bella —me aclaró con una sonrisa.

—No, no, no. *Eres* bella.

En ese momento se escuchó el alboroto en el pasillo central. No había que asomarnos para saber que otra vez Moisés y Elías estaban peleando. En otras circunstancias hubiera ido enseguida a separarlos, pero la revelación de Tina me retuvo sentado en su cama. No era mucho lo que podía hacer de todas formas; mi mano derecha seguía adolorida por la artritis. La pelea, sin embargo, no cesaba y parecía tornarse más violenta. De pronto se oyó un estrépito de metal y los gritos de dolor de Elías (su voz nasal era inconfundible) resonaron por todo el Hogar. Salí enseguida al pasillo.

La escena era penosa. Elías yacía en el piso con la nariz ensangrentada al lado de su silla de ruedas tumbada de lado. Lloraba de dolor y se agarraba el hombro derecho como si se lo hubiera fracturado. Moisés, por el contrario, estaba en su silla de ruedas mirándolo con una sonrisa de satisfacción. Más que darle una paliza, lo había humillado delante de todos.

Ya nada podía hacer don Jesús. Como siempre, algunos empleados del hotel llegaron tarde para remediar la situación. Trataron de levantar a Elías del piso, pero éste gritó con más fuerza. Llamaron entonces a la gerente, ésta se quitó la chaqueta de su uniforme y se ocupó de Elías en lo que llegaba una ambulancia. Los exámenes médicos no revelaron una fractura ni una herida interna, a Dios gracias, sino un desgarramiento en el ligamento del hombro derecho. A Elías le inmovilizaron el brazo con un cabestrillo y al día siguiente estaba de vuelta en el hotel. Ante el escándalo de la situación, la gerencia por primera vez me hizo caso y le dio un plazo de tres semanas a Moisés para que se mudara de aquí. Sus hijos, tan zafios como él, exigieron a la gerencia que expulsara a Elías también, pero Aurelia Castañer, la gerente, no sólo se negó a la petición de éstos, sino que los amenazó que de no llevarse al viejo Moisés en el plazo establecido, entonces lo acusaría de agresión agravada. Santo remedio. En tres semanas, a más tardar, se llevarían al ex boxeador.

Era el fin de una época en el Hogar. Esas frecuentes peleas entre Moisés y Elías habían sido el espectáculo favorito de los residentes por los últimos dos años. Yo, sin querer, me había convertido en el árbitro que siempre detenía la contienda. Pero más allá de lo que podría significar para los residentes o para mí, el desahucio de Moisés representaba el fin de su estabilidad. Por más gruñón e insoportable que fuera el ex boxeador, a nadie le gusta a esta edad que lo remuevan del lugar de donde uno ya se siente parte. Si adaptarse a vivir en el Hogar es difícil, desadaptarse de él es más difícil aún. Al menos Moisés tiene hijos que mal que bien responden por él. Ya quisiera yo tener esa fortuna.

De dos cosas me privó Dios: de la capacidad de procrear y de ser más vivo con las mujeres. La primera es la consecuencia de un desperfecto físico, lamentable, sí, pero que jamás se ha convertido en el motivo de mis rencores. No así la segunda, que es consecuencia de una timidez a ultranza, de la cual nunca me he podido curar del todo. Es curioso porque sólo soy tímido con las mujeres que me interesan como pareja; con las demás personas —mujeres y hombres— soy de lo más sociable y campechano, y hablo hasta por los codos. Pero no más empiezo a mirar con interés a una mujer, se me escapan las palabras y me vuelvo taciturno. Es una agonía terrible que siempre me hace pensar que yo nací un día que Dios estaba enfermo, grave. Grave de sí mismo y enfermo de vergüenza, de qué otra cosa podía ser sino de sentirse un poco inepto. Y eso, precisamente, heredé yo, una incurable sensación de ineptitud con las mujeres.

Dos veces estuve casado. En ambas ocasiones me casé por pereza, por dejarme arrastrar por el entusiasmo de ellas. En realidad, yo no las escogí como esposas; siempre fueron ellas quienes me escogieron a mí. A pesar de las demostraciones de amor, yo nunca lograba convencerme de una buena razón para que ellas me amaran. No eran mujeres bellas, pero tenían sus encantos, muchos más de los que yo podría reciprocarles. Así, sintiéndome en desventaja, me obsesionaba con hurgarles la mente y escudriñar su pasado para tratar de hallar allí una explicación a su desatinada fijación en mí. Por cierto, nunca encontraba nada concreto, por lo cual me parecía descubrir a cada paso de mis investigaciones pistas nuevas que resolverían el misterio. Ellas, al principio, pensaban que se trataba de un chiste y respondían a mi interrogatorio con abandono, sin ponderar bien las respuestas. No obstante, según notaban que el interrogatorio continuaba y se extendía por más y más días, entonces adoptaban otra actitud, de hastío o de hostilidad. Para qué diablos quería saber yo tanto sobre sus vidas pasadas; por qué cuestionaba tanto sus sentimientos hacia mí. Inevitablemente, terminaban desenmascarándome: yo era el hombre más inseguro del planeta y la razón de mi inseguridad era mi esterilidad. Cierto y falso. Falso, puesto que no descubrí que era estéril hasta que traté de tener un hijo con Vilma, mi primera esposa, y ya antes la había molido mentalmente con mis continuas e implacables inquisiciones sobre su pasado. Cierto, porque al descubrir que era estéril, se agudizó mi inseguridad y se intensificaron mis interrogatorios. Vilma, de hecho, me soportó por cinco años antes de pedirme el divorcio. Aún hoy no estoy seguro si fue por mis interrogatorios o por el hecho de que no podía procrear: esa pregunta nunca me la quiso contestar. Luego llegó Dinorah a mi vida como un torbellino: me vio, se enamoró y me propuso que le propusiera matrimonio. Le dije que sí, nos casamos pero pronto me picó la llaga de la inseguridad. En breve tiempo reanudé mi vocación de detective del pasado; en breve tiempo Dinorah se hartó de mí; en breve tiempo —en menos de un año— nos divorciamos.

Me di por vencido. Yo no estaba hecho para el matrimonio y me resigné a vivir solo. Más de treinta años de soltería traje a cuestas al recluirme voluntariamente en este lugar. Las pocas aventuras amorosas que tuve en este periodo fueron gracias a la gentileza de un puñado de mujeres que supieron vencer mi timidez. Casi siempre, cuando tuve necesidad, preferí pagar por favores sexuales.

Ahora, por supuesto, todo es distinto. Ahora que estoy viejo y que las coyunturas de los dedos muchas veces me fallan; ahora que no vivo solo ni soy capaz de valerme por mí mismo; ahora que la única dirección posible es mirar hacia el pasado —ahora, justo ahora me intereso por Tina, por el volcán de mujer que se esconde detrás de la erguida anciana. La euforia se ha apoderado de mí. Me duermo pensando en su foto y me levanto con el pájaro endurecido. Me repugna todo, hasta el buche de café, si antes no la veo. La artritis me duele menos cuando me sonríe. Se entiende: estoy hecho un idiota.

—Quiero mostrarte una de mis fotos —me dice a diario.

Es tierno y conmovedor. Desde que lo conocí supe que don Jesús era un hombre decente y gentil. Sus visitas ocasionales poco a poco se fueron convirtiendo en un lindo hábito de mis días. Sin embargo, no fue hasta que me atreví a mostrarle el álbum cuando descubrí su ternura. No hay día en que no venga a visitarme con cualquier pretexto: tomar un café, escuchar la radio o intercambiar historias sobre nuestros hijos. Ha sufrido mucho, don Jesús. No supo escoger las mujeres adecuadas para él: sus dos esposas le fueron infieles con sendos socios de negocios. Sus dos hijos, ingenieros ambos, se convirtieron al Islam y viven en Arabia Saudita. No lo visitan. Las diferencias religiosas y culturales han podido más que el afecto. Yo le digo que no pierda la esperanza, pero él me responde que es como si nunca hubiera procreado.

El día que le mostré el álbum fue un poco extraño. Temprano en la mañana, antes de que don Jesús me trajera el café, el fantasma del difunto vino a visitarme. Salvo a través de los ojos de mi hijo, nunca había sentido su presencia en esta habitación. No tuve que verlo de cuerpo presente (eso ocurriría más tarde) para reconocer de inmediato que me estaba mirando a través de la ranura del picaporte de la puerta. No decía nada, sólo miraba sin pestañear, apenas entrecerrando los ojos como para imprimirle mayor intensidad a su mirada. Un temblor leve se apoderó de mis extremidades.

—¿Qué quieres? —inquirí en tono de desafío.

Nada. No dijo nada. Pero seguía mirándome. Su impertinencia me molestó. Cubrí el picaporte con un pañuelo rojo en el cual bordaría las iniciales de mi hijo.

Me calmé un poco. Estaba de nuevo libre de la mirada del difunto.

Poco después se asomó mi hijo con una taza de café humeante. Me alegré de verlo, no lo esperaba tan temprano y menos a mitad de la semana, aunque, eso sí, evité a toda costa mirarlo a los ojos. Andaba de prisa, me dijo, sólo quería verme un momento antes de salir de viaje para México. Se quedó unos minutos y luego se despidió. No lo vi llegar: en el umbral de la puerta estaba don Jesús sonriéndome. Su aparición repentina me serenó por completo. Es el efecto que su presencia provoca en mí. Una paz. Me acordé del difunto y decidí en ese momento contrarrestar la invasión de su mirada mediante la complicidad de don Jesús. No había nadie a quien yo quisiera más cerca de mí que a mi gentil vecino. Le enseñé todo el álbum, todo, incluso aquellas fotos que descubriera Pedreira y por las cuales me forzó. Yo ya no era señorita entonces, pero el dolor fue peor que la primera vez. Estuve sangrando por cuatro días. Rompimos el noviazgo por tres meses, justo el tiempo necesario para darme cuenta de que estaba embarazada. Entonces nuestros padres decidieron casarnos. Todavía me sorprende lo mucho que duró nuestro matrimonio. Supongo que una se acostumbra a todo y con los años aprendí a querer al difunto. Los hijos, los negocios, la vejez nos fueron ablandando. Lo que nunca cambió en Pedreira, lo que de vez en cuando me erizaba la piel, eran aquellos ojos azules, de mirada cruel, donde el reproche y el castigo eran uno. La misma mirada que tenía su rostro cuando me rompió por dentro hace más de cuarenta y cinco años.

Debió haber sido un hombre tiquismiquis el difunto Pedreira. Como su hijo Antulio. No encuentro otra explicación al hecho de que sólo tuviera dos hijos con Tina. Por falta de dinero no fue. Por problemas de fertilidad, tampoco. Por falta de mujer, menos. Con una mujer así, como la de las fotos de Aguas Buenas, yo hubiera tenido no menos de diez hijos. De sólo imaginármelo siento electricidad por dentro, y si es de noche, luego tengo un sueño mojado o me levanto con el pájaro en pie de guerra. Siempre que Urrutia, mi impertinente compañero de habitación, me ve, no pierde ocasión para embromarme.

—¡Qué mucho hierro tiene ese barco viejo!

—¡Lígate el culo, Urrutia!

Nada que ver, me dijo el muy hijo de su madre: lo de él era la maceta y nada más. *Era*, ya no es, me aclaró, pues una loca vieja como él vale menos que una puta avejentada en la calle. Según él, las arrugas, la calvicie y esos horribles pelos en las orejas lo habían convertido en un monstruo, en una cruel caricatura de su antiguo esplendor. Antes que pagar por sexo, antes que perder su dignidad, decidió retirarse a vivir la fealdad de la vejez en este asilo. Su único entretenimiento aquí es meterse en la vida de los demás. No es extraño entonces que descubriera en poco tiempo el motivo de mi renovado vigor.

—Ay Virgen, si al sato le gustan las de buena raza. Si Tinita te viera por las mañanas...

—¡Vete al carajo!

Ahí hubiera quedado todo, pero Urrutia no sería él si se amarrara la lengua. En cuestión de días medio mundo sabía: el alcalde estaba enamorado. Como era de esperarse, nadie se atrevió a decirme nada. Me hablaban con los ojos y yo me hacía el desentendido. Sólo Quipo se aventuró a darme unas palmaditas de complicidad. Sucedió el día que al exhibicionista se le ocurrió la idea de celebrar la época navideña regalándoles a todos, en especial a las inquilinas, un pedazo de sí mismo. Se amarró un lazo decorativo alrededor del pájaro y, vestido sólo con un impermeable amarillo, fue puerta por puerta exhibiendo su regalo y deseando Feliz Navidad y Próspero *Ano* Nuevo (sí, sin la ñ) a todos. Las viejas se indignaron, muchos viejos se rieron y Urrutia analizó en detalle los méritos estéticos del lazo que decoraba el pájaro. Avivado por la risa, Quipo, en un aparente descuido, irrumpió con el impermeable de par en par en la habitación 107 donde Tina y yo tomábamos café. Al ver la cara de Tina, éste se tapó de inmediato, justo a tiempo para evitar que el café humeante de la taza de mi amada le chamuscara el lazo. Con agilidad asombrosa, Tina se levantó de una de las sillas de mimbre, fue al tocador y de una de sus gavetas extrajo una enorme tijera.

—Esta vez no te vas a escapar, viejo fresco.

Yo, por supuesto, medié entre ambos. Tina era una mujer de armas tomar, yo lo sabía mejor que nadie, y si no me hubiera metido Quipo habría perdido su mejor regalo. Cuando estábamos en el pasillo central, un comentario del exhibicionista me hizo arrepentir de mi buena obra.

—Gracias, alcalde. Perdóname que me metiera en la habitación de *ustedes*. Al menos uno de nosotros dos está comiendo bueno, ¿ah?

Cerré mi mano derecha alrededor de su nuca. El enojo pudo más que el dolor de la artritis.

—Una palabra más sobre el asunto, Quipo, y seré yo quien te corte los cojones.

Asintió sin decir una palabra. No volvió a abrir el pico.

Si no es por la intervención de don Jesús, hubiera puesto a Quipo en su sitio. De todas formas, tan pronto don Jesús lo escoltó lejos de mi habitación, fui a quejarme con la gerencia del hotel. La conducta del viejo verde había sido deliberadamente ofensiva. Pero como de costumbre, desoyeron mi querella porque, según ellos, los actos de Quipo eran producto de una senilidad avanzada.

Unos días después don Jesús me trajo una foto que me había prometido. Bello, bellísimo se veía en su uniforme del ejército. Tenía la fatiga abierta, de donde brotaba un pecho amplio y velludo. El cabello, de amplios rizos, era una invitación a la caricia. Y aquellos ojos negrísimos, pícaros y tiernos al mismo tiempo, eran irresistibles. El colmo de la seducción.

Se sonrió y yo me sonreí con él.

—¡Qué bello eres! —me dijo al tiempo que tomaba mi rostro arrugado entre sus delicadas manos.

Era más de lo que yo jamás hubiera imaginado. Nada más ver aquellas fotos de Tina vestida de hombre, supe que debía mostrarle una mía, de la misma época, para que entendiera. Obtener la foto fue todo un ejercicio de diplomacia y paciencia. A mí nadie me visita, no tengo hijos ni sobrinos que se interesen por mí. Mis hermanos murieron hace años. Al mudarme al Hogar regalé un armario a un primo segundo que vivía en Cidra. Allí en el armario había abandonado unas fotos sueltas en una caja de metal cerrada con llave. Con suerte mi primo no la habría botado. Cuando le telefoneé me aseguró que efectivamente no la había botado aunque sí había regalado el armario (con la caja) a un vecino que iba a mudarse para Mayagüez. No tenía el número de teléfono del individuo, pero lo obtuve de la guía telefónica. Telefonearlo y convencerlo de que me enviara la caja por correo me tomó par de días. Tan pronto aceptó hacerlo, hizo que le enviara el dinero para el franqueo, mucho más de lo que en realidad costaba. Cuando recibí el paquete, no me sorprendió descubrir que el fulano había forzado la cerradura de la caja. Pero qué importaban todos estos infortunios si allí dentro, intactas, estaban las fotos que necesitaba.

Ahora me daba cuenta de que mi empeño había valido la pena. Tina y yo no tuvimos que explicar nada. Entendimos que todos estos años, todas nuestras experiencias, cada arruga del cuerpo, cada secreto y cada muerto a cuestas, desembocaban ahora, aquí, en éstas, nuestras fotos de juventud.

Intercambiamos las fotos a solicitud mía. Yo tenía que quedarme con aquel militar de pecho recio y mirada oscura, y a cambio le di una de las fotos de Aguas Buenas, aquella en que estoy vestida con camisa y sostén. A don Jesús le pareció un gesto bonito, tal vez una forma de estrechar la intimidad entre nosotros, y es verdad, era todo eso, pero para mí era más, mucho más. Era también una forma de salvarme de los ojos del difunto. Apenas don Jesús se iba de mi habitación y yo me quedaba sola, sentía la mirada filosa de Pedreira. Y poco importaba que tapara la ranura del picaporte, pues entonces la mirada se colaba por la ventana; y si tapaba la ventana con una cortina, entonces se filtraba por el tragaluz; y si cubría el tragaluz, entonces se plegaba por la rendija inferior de la puerta. Enseguida el ambiente de la habitación se volvía irrespirable. Ni con el acondicionador de aire encendido dejaba yo de sudar y sudar hasta empapar las sábanas. A veces, tarde en la noche o en la madrugada, cuando sentía claustrofobia abría un poco la ventana, o descorría la cortina, o quitaba la toalla de la rendija inferior de la puerta, con la esperanza de que el difunto hubiera abandonado, al menos por unas horas, su trabajo de centinela. Era una esperanza inútil ya que los muertos como Pedreira no descansan. Una vez se reanudaban las punzadas sobre mi cuerpo, salía desesperada de la habitación y me iba a caminar hasta el vestíbulo del hotel. Allí Castañer, la gerente, me preguntaba si necesitaba algo.

—Necesito un poco de aire fresco —le decía.

—No se puede salir, doña Tina. Es por su bien —me decía como me habían dicho antes otros empleados del hotel.

—Quisiera al menos tomar el ascensor hasta otro piso, cualquier otro piso que no sea éste.

—Se lo hemos dicho antes, doña Tina, el ascensor está dañado y el técnico no puede venir hasta la semana que viene.

Yo sabía que no era verdad. El técnico no vendría la semana próxima y tal vez nunca venga. De hecho, lo más probable es que nunca haya venido. En los siete años que llevo viviendo en este hotel, no recuerdo que el ascensor haya funcionado jamás. Éste está condenado detrás de una pared de formica. No sé cómo los residentes de otros pisos se las ingenian para llegar hasta sus habitaciones. Es un misterio.

Una vez abandonaba el área del vestíbulo, me dirigía hacia el 107. Siempre que pasaba por el frente de la puerta de la habitación de don Jesús, me entraban deseos de llamarlo, pero de sólo imaginar a Urrutia, su compañero, diciendo los mismos comentarios mordaces de siempre, desistía de la idea y seguía hasta mi habitación. Al momento de volver a acostarme ya era tardísimo y el cansancio me ganaba el cuerpo poco a poco mientras que la mirada incesante del difunto se iba apagando hasta hacerse un difuso borrón, un silencio, nada.

Nadie, salvo Castañer, la gerente, sabía de mis caminatas noctámbulas por el hotel. Don Jesús sólo advirtió sus efectos por las ojeras, mucho más pronunciadas que de costumbre. Debes dormir, Tinita, me dijo una mañana. Ese día se me ocurrió la idea de la foto, de usar su foto como un conjuro contra el acecho del difunto.

Había colocado la foto en un marco que colgó de la pared justo encima de su cama. Era imposible entrar a la habitación de Tina y no ver el marco con mi retrato de militar. Antes de que yo lo viera por primera vez, lo vio Pitusa, una de las encargadas de la limpieza, y Antulio.

Éste había vuelto de su viaje a México y quiso sorprender a su madre con una visita inesperada. Pero dos detalles malograron su intención, según me dijera Antulio mismo. Primero: encontró, colgada de una pared, la foto en sepia de un militar a quien él no reconocía. Segundo: su madre le pidió que de ahora en adelante se pusiera gafas de lentes bien oscuros cada vez que la visitara. Tina no quiso darle más explicaciones, salvo aclararle que el hombre de la foto era yo cuando joven. Antulio fue donde mí pensando que yo podría explicarle un poco sobre la conducta de su madre. Yo, por supuesto, no sabía del destino de mi foto ni de nada, y así se lo dije.

—Si se entera de algo significativo me lo deja saber —me dijo al tiempo que me extendía una tarjeta de presentación. Iba a decirle que ya tenía una, pero no me dio la oportunidad; enseguida salió de mi habitación sin siquiera estrecharme la mano.

La mañana siguiente Antulio volvió al Hogar. Me sorprendió verlo. No acostumbraba visitar a Tina en días seguidos y nunca tan temprano. Serían las siete y cuarto de la mañana; yo estaba en el balcón oriental con los pacientes de la fototerapia. Antulio caminaba con paso decidido, las manos en los bolsillos, sin mirar hacia los lados. No tenía gafas puestas. Me inquietó un poco su cara, lucía más serio que de costumbre. Algo me decía que me mantuviera cerca del 107, de manera que abandoné a Simón, a Hortensia y al resto de los de la fototerapia un poco antes de la hora habitual. Mientras Antulio visitaba a Tina, aproveché para saludar a Chacha y a Santitos.

Los dos son solitarios empedernidos, un detalle irónico si se conoce el pasado de ambos. Cada cual, desde su respectiva profesión, dedicó la vida a un público. Santitos fue un bolerista que cantó en los principales escenarios del país y que tuvo gran éxito hasta hace tres décadas. Ya hoy nadie lo recuerda; ninguna radioemisora difunde sus canciones ni ninguna casa disquera se molesta en reimprimir sus discos. Chacha, por su parte, fue una prostituta famosísima en la época de las casas de lenocinio de la calle Luna y la calle Sol del viejo San Juan. No hubo un solo político prominente de los años cincuenta que no pasara por su cama. Con sólo sus anécdotas sobre Luis Muñoz Marín podría escribir un volumen de memorias. Una vez se clausuraron los prostíbulos de la zona colonial, su vida de prostituta fue cuesta abajo. Los años fueron medrando su cuerpo y eventualmente la competencia de las prostitutas extranjeras la dejó desempleada. Con lo que logró ahorrar pagaba su habitación en el Hogar. Acompañarlos de vez en cuando era un privilegio: yo era el único residente con quien ellos se relacionaban. Alguna vez Santitos se había animado a cantarme *Lágrimas negras*; alguna vez Chacha me había enseñado unas fotos de su época de oro. Siempre que los visito, se me ocurre pensar que hubieran hecho una bonita pareja, pero debe ser porque soy un sentimental.

La visita de Antulio se prolongaba por más tiempo que de costumbre. Santitos y yo llevábamos más de veinte minutos hablando, así que me despedí para irme a mi habitación. En el pasillo Antulio me interceptó. Ni buenos días me dijo.

—Llévese esto, por favor.

Esto era mi foto de militar. El *por favor* era en realidad una orden.

Guardé la foto en mi cuarto y enseguida volví a la habitación de Tina.

Cuando Tina me vio, me abrazó y comenzó a llorar.

—Vino a verme —me dijo entre sollozos.

Le confesé todo sobre el difunto, desde el tiempo en que me perseguía su mirada en la casona de Cupey hasta su reciente invasión en este cuarto. Le detallé mis maneras de combatir las punzadas de aquellos ojos, de la claustro-fobia de la habitación, de mis paseos noctámbulos por el vestíbulo del hotel y del único conjuro capaz de detenerlo: mi foto de militar. Tina pensó que con la foto habría de obtener una paz duradera, pero hoy había comprobado que no, que era muy tarde, porque la mirada del difunto ya no era sólo una mirada. De la mirada habían retoñado sus ojos azules; de los ojos, el rostro; del rostro, la cabeza; de la cabeza, el cuello y el torso; del torso, los brazos y las piernas; y de los brazos y de las piernas, las manos y los pies. En fin: el difunto Pedreira había venido a verme de cuerpo presente. Para inquietarme. Para mortificarme. Para quitarme la botella de ron y apagarme el cigarrillo. Para que no me vistiera con ropa de hombre ni enseñara las tetas a quien me diera la gana. Para no dejarme vivir (ni morir) en paz.

Ahora lloraba desconsoladamente. Volví a abrazarla y la sentí contra mi pecho, vulnerable como un pajarito. Pensé aclararle sobre la presunta aparición, pero no encontré las palabras. Tampoco le dije que yo tenía la foto.

—Ven esta noche. No quiero dormir sola —me dijo de pronto.

Tina estaba confundida. Debí haber advertido a la terapista para que interviniera con ella. O, al menos, debí haber llamado a Antulio. Pero no. Recordé las fotos de Aguas Buenas y le dije que sí, que no se preocupara. Era la primera y tal vez la única oportunidad de acostarme con ella.

Era mi mejor defensa contra el difunto. Si me veía con don Jesús no se atrevería a hacer nada. La valentía nunca fue una de sus cualidades. Don Jesús se despidió y yo, temerosa de quedarme sola, decidí esperar la noche fuera de mi cuarto. No sabía bien qué hacer ni dónde ir. Agarré mis agujas, mis telas y mi dedal, y me encaminé hacia el vestíbulo del hotel. El lugar estaba atestado de viejos como si el hotel se hubiera transformado en un asilo de ancianos. La mayoría de éstos me miró con algo de recelo; unos pocos me saludaron, creo que por cortesía. Me acomodé en una butaca reclinable que estaba desocupada. Allí me concentré lo mejor que pude en coser y coser. En ocasiones, lo admito, me distraía de mi faena para observar a algunos de aquellos viejos Una anciana vestida con una bata percudida arrullaba a una muñeca desgreñada como si fuera un bebé. Cuatro ancianos con camisetas de baloncelistas jugaban dominó. Tres ancianas con el pelo teñido de diferentes matices de rubio jugaban canasta. Elías, todavía con el cabestrillo puesto, seguía con interés ambos juegos. Quipo, por su parte, hablaba animadamente con una vieja que con poco decoro se rascaba las rodillas. El viejo verde, todo sonrisas, de pronto dejó de parlotear y se puso serio al notar mi mirada. Por molestarlo le mostré la más larga de mis agujas y del susto, creo, abandonó el área sin decirle nada a la que seguía rascándose las rodillas. Los demás siguieron ocupados en sus asuntos.

Poco después un detalle llamó mi atención: cada anciano tenía consigo una taza de plástico.

—Es para el café de las dos —me dijo Urrutia que se encontraba sentado cerca de mí, mirándome con ojos de múcaro.

—¿Por qué tienen que esperar hasta las dos?

—Porque no todos aquí son *VIP* como usted, Tinita —me explicó en tono burlón.

Volví a mi faena con las agujas. Así, más o menos, fui matando el tiempo. Cosía un rato, me distraía para observar a los demás y volvía a mis carretes multicolores. Pausé sólo para almorzar.

—Venga, doña Tina. Es hora de bañarse —me interrumpió una de las empleadas del hotel. Serían las cuatro o cinco de la tarde. El vestíbulo había vuelto casi a la normalidad. Aparte del personal del hotel, sólo nos encontrábamos allí la anciana con la muñeca desgreñada y yo. Hacía rato que los demás residentes se habían ido.

—No —le dije a la empleada—. Hoy no voy a bañarme.

Que sí, Que no, Que sí, Que no —en esas encontré a Tina discutiendo con Fica, una de las enfermeras del Hogar. Fica me miró como rogándome que interviniera con mi vecina, pero no quise, no quería añadir leña al fuego. Mejor era dejar que ellas, entre ellas mismas, resolvieran sus diferencias. Mi mente estaba en el futuro, en mi encuentro nocturno con Tina. Me mortificaba la idea de que Urrutia me viera salir de la habitación de noche. Si se enteraba, al siguiente día se enterarían todos los residentes. ¿Cómo llegar al 107 sin que nadie se diera cuenta? Da pena decirlo: me sentía como si acostarme con Tina fuera un acto vergonzoso que era necesario ocultar.

Bien pensado, no debía extrañarme mi situación. Después de todo, la vejez es una lenta colección de miserias. No más uno empieza a apoyarse en un bastón, la gente —más joven, claro está— nos quiere tratar como niños. Nos empiezan a hablar con condescendencia y nos estrujan el pelo como si tuviéramos seis años. Si decimos una palabrota, somos unos malcriados. Si tenemos deseos sexuales, nos tildan de frescos o de viejos verdes. Nos infantilizan. Si bien esto ocurre a todos los viejos en cualquier sitio, la situación es peor cuando uno vive en un asilo como éste. Aquí los mismos viejos se calumnian para controlarse unos a otros. Aquí, además, se pierde el derecho a la privacidad. Una enfermera irrumpe en la habitación cuando quiere, los baños son comunales, los enamoramientos son vistos como caprichos de adolescentes y el sexo es tabú. Se ha dicho antes y es cierto: ser viejo es como volver a ser niño, sí, pero con la inocencia perdida y el bochorno de un cuerpo que cada vez nos obedece menos. Ahora que necesito estar con Tina, ahora que no me basta con ser el alcalde del Hogar La Esperanza, todo se vuelve difícil, incómodo, y detalles tan tontos como burlar los ojos y la lengua de Urrutia se vuelve una odisea.

Apenas anocheció, me acosté. La buena fortuna hizo que a las ocho y media Urrutia estuviera roncando. Escuché por un rato sus ronquidos y el jadeo de su trabajosa respiración, y aunque en varios momentos me pareció que iba a quedarse sin aire, nunca hizo amago de despertarse. A las ocho y cuarenta y cinco me armé de valor y salí de la habitación. No había nadie en el pasillo. En nada llegué al 107 y entré.

—Pensé que jamás vendrías —me dijo Tina, algo sobresaltada.

—Soy un hombre de palabra.

—Lo sé, lo sé.

Parecía una novia recién casada. Estaba visiblemente nerviosa. Yo me sentía igual, pero no me di oportunidad para titubear. Me acerqué a ella y la besé. Primero opuso un poco de resistencia, pero luego se dejó hacer.

—Está bien, está bien —me dijo desabotonándose la bata y abriéndola de par en par.

Era inútil resistirme. Me había advertido que volvería, pero no creí que fuera tan pronto. Vendré por ti, Agustina, me había dicho por la mañana. No me dijo cuándo, pero la expresión de aquellos ojos azules daba testimonio de su implacable voluntad. Y Pedreira siempre fue así, cuando algo se le metía entre ceja y ceja no descansaba hasta alcanzarlo. Para él el fin justificaba los medios. Fiel a este principio me hizo el daño cuando éramos novios y, después de casados, amasó un enorme capital con Látex Corp. En vida nunca tuvo que golpearme para rendir mi voluntad; las pocas veces que hice amago de resistirme a cualquiera de sus caprichos, me agarraba un antebrazo, me lo apretaba un poco y me miraba con desprecio a los ojos. Era suficiente para que yo cediera, pero él, insatisfecho, con los ojos clavados en los míos, me mortificaba diciéndome acuérdate, Agustina, acuérdate bien, y ya entonces yo no podía reprimir un breve escalofrío ante aquel recuerdo sangriento. Era como vivirlo de nuevo: sus manos atenazando mis brazos, el traje levantado hasta la cintura, la tela desgarrada de un tirón, el sonido metálico de su hebilla y el asalto inmisericorde de su sexo acuchillándome por dentro. Ni mis gritos de dolor, ni mis lágrimas, ni la sangre que manchó el asiento delantero de su carro, lograron convencerlo de lo contrario. Supo que no era virgen y ese detalle lo enloqueció todavía más. De pronto comenzó a acompañar sus embestidas salvajes con palabras soeces. Mírame a los ojos, mírame, coño, me ordenaba. Y cuando ya estaba a punto de acabar, me sostuvo el rostro con ambas manos para que no pudiera desviar mi mirada: así, a-SÍ, A-A-A-SÍÍÍÍÍÍ, gritó derramándose dentro de mí.

Después de casados, teníamos relaciones según la frecuencia de su deseo. A mí siempre me resultaba doloroso. Pedreira no soportaba que fuera de otra forma. Si yo daba muestras de excitación, él se aseguraba de matarme el deseo. Cuéntame de él, cuéntame, me decía al tiempo que me penetraba con una fuerza descomunal. Poco después, acababa obligándome a mirarlo a los ojos, y yo me pasaba dos o tres días tratando de sanarme las laceraciones. Tardé poco en aprender a callar mi deseo. Fue fácil con

Pedreira: con él jamás sentí placer.

Con la llegada de la vejez, nuestras relaciones sexuales se hicieron tan poco frecuentes que dejé de sentir la intimidad como una tragedia. Yo me dejaba hacer sin tropiezos, con la actitud abnegada de una monja o de una enfermera. El cuerpo de él había perdido gran parte de su vigor y, salvo por la expresión severa de sus ojos, todo en Pedreira iba ablandándose. Comenzó a capitular. Primero cedió el mando de Látex Corp. a Antulio cuando admitió que había perdido su instinto asesino como empresario. Luego dejó de viajar y de ausentarse de la casona de Cupey debido a un síndrome de fatiga extrema que a menudo lo amarraba a la cama. Y, por último, dejó de asaltar mi cuerpo y se entregó a mis manos, cuando empezó a ablandarse por dentro. Su excreta perdió paulatinamente toda consistencia hasta volverse líquida. Tarde supimos que un cáncer en el colon había hecho metástasis.

Hice la paz con él durante los siete meses de su convalecencia. No fue que me pidiera perdón o diera muestras de arrepentimiento. En realidad, hasta el momento de su muerte, Pedreira siguió siendo igual de arrogante, pero estaba a mi merced y eso lo hacía vulnerable a mis ojos. Simplemente logré hacer la paz con él dentro de mí.

—¡Límpiame, límpiame! —me urgía a gritos cada vez que ensuciaba. La excreta, casi líquida, salía a presión. El embarre manchaba sus piernas, las sábanas y todo aquello que el chorro negruzco encontraba a su paso.

—Tienes que usar pañales, Pedreira.

—Ni muerto.

—Si no lo haces, pronto vas a estar nadando en una

cloaca.

—No, coño, dije que no.

Era su orgullo el que hablaba. Sin embargo, al mes capituló y aceptó que le pusiera los pañales. Sin querer se había convertido en mi bebé. Esta última humillación lo volvió insoportable. En los últimos días de su vida dejó de hablarme. Cuando le hablaba o le preguntaba cualquier cosa, sólo me miraba con ojos encandilados. Murió un domingo, embarrado de sí mismo y con los ojos abiertos. No me atreví a cerrarlos.

Semanas más tarde supe que aunque estaba muerto, sus ojos seguían vivos. Fue como si después de muerto, sus ojos estuvieran más vivos que nunca antes. Aquella mirada implacablemente azul ya no me acechaba de vez en cuando como cuando Pedreira estaba vivo, sino que ahora me perseguía en todo momento y en cualquier lugar de la casona de Cupey. No había dulzura en su expresión, nunca la hubo, pero ahora era peor. Su mirada, invariablemente, era de rencor. Por huir de esos ojos, lié mis bártulos, vendí la casona y me mudé a este hotel.

Cuatro años he vivido en paz, entre mis recuerdos, mis agujas, la radio y mis libros. Sin embargo, apenas comencé a relacionarme con don Jesús, los ojos del difunto reaparecieron e invadieron la privacidad de este cuarto. Más que rencor, ahora la mirada del difunto expresaba odio. La foto de don Jesús en uniforme de militar sirvió de conjuro contra la invasión de aquella mirada. Pero no fue suficiente. Al cabo de unos días, Pedreira me visitó de cuerpo presente. Vestía un traje de ejecutivo y lucía rejuvenecido, vigoroso, libre de toda penuria física. Habló poco. En cuanto vio la foto de don Jesús, la removió y me advirtió que volvería por mí. Por eso ese mismo día le pedí a don Jesús que me acompañara durante la noche. Sólo con él me hubiera salvado.

Nada más enamorarme de Tina, la idea de acostarme con ella se volvió una urgencia de mi piel. Hacía mucho tiempo que no deseaba a ninguna mujer, desde los años en que me acostaba con mujeres de la vida. De adulto siempre trabajé como servidor público en diferentes dependencias del gobierno, por lo cual nunca tuve mucho dinero, apenas lo suficiente para vivir con dignidad. Mis encuentros con prostitutas, por lo tanto, eran ocasionales y mucho menos frecuentes de lo que hubiera querido. De todas formas, siempre fueron encuentros torpes y sin trascendencia. Yo no quería que con Tina fuera igual. Pero, aunque las circunstancias no eran las ideales para un primer encuentro, no quise desaprovechar la oportunidad de hacer mía a la buena hembra de las fotos de Aguas Buenas.

No obstante, no más Tina se abrió la bata de par en par para ofrecerme su cuerpo, supe que todo sería un fiasco. De la muchacha de Aguas Buenas no quedaba nada. Su cuerpo, a pesar de los estragos propios de nuestra edad, no lucía mal; en todo caso, mi cuerpo era más marchito que el suyo, mucho más. No fueron, pues, las arrugas en sus senos, ni las manchas de paño en los brazos, ni las estrías acumuladas en su abdomen, ni siquiera el asomo prominente de sus costillas, lo que me desencantó. Fue la lividez de sus labios y la inmovilidad de sus miembros. Era como si su cuerpo no tuviera sangre o tuviera la sangre

313

fría de un reptil. Era casi como tocar un cadáver y yo de necrófilo no tengo una arruga.

A pesar de la desazón que su frialdad me producía, el roce de su piel encendió mi deseo. Como no quería que fuera igual que cuando me acostaba con las mujeres de la vida, intenté avivarla con caricias que mi memoria había olvidado. Nunca fui un buen amante, si acaso algo competente y sólo cuando ponía todo mi empeño. De ahí mi arraigada sensación de ineptitud con las mujeres. Esta sensación nada tenía que ver con las proporciones de mi cuerpo, pues si de algo me proveyó Dios en abundancia fue de un sexo largo y masivo, lo suficientemente grande como para opacar al exhibicionista de Quipo. No he conocido a una mujer que no quedara impresionada al verlo; hasta las prostitutas más veteranas tenían palabras de elogio para él. Mi problema, por tanto, no era con el equipo sino con su uso. Nunca he sabido utilizarlo con propiedad. Es casi como una broma cruel del destino. Dinorah, mi segunda esposa, me lo dijo alguna vez: *mejor es uno chiquito y juguetón que uno grande y manganzón*. Gaga, una prostituta orillera de Canóvanas, diagnosticó mi mal de otra forma: no-no-no sabes escu-cu-cuchar a las mu-mu-mujeres. Esa sentencia me provocó desasosiego, pues si de algo me enorgullecía yo era de mi habilidad para escuchar a la gente, sobre todo a las mujeres. Recuerdo que en cuanto logré reunir a duras penas el dinero para volver a comprar sus servicios, la busqué por todos los tugurios de Canóvanas y Carolina, pero no la encontré. Una colega del oficio me convenció de que desistiera de mi búsqueda. La Gaga se había embarcado para Nue-Nue-Nueva York.

Me quedé desde entonces con la duda sobre mi sordera hacia el sexo opuesto.

Intenté todo lo que sabía y no sabía hacer con Tina. Le dije que la amaba, a trompicones toqué con mis dedos artríticos sus senos, sus nalgas y su sexo, besé su huesudo torso, su cuello arrugado y su boca marchita, pero cuando fijé mi mirada en sus ojos, los cerró herméticamente. No me mires, te lo ruego, me dijo con voz atribulada. Acto seguido abrió sus piernas como apurándome para que la penetrara. Eso pensé, al menos. Pero ahora no estoy seguro, nunca he entendido bien a las mujeres en la cama, y después de lo que ocurrió con Tina, las entiendo menos todavía. Creo que nunca logré avivarla a pesar de todos mis esfuerzos; en todo momento permaneció en silencio o tal vez no y, como diría La Gaga, yo no supe escucharla. El hecho era que sus piernas estaban abiertas de par en par y yo me dispuse a entrar en ella. Era en esta fase de la intimidad cuando las mujeres se desencantaban de mí y cuando más inseguro yo me sentía. Mi ansiedad hizo que entrara en ella de prisa. Tina comenzó a gemir y yo, como de costumbre, confundí todo y comencé a moverme con vigor. Mi cuerpo ya no es el mismo, la artritis me carcome los huesos de las manos, pero por lo demás mantengo una agilidad física muy por debajo de mi edad. Tina también; tal vez por esto fue fácil confundir sus gemidos con expresiones de placer. Me encendí todavía más y perdí el control. Cuando la embestí con todas mis fuerzas, Tina comenzó a llorar y a gritar *¡No-No-No!* Enseguida me detuve.

En nada acudieron varias personas en mi auxilio: la gerente Castañer, una empleada de limpieza, los empleados del *front desk* y hasta uno de los guardias de seguridad. Pedreira, todavía dentro de mí, lucía sorprendido. Yo no podía controlar el dolor ni el llanto. Estaba destrozada por dentro.

—¡Quítenmelo, quítenmelo de encima! —les dije.

El guardia, un hombre corpulento, nos quitó la sábana y tras proferir dos o tres insultos a Pedreira, lo levantó con brusquedad sin darse cuenta de que el difunto seguía dentro de mí. Casi desfallezco del dolor tan agudo. Al despegarlo de mí, todos los presentes se impresionaron con la sangre. Había manchas de sangre en el cubrecama y Castañer ordenó que buscaran enseguida a una enfermera pues yo seguía sangrando. Fue lo último que escuché. Justo antes de perder el conocimiento, alcancé a ver el sexo de Pedreira embadurnado de sangre. No recordaba que fuera tan grande.

Medio mundo me vio salir de la habitación de Tina envuelto en una sábana y bajo la custodia del guardia de seguridad. Por más que La Generala les ordenara que entraran en sus respectivas habitaciones, los residentes se negaron a perderse el espectáculo de mi deshonra. El guardia me acompañó hasta las duchas donde me ordenó que me bañara. El agua, fría a esa hora, me caló los huesos. Después de ducharme, temblando, tuve que esperar unos minutos a que llegara la enfermera de turno con una muda de ropa. Se había demorado asistiendo a Tina.

—¿Cómo está ella? —le pregunté.

—Castañer te dirá. Te está esperando en su oficina.

Hasta allí me escoltó el guardia. A solas, La Generalla, más severa que nunca, hizo que le contara lo que había ocurrido. No quiso decirme cómo estaba Tina y se limitó a informarme que dormiría el resto de la noche en la habitación 101, justo al lado de la oficina donde nos encontrábamos. Temprano, el día siguiente, un empleado me ayudaría a recoger todas mis pertenencias y ella, La Generala, me ayudaría a encontrar otro hogar donde mudarme aunque fuera temporeramente.

No pude pegar los ojos durante el resto de la noche. El dolor de artritis estuvo peor que nunca y en esa habitación, tan lejos de la mía, no tenía linimento para aliviarlo. Temprano en la mañana una empleada me llevó el desayuno a la cama. No pude probar nada, tenía el estómago cerrado. Luego, Perico, uno de los empleados de mantenimiento, me acompañó a mi antigua habitación para recoger mis cosas. Urrutia, contrario a su costumbre, no me dijo una palabra y se conformó con mirar cada uno de mis movimientos. Después de liar mis cosas, cuando Perico y yo ya nos hallábamos en el pasillo central, vi cuando Elías, sigilosamente, se acercaba a Moisés. Éste se encontraba en su silla de ruedas, de espaldas a aquél, y no pudo anticipar nada. Sin confesarse con nadie, Elías extrajo un tenedor de debajo del cojín de su silla de ruedas y lo espetó en el antebrazo izquierdo de Moisés. Los gritos de dolor del ex boxeador se sintieron por todo el Hogar. Sentí el impulso de intervenir, pero Perico, mucho más joven y ágil que yo, se me adelantó.

Yo ya sobraba en aquel lugar.

MAPA